DEIXE-ME EM PAZ

MURONG

DEIXE-ME EM PAZ

tradução
Karla Lima

GERAÇÃO

Título original:
Leave me alone

Copyright © 2013 by Murong Xuecun

1ª edição — Março de 2014

Grafia atualizada segundo o Acordo Ortográfico da Língua Portuguesa
de 1990, que entrou em vigor no Brasil em 2009

Editor e Publisher
Luiz Fernando Emediato

Diretora Editorial
Fernanda Emediato

Produtora Editorial e Gráfica
Priscila Hernandez

Assistente Editorial
Carla Anaya Del Matto

Auxiliar de Produção Editorial
Isabella Vieira

Projeto Gráfico e Diagramação
Alan Maia

Revisão
Marcia Benjamim
Daniela Nogueira

DADOS INTERNACIONAIS DE CATALOGAÇÃO NA PUBLICAÇÃO (CIP)
(Câmara Brasileira do Livro, SP, Brasil)

Xuecun, Murong
Deixe-me em paz / Murong Xuecun ;
tradução Karla Lima -- 1. ed. -- São Paulo : Geração Editorial, 2014.

Título original: Leave me alone.
ISBN 978-85-8130-188-4

1. Ficção chinesa I. Título.

13-06999   CDD: 895.13

Índices para catálogo sistemático

1. Ficção : Literatura chinesa   895.13

GERAÇÃO EDITORIAL

Rua Gomes Freire, 225 – Lapa
CEP: 05075-010 – São Paulo – SP
Telefax.: (+ 55 11) 3256-4444
Email: geracaoeditorial@geracaoeditorial.com.br
www.geracaoeditorial.com.br

Impresso no Brasil
Printed in Brazil

1

Minha mulher, Zhao Yue, ligou quando eu estava saindo. Ela queria conhecer um novo restaurante de *hotpot*[i] que havia sido inaugurado no bairro de Xiyan.

— Você só pensa em comida — eu lhe disse. — Parece uma porca!

Eu estava de muito mau humor porque meu colega Gordo Dong tinha acabado de ser promovido a gerente geral do escritório de Sichuan. Gordo começou junto comigo na empresa. Sua única competência era ser um exímio bajulador, mas eu teria que comer na mão dele dali em diante e pensar nisso me deixava deprimido.

Minha esposa falou:

— Se você não vier, eu vou com outro!

— Você pode até trepar com outro, se quiser.

Mal acabei de falar, Zhao Yue desligou de forma abrupta.

Por alguns instantes, fiquei de pé encarando o telefone do escritório. Depois, pensei que minha esposa não tinha feito nada errado. Ainda assim, eu não estava com disposição para o autocontrole. Peguei minha maleta e saí do prédio.

MURONG

***

Em março, a poeira e a fumaça de Chengdu[ii] se espalham por todos os lados. Comprei um maço de cigarros em uma banca e fiquei matutando sobre onde passaria o restante daquela noite de sexta-feira. Depois de muito pensar, resolvi procurar Li Liang.

Li Liang era um colega de faculdade. Dois anos depois de se formar, ele pediu demissão de um emprego seguro em uma companhia estatal e começou uma carreira completamente nova no mercado da especulação financeira. Em menos de dois anos, tinha feito uma fortuna de dois ou três milhões de *yuans*. Pensando nisso, tenho de admitir que, às vezes, você tem que acreditar em destino. Na época da faculdade, ninguém teria previsto que Li Liang desenvolveria um talento para investir: ele havia sido pouco mais que meu fiel escudeiro.

Meu palpite era que àquela hora, se ele não estivesse dormindo, estaria jogando *mahjong*. Esse era seu passatempo favorito — quando não o único. Certa vez, quando estudávamos juntos, eu o encontrei após trinta e sete horas ininterruptas de jogatina, durante as quais ele perdeu todo o dinheiro e os vales-refeições. Ele me pediu:

— Chen Zhong, me empreste dez *yuans* para que eu possa comer.

Depois, soube que ele acabou desmaiando em um restaurante fora do *campus*.

Quando cheguei à casa de Li Liang, havia três outros sentados à mesa de jogo: dois caras e uma mulher. Eu não conhecia nenhum deles. Quando ele me viu, disse:

—Ei, mané, tem cerveja na geladeira, DVDs na sala de jantar e uma boneca inflável, sem uso, na cômoda do quarto. Escolha sua diversão!

Os outros riram.

— Vai à merda — respondi, e, colocando algum dinheiro na mesa, perguntei: — De quanto é a aposta?

A mulher sentada em frente a Li Liang respondeu que era o dobro ou nada. Dei uma olhada na carteira e encontrei mais de 1.000 *yuans*, o que eu achei que dava para começar.

Li Liang apresentou seus convidados. Dois eram de fora da cidade e tinham vindo para consultá-lo sobre o mercado futuro de ações. A moça se chamava Ye Mei e aparentemente era filha do dono de uma empreiteira sem importância. Eu abri uma cerveja e me aproximei dela para espiar seus peitos. Ela vestia uma malha vermelha e uma calça *jeans* justa. Tinha seios fartos, uma cintura fina muito interessante, e balançava as longas pernas. Senti uma agitação abaixo da linha da cintura e tomei apressadamente um gole de cerveja para ver se acalmava as coisas.

Depois de algumas rodadas de *mahjong*, Li Liang se levantou para ir regular o som e me chamou para entrar em seu lugar. Logo de cara, Ye Mei me fez de bobo com suas peças e perdi 200 *yuans*. A sorte não estava mesmo comigo, e poucas mãos depois não restava mais nada de meus 1.000 *yuans*. Pedi mais algum dinheiro para Li Liang. Ele xingou e me jogou a carteira. Nessa hora, meu celular tocou. Era Zhao Yue.

— O que você está fazendo?

— Jogando *mahjong*.

— Se divertindo, hein? — Seu tom era hostil.

Respondi que estava bem, ao mesmo tempo em que descartava uma peça.

— Quando você vem para casa? — Zhao Yue perguntou.

— Talvez eu fique jogando a noite toda, então não se incomode de me esperar acordada.

Zhao Yue desligou sem dizer nem mais uma palavra.

Depois dessa ligação, minha sorte virou. Passei a ganhar, e a ganhar muito. Os dois caras zombaram de mim dizendo que tanta sorte no jogo significava que eu estava prestes a ter problemas na vida pessoal. Fizeram piada dizendo que eu deveria checar se minha

MURONG

mulher não estava tendo um *affair*. Sorrindo, eu simplesmente continuei a passar o dinheiro deles para meus bolsos.

Às 3 horas da manhã, quando limpei a mesa pela quarta vez, Ye Mei se levantou e exclamou:

— Chega! Tem alguma coisa errada com este jogo. Nunca vi alguém com tão desagradável maré de sorte.

Fiz um balanço de minhas vitórias e concluí que não apenas havia recuperado os 1.000 *yuans* perdidos, como ainda tinha 3.700 *yuans* extras — isso era mais da metade de meu salário-base mensal. Sentindo-me por cima, reabasteci o copo de Ye Mei e o meu, joguei-me no sofá e declamei de improviso um dos poemas de Li Liang: "A vida vem de repente, foda-se!"

Nós havíamos criado um grêmio literário na universidade. Eu era o presidente, ele, o poeta. Era a fachada perfeita para levar para a cama as fãs de literatura. Como Cabeção Wang, nosso colega de quarto, disse uma vez: "As mãos de vocês dois estão manchadas com o sangue de virgens".

Apesar de tudo, a situação no trabalho estava realmente me deprimindo. Eu queria dormir, mas sabia que não conseguiria, e ainda acordaria Zhao Yue se fosse para casa. Ela me perguntaria onde estive e começaríamos a brigar. Os vizinhos estavam fartos de nossas brigas na madrugada e do barulho da quebradeira de louça. Mas, se não fosse para casa, não havia lugar para onde eu pudesse ir.

Recorri a Li Liang:

— Ei, vamos cair na vida! O grande irmão aqui convida você para uns drinques, e aproveitamos para levar a princesinha para casa.

Li Liang me jogou a chave do carro e disse que não iria. Pediu que eu deixasse os dois caras no hotel e acompanhasse Ye Mei até em casa. Na saída, ainda avisou-a:

— Cuidado com esse cara, ele não é bom sujeito — advertiu, apontando para mim. — O apelido dele é "Monge Devassador de Flores".

Ye Mei riu e perguntou se Li Liang tinha em casa alguma faca ou tesoura para lhe emprestar.

— Não precisa. Se ele tentar alguma coisa, é só chutar bem nas bolas — respondeu Li Liang.

* * *

A madrugada estava mortalmente silenciosa. Quando passávamos pelo palácio de Qing Yang, subitamente me veio à lembrança a primeira vez em que Zhao Yue e eu passeamos nesse lugar. De olhos fechados, brincamos de tentar acertar o ideograma vermelho da "longevidade" na parede. Aconteceu que eu toquei o traço e ela tocou o pingo. Eu disse:

— Divirta-se com sua longevidade, já que pegou o "pinto"[iii].

Ela caiu na gargalhada. Agora ela estaria dormindo, e eu a imaginei abraçada a um travesseiro, roncando, com a luz acesa. Voltando de uma viagem de negócios, certa vez, foi assim que a encontrei.

Ye Mei acendeu um cigarro e perguntou:

— Você está pensando em sua amante? Está com um sorriso sacana.

— Claro, estava pensando em você. Quando deixarmos aqueles dois no hotel, você vem para casa comigo, está bem?

— Infelizmente, eu não poderia aguentar o tranco de sua mulher.

Eu sorri maliciosamente pensando que, se ela suportasse o meu, estaria tudo bem.

Nunca fui capaz de resistir às tentações sexuais. Li Liang até escreveu um poema dedicado a mim:

Nessa noite esplendorosa
Transbordando de hormônios
Chengdu, sua pele macia
É como minha tristeza
Andando nu no sorriso de Deus
Não tenho escolha em Yanshikou em março

MURONG

"Não tenho escolha" quer dizer que nunca quero escolher. Li Liang me censurou uma vez, dizendo que eu não deixaria passar nem um porco. Para defender seu ponto, ele enumerou minhas namoradas nos dedos: a professora de educação física, que tinha pele escura; a dona do restaurante, que pesava 150 quilos; a garçonete feia o bastante para assustar qualquer um; e a vendedora de grissini com bafo de alho. Eu retruquei que era ele que não sabia apreciar a beleza feminina. Por exemplo: a professora de educação física era alta, media um metro e setenta e sete, e seu apelido era Peônia Negra; a dona do restaurante era roliça e macia como a famosa concubina imperial Yang[iv]; a garçonete era uma gostosa: tinha busto quarenta e quatro e, caso ela tropeçasse, os seios serviriam de *airbag*, e completei:

— E você não acha que minha amante da lanchonete se parece com nossa colega de faculdade Ning Dongdong?

— Podre! Você realmente não é nem um pouco exigente — resmungou ele.

* * *

Deixei os parceiros de jogo no hotel e fiquei sozinho com Ye Mei. Eu dirigia o carro bem devagar, encarando-a até que ela começou a parecer constrangida. Pouco a pouco, seu rosto enrubesceu. Eu dei uma risadinha maliciosa, e lá se foi o rubor:

— Está rindo do quê?

Eu perguntei se ela era virgem ou não.

Seus olhos faiscaram de fúria.

— Como me arrependo de não ter pegado uma faca da cozinha de Li Liang! Castraria você de um só golpe.

Segundo minha experiência, quando uma garota diz uma brincadeira desse tipo, é porque ela não se importa em ser seduzida. Além do mais, eu havia lido em algum lugar que a madrugada é o período em que as mulheres estão mais fragilizadas. Sob o pretexto de arrumar o ângulo do retrovisor lateral, parei o carro e colei meu corpo ao de Ye Mei. Ela estremeceu levemente, mas não ofereceu resistência, então aproveitei para enlaçar sua cintura. Ela protestou:

— Você é mau! Se tentar isso de novo, terei que sair do carro.

Suspirei e relutantemente recolhi o braço.

— Quem te deu o direito de ganhar todo meu dinheiro, afinal? — sussurrou.

Ao ouvir isso, morri de alegria e a abracei forte.

2

Tal como eu a conhecia, a cidade de Chengdu era um grande pátio desarrumado onde viviam centenas de famílias diferentes. Na época do ensino básico eu morava na rua Jinsi, a apenas cem metros do perfumado e florido templo Wenshu. Eu costumava acompanhar meus pais até lá para queimar incensos e conversar com amigos e desconhecidos tomando chá. Assim passamos incontáveis tardes. Hoje, meus pais estão velhos e eu sou um adulto. A vida em Chengdu era de tal forma desinteressante que a literatura e a programação de TV pareciam maravilhosas.

Depois de deixar Ye Mei em casa, eu me sentia esgotado. Alguma coisa fria e úmida em minha cueca indicava que eu não tinha me lavado direito depois de terminar. O pior era que ela havia me parecido bem insatisfeita com meu desempenho. Ao sair do carro, agiu com frieza e indiferença, e isso me aborreceu. Parei no estacionamento subterrâneo da praça Vancouver, reclinei o banco e dormi.

Quando acordei, minhas costas estavam me matando. Olhei para o relógio: quase 11 da manhã. Um cara bateu na janela do carro

MURONG

perguntando se eu tinha um pouco de combustível para emprestar. Abri o porta-malas e lhe dei uma lata de presente. Era produto de nossa empresa, e no Audi A6 de Li Liang havia uma dúzia dessas latas. Nosso chefe era filho de um alto funcionário decadente. Graças ao passado glorioso da família, ele tinha conexões com grandes companhias estatais, às quais vendia autopeças e combustível. Ele também havia aberto oficinas mecânicas em várias cidades e assim, em pouco mais de dez anos, tinha acumulado milhões. Ao entregar o combustível, pensei em meu emprego e fiquei deprimido de novo. Nestes últimos anos, eu contribuíra com uns bons cem milhões em vendas e vinte milhões em lucro. Gordo Dong não havia feito nada a não ser peidar e, mesmo assim, tinha se tornado meu chefe.

Chengdu estava radiante naquele dia. Como a maioria dos boêmios, fugia do sol. "Coisas escuras não toleram a luz", eu lera recentemente em um artigo publicado no *Jornal Judiciário de Sichuan*. Em meu íntimo, eu admitia que estava a caminho de me tornar parte do lado negro. Como, se há poucos anos atrás eu era um universitário jovial, determinado e de espírito elevado?

Dos alto-falantes do carro saía uma música triste de Mavis Hee:

Reza a lenda que lágrimas verdadeiras podem arruinar a cidade
Tristes olhos vermelhos observam a solitária cidade
Fogos de artifício se apagam
Músicas acabam

A música me trouxe Zhao Yue à lembrança. Subitamente, consumido pela culpa, fui ao Centro Comercial do Povo e gastei 700 *yuans* em um sutiã sensual que suspende os seios. Zhao Yue havia me dito que os dela começavam a cair um pouco, por falta de exercícios físicos. Me dei conta, eu não era atencioso. Quando olhei para minhas roupas, todas de marca e compradas por ela, eu me senti culpado pelo que havia feito na noite anterior.

DEIXE-ME
EM PAZ

* * *

Quando cheguei em casa, Zhao Yue estava sentada no sofá assistindo à televisão, e agiu como se não tivesse me visto. Coloquei o sutiã na mesa e fui tomar uma ducha gelada. Ao sair do banho, vi-a na cama deitada de frente para a parede. Abracei-a e ela me ignorou, então virei de lado e adormeci.

Em meio ao sono, ouvi Zhao Yue dizendo ao telefone:

— Agora não posso falar, meu marido está em casa, me liga mais tarde.

Eu abri os olhos e perguntei:

— Tem um amante, agora?

Zhao Yue acenou a cabeça em sinal afirmativo.

— Bom trabalho... Você está mesmo indo bem.

Ela sorriu. As pessoas sempre querem progredir.

— O que ele faz da vida? — Perguntei.

— Ele é empresário — respondeu.

Eu me sentei e disse:

— Vamos fazer um acordo: quando conseguir arrancar a grana dele, você me dá metade.

Zhao Yue respondeu que não estava brincando.

— Sim, sim, eu sei. A política externa desta família é "desenvolver relações externas" e "importar moeda estrangeira", não é? — disse, em tom de provocação.

Conheci Zhao Yue na universidade. Ela estava um ano atrás de mim e era uma das três beldades da turma de 1992. Naquela época, nosso *campus* tinha frequentes problemas com uma gangue que costumava promover invasões, e uma vez Zhao Yue e o ex-namorado foram atacados enquanto namoravam no bosque. O namorado saiu correndo com as calças arriadas e diziam que, quando chegou ao dormitório, a camisinha escorregou pela boca da calça. Zhao Yue estava prestes a fechar os olhos e se render aos estupradores quando

19

MURONG

eu e Cabeção Wang deparamos com eles, a caminho de casa depois de uma bebedeira. Lutamos contra os bandidos para proteger a honra de Zhao Yue. Acho que a fantasia de se tornar herói viria à mente de qualquer homem que visse Zhao Yue com a camisa levantada e a calcinha abaixada. Mais tarde, Cabeção conjecturou que Zhao Yue e o namorado costumavam fazer por trás. A gíria para isso era "tirar fogo da montanha". Se Zhao Yue não fosse minha mulher, eu ficaria mais do que feliz em explorar esta imagem. Por outro lado, se eu soubesse que nos casaríamos, pondero se a teria salvo. Era um raciocínio intrigante. Li Liang dizia que eu era excessivamente fã de uma lógica perversa, e ele estava se referindo a minha vida amorosa. Até hoje Zhao Yue tenta evitar encontrar-se com Cabeção Wang.

Nunca achei que Zhao Yue fosse uma depravada. Ao longo da faculdade ela teve poucos namorados e alguns encontros de sexo casual. Nada disso poderia ser considerado uma mancha em seu currículo. Na verdade, conforme a conheci melhor, descobri que ela era bastante refinada. Era gentil, doce e leal a mim. Contudo, sempre que me lembrava da cena daquele dia, sentia-me deprimido. Veja: você só precisava saber as informações básicas, só precisava ver algumas coisas claramente. Você não precisava olhar para todos os pormenores, do contrário a vida se tornava monótona e sem sentido. Por exemplo, Gordo Dong tinha um amigo que acabara de abrir um clube de troca de esposas. Todo mundo fodia com a mulher do outro e, ao mesmo tempo, via a própria mulher sendo comida pelos outros. Diziam que acima de noventa por cento dos casais se divorciavam assim que saíam do clube.

Zhao Yue, porém, não foi honesta. Ela sempre sustentou que aquela noite na mata foi sua primeira vez e ainda insistia que não tinha entrado tudo. Não há nada mais frustrante do que revelar condescendência com uma pessoa e ela recusar. Por isso, mudei de tática: primeiro, consolar; depois, educar; por último, ajudar Zhao Yue a compreender a seriedade da situação.

Não importa se é a primeira ou a centésima vez, o fato não muda, eu disse a ela. Você sabe que não me importo com números. Se entrou tudo ou só metade, é sexo do mesmo jeito.

Os sociólogos já investigaram de tudo, menos a psique do marido que foi voluntariamente traído. Eu sempre me pergunto se meus casos extraconjugais são um desejo inconsciente de vingança. Entretanto, não tenho nada do que me vingar. Antes de conhecer Zhao Yue, tive várias mulheres, inclusive a professora de educação física. Mesmo depois de estar apaixonado por Zhao Yue, eu uma vez transei com a professora, no fim da aula, em cima de um aparelho de ginástica.

Quanto ao alegado amante de Zhao Yue, não levei a sério. Mulheres sempre tentam obter atenção fazendo chantagem emocional, e eu não tinha o mínimo interesse em seu empresário imaginário. Ela sempre dizia que um dia o apresentaria a mim; eu sempre respondia que, se ela ousasse, eu o espancaria.

3

Quando nosso gerente geral foi demitido, o escritório central mandou uma equipe para fazer uma auditoria. Ao mesmo tempo, eles foram instruídos a promover um pouco de lavagem cerebral em nós. Os auditores convocaram uma reunião e enfiaram mais de 200 funcionários na sala, que ficou lotada a ponto de explodir. Um cara com trejeitos de eunuco deu um sermão interminável. Ele nos incitou a ser leais à empresa, a doar-nos mais e exigir menos, a trabalhar duro e não nos queixar. Uma das pérolas de sua pregação foi a citação de um ditado clássico: "No trabalho, persistência; sobre os lucros, indiferença".

"Que filho da puta", eu pensei. Não passamos de escravos assalariados, todos nós; para que ele precisa se posicionar desse jeito? Então eu o ouvi mencionar meu nome.

— O gerente Chen Zhong é a espinha dorsal do escritório de Sichuan — ele disse. — Suas contribuições são enormes e ele não teme assumir responsabilidades. Tudo de que precisamos é que cada um siga a liderança do gerente Chen, e nossa empresa atingirá excelentes resultados.

MURONG

Essas palavras me causaram um mal-estar tremendo. Aquilo só podia ser jogo sujo de Gordo Dong.

O canalha tinha corrido para se sentar na frente, com o eunuco do escritório central. Ele parecia um netinho bem-comportado, com o *notebook* aberto sobre os joelhos, o pescoço ereto, um grande sorriso na cara sebosa. Quando chegou sua vez de falar, ele ainda me provocou com outra espetadela:

— Gerente Chen, você tem muitas habilidades, mas ainda não é muito bom em cooperar com os colegas.

Olhei para ele. O impostor barato vestia calças elegantes com suspensório, e estava inclinado sobre a mesa tomando notas no computador. Eu o amaldiçoei em silêncio: "Seu filho da puta, acha que qualquer peido seu é digno de nota?"

Encerrada a reunião, Gordo Dong me chamou para sua sala e começou o malho. Disse que também ficara surpreso com sua indicação à gerência geral, algo que ele não esperava e que inclusive já havia recusado outras vezes, alegando não ser merecedor. Teoricamente ele havia recomendado a mim para o posto, mas a empresa teria dito que, apesar de eu possuir habilidades importantes, ainda não estava pronto.

— Você ainda precisa ganhar mais experiência — proferiu, com gravidade.

"Uma ova! Você está inventando tudo isso", pensei.

Quando terminou o discurso, Gordo Dong se fingiu de amigo e disse:

— Eu te conheço. Você também não queria assumir este posto.

— Claro, isso está muito além de alguém tão baixo na hierarquia e com tão parcos conhecimentos quanto eu, que não tenho papas na língua. Nada melhor do que ter uma pessoa madura e experiente como o gerente Dong para me orientar.

Ele sorriu com magnificência e aproveitei para jogar uma batata quente em seu colo:

— O gerente Dong poderia ver se é possível aumentar meu salário um pouquinho? Estou economizando para comprar uma casa e o orçamento está apertado. Fora isso, o departamento comercial sempre ultrapassa as metas de venda, então não entendo por que deveríamos receber menos do que o pessoal do escritório.

Seu sorriso derreteu como um sorvete na praia.

* * *

Convoquei os funcionários do departamento comercial para uma reunião e falei de modo exaltado, socando o ar.

— Irmãos, boas-novas! Solicitei um aumento de salário para todos — virei-me para um colega e exclamei: — Porra, Liu Três, se você vai dar cigarro para todo mundo, passe um para mim também!

Liu Três, todo sorridente, me jogou um cigarro Red Pagoda, e Zhou Weidong fez uma referência e o acendeu para mim. Continuei:

— Gordo Dong era contra o aumento salarial e me obrigou a implorar três vezes antes de finalmente concordar em levar nosso pedido à diretoria. Vamos ficar de olho no gerente Dong.

Eu deliberadamente dei às palavras "gerente Dong" uma entonação maldosa. No íntimo, eu pensava: "Gordo, não há nenhuma possibilidade de eu levar uma centena de pessoas a gostar de você. Fazê-las odiá-lo é simplesmente fácil demais".

Dar aumento a tanta gente ao mesmo tempo significaria um crescimento de no mínimo vinte por cento no orçamento da filial de Sichuan. Se Gordo ousasse levar o pedido à diretoria e não fosse escorraçado, eu estava disposto a virar seu lambe-botas. Mas, se ele não encaminhasse a reivindicação, como poderia gerenciar o departamento?

A fumaça do cigarro tomava conta da sala de reuniões. A notícia do aumento deixou todo mundo contente. Zhou Yan, encarregada da seção de manutenção e uma das poucas mulheres na empresa, exclamou:

MURONG

— Chefe, se nós tivermos aumento, juntaremos dinheiro para sustentar uma amante para você!

Liu Três, que estava próximo, brincou:

— Se você quer arrumar uma amante para ele, vá direto ao assunto, não fique dissimulando. Isso pode ser facilmente arranjado. Além disso, Zhou Yan, seus peitos são enormes!

O grupo todo caiu na gargalhada. Zhou Yan me encarou com o rosto em chamas. Eu já havia percebido que essa menina sentia alguma coisa por mim, entretanto, de acordo com os valores tradicionais, onde se ganha o pão não se come a carne. Como é que eu iria instruir sobre o trabalho durante o dia e me deitar sobre ela à noite?

$$* * *$$

Na hora do almoço, Cabeção Wang me ligou perguntando se minha empresa poderia fabricar algumas placas governamentais de automóvel. Eu disse que seria possível, dependendo de para quem fosse o pedido.

— Simplesmente faça. Sou eu que as quero — ele respondeu.

— Ok, vamos chamar Li Liang esta noite para umas cervejas no restaurante "O *hotpot* da velha mãe", e daí conversaremos melhor.

Depois de se formar, Cabeção Wang foi trabalhar na polícia. Insistiu que não queria uma função administrativa e fez questão de ser designado para a linha de frente. Li Liang e eu o chamávamos de idiota, mas ele retrucava que idiotas éramos nós. Em seguida, discursava com profundo cinismo sobre sua teoria dos direitos:

— Policiais na linha de frente têm o direito de ser corruptos, mas burocratas de escrivaninha só têm o direito de balançar a cauda em obediência. O salário de um chefe administrativo da polícia é de 1.000 e poucos *yuans* por mês, enquanto um policial pode tirar vários milhares. Respondam-me, então, qual servidor público é mais importante?

Essa decisão comprovou a genialidade de Cabeção Wang. Apenas cinco anos mais tarde, ele era o procurador de um distrito bem movimentado no centro da cidade, tinha carro, uma casa própria e engordara uns vinte quilos em relação à época de nossa formatura. Eu costumava provocá-lo dizendo que, se ele fosse um porco, vinte quilos bastariam para alimentar uma família por um mês inteiro.

* * *

Saí do trabalho no Santana da empresa em direção ao restaurante de *hotpot*. Cabeção já estava devidamente instalado e tagarelava com a garçonete. Ele se considerava um literato e colecionava montes de livros, a maioria de literatura europeia e norte-americana. Gabava-se de nunca esquecer o que havia lido e costumava investir contra as pessoas declamando, sem razão aparente, trechos de *O amante*, de Marguerite Duras, bem como de *Vinte mil léguas submarinas*, de Julio Verne. Quando cheguei, ele estava citando um clássico provérbio: *Marido e esposa eram dois pássaros na floresta, mas, quando se abateu a desgraça, cada um voou para seu canto. Enquanto você estiver vivo, ela será toda carinhosa, mas, quando você morrer, ela partirá com outro.*

Sorvi um gole de chá e emendei:

— Acho que funciona melhor dizer: "Enquanto você estiver vivo, ela vai foder com você todos os dias, mas, quando você morrer, ela vai foder com outros".

A garçonete enrubesceu e saiu da sala. Eu disse:

— Eis que mais uma vez você está tramando para arruinar uma moça de família!

Acariciando a barriga, Cabeção comentou que tinha visto Zhao Yue caminhando na rua com um sujeito bonitão, e agindo de maneira furtiva.

— Agora você está verde de ciúme — ele disse.

MURONG

Quando resgatamos Zhao Yue da gangue na mata, Cabeção Wang e eu fizemos um acordo de nunca comentar o incidente daquela noite com outras pessoas. Dias depois, Zhao Yue nos convidou para comer. Naquele dia, ela não havia se maquiado e estava vestida de maneira simples. Durante toda a refeição, manteve a cabeça baixa e não falou nada. Eu comentei:

— Você está muito calada. Seus irmãos aqui não conseguem nem apreciar a bebida.

Com os olhos marejados, Zhao Yue desabafou:

— Jamais me esquecerei de sua gentileza, mas se qualquer pessoa descobrir o que aconteceu, eu terei que me matar imediatamente.

Cabeção e eu juramos que, se algum dia comentássemos o assunto, seríamos completos filhos da puta. Na estrada de volta à residência universitária, Cabeção Wang suspirou e disse algo que me comoveu:

— Na verdade, tenho pena de Zhao Yue.

— É mesmo — concordei e, lembrando-me de seus olhos cheios de lágrimas, senti um pouco de dor.

* * *

Li Liang entrou na sala reservada gritando ao celular e gesticulando muito:

— Rápido, compre tantas ações quanto puder!

Naquele dia, o investidor tinha se vestido a rigor, com um terno bem passado a ferro e o cabelo com gel dividido ao meio. Cabeção sussurrou que o filho da puta parecia um pato, e Li Liang explicou:

— Não tive escolha, era para impressionar a sogra. Hoje fui conhecer a família da namorada. Vamos nos casar no dia 1º de maio.

Surpreso, perguntei quem era a desafortunada moça de família que havia caído em suas garras.

— Você a conhece, é Ye Mei — respondeu Li Liang.

Meu coração parou e deixei escapar um "puta que pariu".

Fiquei pensando se deveria ou não contar a ele o ocorrido naquela noite em que dei carona a Ye Mei.

Depois de brindar a Li Liang, pedimos cerveja. Ele estava muito feliz e contou que pretendia comprar uma mansão próxima ao rio Funan:

— Vamos morar no andar de cima e o de baixo será reservado para os jogos.

— E depois de casar você pretende ir ao clube de troca de esposas? — Provoquei-o.

— Se você levar Zhao Yue, eu troco minha mulher pela sua! — Respondeu, levemente sem jeito.

Uma vez comentei com Li Liang sobre esse clube de troca de esposas, que pertencia a um amigo de Gordo Dong. Chamava-se Clube Privativo Same Music. Na hora, Li Liang gemeu de admiração. Salivando, disse que, se tivesse uma mulher, ele a levaria lá para que ela ampliasse seu repertório. Depois, Gordo Dong advertiu-me de que o proprietário era amigo tanto da máfia quanto da polícia, e que era melhor que eu me mantivesse longe de lá.

Quando mencionei o clube, Cabeção ficou muito ansioso e interessado, exigindo saber tudo sobre o lugar:

— Como é que eu nunca ouvi falar deste clube de troca de esposas?

Descrevi detalhadamente tudo o que sabia e seus olhos se arregalavam mais e mais conforme ele ouvia. Suspirando profundamente, ele comentou:

— Tem cada maravilha neste mundo...

No meio do jantar, Ye Mei telefonou. Li Liang estava enjoativo de tão doce: sentou-se em um canto e ficou cochichando ao telefone com ela, enquanto bebia mais e mais. Certo tempo depois, me passou o aparelho, dizendo que Ye Mei queria falar comigo. O lugar estava muito barulhento — Cabeção, palitando os dentes, assistia a uma partida de futebol na TV e se recusava a baixar o volume — então não tive alternativa a não ser sair da sala. Ouvi Ye Mei me dizer algo como "não veio".

MURONG

— Quem não veio? — Não entendi a que ela se referia.

— Não é "quem", é "aquilo"! — Insistiu ela, do outro lado da linha.

— Mas que diabo, afinal, o que é que não veio? — Perguntei, já impaciente.

— Seu filho de uma puta, não veio minha menstruação deste mês — vociferou ela, do outro lado da linha.

— Este desastre não seria de Li Liang?

— Maldito! Ele não tocou nem em minha mão ainda — queixou-se ela.

Eu também já perdia a paciência. Fazia muito tempo que ninguém me xingava daquele jeito. Perguntei-lhe, friamente:

— E o que vai fazer?

— Se eu soubesse o que fazer, eu iria procurar você? — ela respondeu, subitamente começando a chorar.

Pensei rapidamente e concluí que esse assunto não poderia ser resolvido em Chengdu, então disse:

— No sábado vamos à cidade de Leshan para fazer o aborto. Pense em uma desculpa para dar a Li Liang.

4

Ao caminhar pelas ruas de Chengdu, tem-se a impressão de se conhecer todo mundo. Um brilho nos olhos, um meneio de cabeça, podem escancarar os portões da memória e fazer o passado transbordar. Certa vez, ao comprar cigarros na entrada da Casa de Sapé do poeta Du Fu, a velha proprietária da tabacaria me tratou por meu apelido de infância:

— Coelhinho, como você cresceu.

Ela disse que tinha sido minha vizinha muitos anos antes, mas, por mais que eu espremesse os miolos, não me recordava de uma vizinha como ela. Outra vez foi ao entrar, bêbado, em um riquixá. O motorista falou para mim:

— Você se deu bem na vida!

— Quem diabos é você? Eu não te conheço.

— Fui seu colega no ensino fundamental, meu nome é Chen Três! Uma vez roubamos juntos a mochila de uma menina. Será que você se esqueceu?

Eu devo ter algum tipo de problema de memória. A partir de determinado momento, excertos inteiros de minha vida desapareceram.

MURONG

Com quem eu teria andado de mãos-dadas às margens do rio Funan? De quem era o sorriso que havia me enlouquecido, tanto tempo atrás?

Eu não consigo me lembrar.
Então, do que você pode se lembrar?

Algumas recordações de meu passado multicolorido eram agora lembranças vagas, borradas como pássaros em movimento. Vejo imagens de sorrisos de inúmeras pessoas que um dia conheci. Vejo mulheres de todos os tipos e tamanhos deitadas comigo, aguardando o alvorecer encostadas em meu braço. Alguns detalhes ainda são vívidos — o eu de 1998 vestindo um terno elegante e sentado na Cidade Diamante da Diversão, abraçado a uma garota de programa. Com a mão sob sua saia, eu lhe perguntava:

— Adivinha quantos dedos?

— Três — respondia ela.

— Errado! — E, ao levantar a saia, bradava: — São quatro!

* * *

Gordo Dong bateu à porta e entrou em minha sala. Desde que ele se tornara gerente, sua barriga ficava cada vez vistosa e ele caminhava com a firmeza de um funcionário de alto escalão. Eu o cumprimentei:

— Gerente Dong, caríssima benevolência, que palavras de sabedoria tem para mim, hoje?

— Seu bostinha. Vim trazer uma boa notícia. O escritório central aprovou o aumento do salário do departamento de vendas. Porém, não existe provisão para todos, no máximo para vinte por cento do pessoal. Veja quem merece e me entregue uma lista até amanhã.

Fiquei maldizendo-o pelas costas conforme o via afastar-se daquele jeito desengonçado. Gordo Dong tem jeito de idiota, mas eu subestimei seu QI. Agora, não importava quem eu designasse para

DEIXE-ME EM PAZ

o aumento, o restante se tornaria meu inimigo. Gordo Dong seria capaz de botar ainda mais lenha na fogueira, espalhando que escolhi dar o aumento para meus camaradas, transformando os demais em meus inimigos. A confiança que eu tão custosamente havia construído com o departamento seria destruída.

Espalhar rumores era a especialidade de Gordo Dong. O gerente geral anterior tinha sido demitido devido a uma venenosa carta sua, que o acusava de vários crimes, como assédio sexual no ambiente de trabalho, corrupção e desperdício. Sem chance que eu deixaria Gordo me sacanear também.

Tratei logo de chamar a meu gabinete os gerentes dos setores de manutenção, de autopeças e de óleos e lubrificantes. Distribuí entre eles a cota para o aumento e pedi que me entregassem listas separadas.

— Chefe, esqueça aquela história da amante. Parece que só haverá dinheiro para um caso de uma noite — comentou Zhou Yan.

Liu Três me deu uma piscadela maliciosa. Não respondi, apenas sorri e fiquei observando enquanto Zhou Yan saía da sala, rebolando aquela bunda enorme sobre as longas pernas, a pele branca como a neve.

* * *

Ao chegar em casa, pedi a Zhao Yue cinco mil *yuans*. Ela me perguntou para que finalidade, e eu respondi que havia engravidado uma moça de família e precisava para pagar pelo aborto. Isto era parte de minha habilidade para lidar com Zhao Yue: toda vez que eu lhe falava a verdade, ela pensava que eu estava escondendo alguma coisa. Quanto mais eu tentava disfarçar algo, mais desesperada ela ficava para descobrir o que realmente estava acontecendo. Como resultado, muita louça foi quebrada, lá em casa.

— Atreva-se, para ver se eu não castro você — ameaçou Zhao Yue, com raiva.

MURONG

Apertei-a em meus braços e ela se transformou em uma tenra bola de carne. Suspirei aliviado e pensei que ela era mesmo uma perdida.

Zhao Yue voltou a insistir sobre o destino do dinheiro.

— É para uma visita a um cliente de Leshan no fim de semana — respondi.

— Mas por que não pega um vale da empresa?

— Não fiz ainda a prestação de contas da viagem anterior e, antes disso, não liberam o vale.

Ao dizer isso, senti um arrepio de angústia, pensando que nos últimos poucos anos eu havia acumulado com a companhia uma dívida em torno de 200 mil *yuans*. Precisava resolver isso de uma forma ou de outra. Quando o eunuco veio fazer a auditoria, passou uma eternidade me chateando com esse assunto do débito.

Eu andava irritadíssimo devido à gravidez de Ye Mei. Não era a primeira vez que isso acontecia: a vendedora de grissini e uma estudante do curso de inglês da Universidade de Sichuan também tinham ficado grávidas, mas com elas foi fácil resolver. Dei alguns milhares de *yuans* a cada uma e ambas ficaram mais do que satisfeitas em despachar o problema por conta própria. Eu nem precisei comparecer. Mas desta vez, surpreendentemente, tratava-se da noiva de meu melhor amigo, e eu estava com vergonha de Li Liang.

* * *

No sábado, na hora do almoço, dirigi até os jardins de Jinxiu, onde estava combinado que eu buscaria Ye Mei. Suas bochechas estavam vermelhas de *blush* e ela vestia um *top* cor-de-rosa bem apertado contra o peito arrebitado.

— O que disse para Li Liang? — perguntei.

— Não te interessa — respondeu.

Xinguei-a mentalmente, pus para tocar um CD de Richard Clayderman e não trocamos mais uma palavra durante todo o trajeto até Leshan.

Toda vez que eu vou a Leshan fico no hotel Jiuyuefeng. O entorno é lindo, bastam alguns passos para se chegar à imagem do Buda Gigante esculpida na montanha. O melhor da região, porém, era a alta concentração de mulheres bonitas na área. Em 1996, quando a sauna do hotel estava recém-inaugurada, um cliente me levou ali para encontrar umas prostitutas. Centenas de beldades se alinharam para que escolhêssemos. O cliente me perguntou:

— Chen, você já foi imperador?

— Como assim, se fui imperador?

— Duas garotas.

— Quero ser imperador — respondi, boquiaberto e salivando. Naquele dia eu e ele gastamos mais de cinco mil *yuans*. Saímos de lá pensando que ser imperador era uma coisa muito boa.

Ye Mei e eu ficamos em quartos separados. Sugeri que ela descansasse e que fôssemos ao hospital no dia seguinte. Ela parecia bem cansada após as duas horas de viagem. Pensando na noite fatídica, eu me perguntei o que ela tinha na cabeça quando tirou a roupa. Enquanto tudo acontecia, Zhao Yue estaria adormecida há tempos. O que estaria sonhando?

Ao me lembrar de minha mulher, eu me senti mal. Durante muitos anos, eu mal lhe dediquei um pensamento, enquanto estava fora de casa curtindo a vida. Além de tudo, Zhao Yue ainda cuidava de meus pais, que eram mais próximos dela do que de mim. No Festival da Primavera do último ano, eles haviam nos dado um cartão de presente pela casa nova. Estava escrito: "Filho desnaturado, nora dedicada". O salário dela era baixo, mas o dinheiro para a compra do apartamento saiu quase todo de seu bolso. Ontem, ao chegar em casa, ainda a vi comendo um macarrão instantâneo bem baratinho. Meu coração se apertou de dor. Começava a considerar que já havia me divertido o suficiente nesses mais de cinco anos. Estava na hora de me aquietar, levar uma vida respeitável e me dedicar a minha mulher.

MURONG

Nesse exato instante começou a chover. O rio rugia, as folhas se agitavam nas árvores e jurei perante um relâmpago que ao voltar a Chengdu eu pagaria minha dívida com a companhia e faria o máximo para ter uma vida decente.

Ye Mei saiu para comer alguma coisa. Eu fiquei no quarto fumando em silêncio e refletindo sobre a primeira metade de minha existência. Quando Ye Mei voltou, entrou sem bater, pegou um cigarro dos meus e acendeu, me olhando de um jeito penetrante. Isso me deixava tenso, e perguntei:

— O que você está olhando?

Ela se deitou de costas, muito esparramada na cama:

— Filho da puta — disse, e deu mais um trago. — Vem brincar comigo mais uma vez.

Eu não sabia se ria ou chorava. Falei:

— Primeiro, não é legal xingar as pessoas. Em segundo lugar, você agora é a noiva de meu melhor amigo, não tem a menor chance de treparmos de novo.

— Mas que porra, você resolveu bancar o bom samaritano, agora? Bem que naquela noite você estava bem entusiasmado, não é?

Ao acabar de dizer isso, ela subitamente me atirou na cama.

Aquela era uma mulher realmente forte.

5

Li Liang resolveu fazer a festa de casamento no hotel Minshan e me pediu para organizar o banquete e os carros para o cortejo. Perguntei-lhe em que padrão, e ele se gabou:

— Cinquenta mesas, cada uma a dois mil *yuans* e no mínimo vinte carros de uma marca não inferior a Lexus.

— Que perdulário — ponderei. — Está rico a ponto de queimar dinheiro?

Ele deu uma risadinha e comentou:

— Eu só pretendo me casar uma vez nesta vida, então quero ter uma festa de arromba, capaz de deixar todo mundo com inveja.

Li Liang geralmente usava as palavras com muito critério, então aquele comentário não era uma vulgaridade dita à toa.

Mais uma vez, eu não podia deixar de me perguntar se ele sabia o que tinha acontecido entre Ye Mei e mim. Se ele me ligou bem no dia do aborto, alguma razão haveria. Eu perguntei onde ele estava e ele me respondeu que estava passeando com ela. Estupidamente, quase deixei escapar que ele estava mentindo. "Lorota! Ye Mei está na mesa cirúrgica neste exato instante", pensei. Ele deu uma risadinha e desligou de maneira evasiva.

MURONG

Depois da intervenção, contei para Ye Mei, e ela disse:

— Li Liang pode ser estranho, mas você não passa de um idiota.

Ye Mei estava muito louca naquela noite, e senti como se estivesse sendo estuprado. O vento forte e a chuva batiam na janela, seus cabelos desgrenhados se espalhavam por todo meu corpo enquanto as mãos dela se embrenhavam por meu próprio cabelo. Quando sugeri a ela que agisse com um pouco mais de delicadeza, ela respondeu, entredentes:

— Nem a pau, você que se foda.

Nunca imaginei que em um corpo como o desta moça pudesse haver tamanha força. Com a fúria de uma loba cujos filhotes tivessem sido mortos, ela me estapeava e mordia. Me assustou pra caralho.

Depois de gozar, Ye Mei se jogou por cima de mim e caiu em prantos. Seu cabelo estava sedoso, e sua pele, macia. Sobre meu rosto rolavam, uma após a outra, suas lágrimas frias e amargas, que me traziam à lembrança muitas coisas do passado. Sentia-me culpado e piedoso, com uma pontada inexplicável de carinho. Permaneci imóvel até me sentir sufocado por seu peso sobre meu corpo, então dei umas palmadelas em seu traseiro.

Ye Mei obedientemente se levantou, vestiu-se depressa e deu ao espelho um sorriso lindo e silencioso. Então abriu a porta e saiu sem pronunciar uma palavra.

No caminho de regresso a Chengdu, parei o carro e comprei duas galinhas caipiras para ela, dizendo que alimentasse bem os bichos. Vi um lampejo de emoção em seus olhos. Percebia em mim uma ligeira transformação, começava a aprender a agradar às pessoas. "Deve ser porque estou envelhecendo", pensei. No embalo da melodia tranquila, Ye Mei dormia tão profundamente quanto uma criança.

***

Cheguei em casa depois das 6 da tarde, vi minha mulher e perguntei:

— Qual era mesmo o nome do novo restaurante de *hotpot*? Vamos jantar lá!

Zhao Yue me olhou com surpresa.

— Ora, você hoje não tem que entreter nenhum cliente?

— Hoje não vou entreter ninguém, reservei a noite para me dedicar a minha mulher.

— Que pena — lamentou, rindo —, mas estou indo a uma festa.

Ao acabar de falar, ela pegou a bolsa, calçou os sapatos de salto alto e saiu tilintando pelo corredor.

Sozinho em casa, sentia-me cada vez mais entediado, insuportavelmente deprimido. Tinha uma sensação de não ser levado a sério. Rapidamente virei duas garrafas de cerveja e quase quebrei o controle remoto de tanto trocar os canais da televisão. Finalmente não me aguentei mais e liguei para Zhao Yue:

— A que horas chega? — perguntei, impaciente.

— Não me espere, eu quero ficar mais um pouco — ela respondeu, secamente.

Fiquei furioso, peguei o celular e liguei para Li Liang para convidá-lo a ir à boate Dong Dong comigo. Li Liang me chamou de imprestável e incapaz de buscar diversões mais nobres.

— O bastardo quer ir à boate Dong Dong — eu o ouvi comentar com alguém, e é claro que só podia ser com Ye Mei.

A boate Dong Dong era um dos lugares da moda em Chengdu. Originalmente, era um abrigo antiaéreo. Quando a cidade começou a se abrir para o mundo, uma parte foi transformada em um centro comercial subterrâneo, e a outra virou uma série de inferninhos. Eles se autoproclamavam boates, mas jamais vi ninguém dançando, ali. Homens frequentavam o local para pegar a mulherada, se esfregar e passar a mão nelas e alimentar pensamentos sujos. Ao final da música, eles davam dez *yuans* de gorjeta e consideravam a transação encerrada.

Mal cheguei ao salão, aproximou-se de mim uma moça alta que eu já havia bolinado. Ela comentou que eu andava sumido. Dei um tapinha em seu traseiro e avisei que hoje não ia dançar, tinha vindo

MURONG

apenas para olhar. Ela se virou e abraçou um gordo. Os dois estavam próximos como se estivessem colados. A mulher rebolava e usava os ossos do quadril para esfregar o púbis do gordo. O gordo babava e suas mãos, espécie de patas de porco, apalpavam o corpo dela de cima abaixo. Ela sorria amarelo com cara de "o que é que eu posso fazer?" Do nada, me lembrei da grande verruga em suas costas. Foi só o que bastou para acabar com meu tesão.

De repente, todas as luzes se apagaram e a boate ficou cheia de sombras fantasmagóricas. Meus olhos não conseguiam se acostumar à escuridão e eu avançava feito cego, meio aos tropeções, quando alguém me puxou delicadamente pela roupa e me convidou para sentar a seu lado. Sentei e das sombras surgiu um rosto — era minha amante vendedora de grissinis, toda sorrisos para mim.

Depois de se formar, Li Liang morou comigo por quinze dias, e então alugou uma casa na alameda Luoguo. Na época eu estava deprimido em casa, então fui morar com ele. Na entrada da rua havia uma lanchonete e foi ali que conheci essa moça. Ela havia chegado de uma aldeia do interior fazia pouco tempo, usava roupas velhas e desbotadas e, até mesmo no alto verão de julho, mantinha os botões bem fechados, já que trabalhava duro fritando grissinis em panelas borbulhantes.

— Você não está com calor? — perguntei a ela.

Seu rosto enrubesceu instantaneamente, o que me fez lembrar de uma colega do comitê de estudos, Ning Dong Dong. Na véspera da formatura, Ning Dong Dong e eu desfrutamos de um prolongado beijo entre os arbustos. Conforme eu discretamente abri seu sutiã, ela deu um gemido de queixume. Quando eu estava pronto para avançar, ela recobrou os sentidos, gritou "eu não!" três vezes e saiu correndo para o dormitório feminino. Esse fato constitui um de meus três fracassos universitários, os outros dois sendo repetir o quarto período por três vezes (sendo uma, por azar, por meio ponto) e ser pego exibindo filme erótico em uma sala de projeção alugada, o que fez desmoronar meu sonho de enriquecer.

Parece que minha amante da lanchonete tinha gostado de mim à primeira vista. Os grissinis que me servia eram sempre os maiores e mais suculentos, o que provocava ciúme em Li Liang. Pelas costas dele, saí para flertar com ela por uns minutos. Ela se divertia com minhas provocações, mas não cedia, e isso me fascinava. Tempos depois, ela me perguntou se eu podia ajudá-la a encontrar um lugar para morar. Endoideci de alegria e prometi ajudar. No dia de sua mudança, eu a penetrei à força. Ela não gritou nem xingou, mas se debateu tanto que fiquei todo arranhado. Quando terminei, fiquei com medo e disse, cabisbaixo:

— Você deveria dar parte à polícia.

Ela não respondeu, mas passados alguns instantes me puxou pela mão e convidou:

— Vamos fazer de novo, mas seja gentil, desta vez.

Depois disso, minha amante dos grissinis morou comigo por três meses. Todos os dias ela lavava minha roupa, cozinhava e limpava a casa toda. Quando eu chegava, recebia-me com um sorriso iluminado. Aquele período está vivamente gravado em minha memória. Dia após dia eu ia para o trabalho e voltava para casa, assistia à televisão e fazia amor — talvez tenha sido a época mais próxima da felicidade em toda minha vida. Entre as recordações mais marcantes está a vez em que briguei com ela até fazê-la chorar porque ela havia comido um dente de alho.

Quando Zhao Yue estava prestes a chegar a Chengdu, eu contei a ela que minha namorada estava vindo para morar comigo e que precisávamos nos separar. Ela ficou em pânico e lágrimas rolaram por seu rosto. Consolei-a e pedi que não ficasse daquele jeito. Ela não disse uma palavra, apenas chorou em silêncio ao longo de toda a noite. Eu não conseguia fazê-la parar e fiquei de coração partido. Na alvorada, ela secou as lágrimas, beijou meu rosto e disse:

— Chen Zhong, me dê dinheiro. Tenho que fazer um aborto.

Admito que fui um canalha e estava apenas interessado em seu corpo. Depois de nos separarmos, ela ainda me ligou algumas vezes, e eu,

MURONG

com medo de que Zhao Yue desconfiasse, desligava o telefone sem ao menos atender. Nunca imaginei encontrá-la em lugar como este.

— Quer dançar? — perguntou-me. — Eu não cobro nada de você.

Meu coração transbordou de arrependimento. Por todo lado eu via homens e mulheres se agarrando, se contorcendo até as posições mais ridículas para se esfregarem uns nos outros. Virei-me e olhei para aquela moça que uma vez fora pura, e tentei me colocar em seu lugar, imaginando como ela se sentia quando aqueles homens a apalpavam. Será que pensava em mim?

— Por que você está aqui? — perguntei.

— Por dinheiro — ela baixou a cabeça e sussurrou. — Você precisa mesmo perguntar?

— Você não quer voltar para casa?

Lembrei que, quando nos separamos, perguntei o que ela faria, e ela respondeu que iria para seu vilarejo e nunca mais sairia de lá.

A boate ficava cada vez mais cheia. Alguns homens tentaram tocá-la, mas ela afastou a todos. Apoiou a cabeça em meu ombro e comentou:

— Não quero retornar ao vilarejo, eu não suportaria o sofrimento. É muito difícil ser lavrador, hoje em dia.

Suas mãos eram suaves e macias, bem diferentes de quando eu a conheci, repletas de calos e ásperas. O que teria acontecido para que uma moça pura e simples se tornasse uma dançarina de boate, quem sabe até uma prostituta? Naquele ambiente esfumaçado e sujo, eu pensava quem seria o responsável. Eu? A cidade? Ou era simplesmente a vida?

Quando o salão começou a se esvaziar, tirei 1.000 *yuans* da carteira e dei a ela. Ela recusou, emocionada.

— Está bem, deixe ao menos que eu a acompanhe até em casa.

— Não precisa — respondeu ela, rindo. — Moro com meu namorado, pegaria mal.

— O que seu namorado faz? — perguntei.

— Trabalha na construção civil.

Após uma pausa, em que pareceu ouvir a pergunta que meu coração fazia, ela complementou:

— Ele sabe que eu estou aqui.

Quando abri a porta do táxi, ouvi-a chamar meu nome. Voltei-me e vi seus olhos marejados. Ela disse, soando como um coração partido:

— Se alguma vez se lembrar de mim, mande um torpedo, ok?

6

Em nossa tradicional reunião de segunda-feira, Gordo Dong enfatizava a importância da profissionalização:

— Vistam-se profissionalmente, falem profissionalmente, adotem uma mentalidade profissional — conforme se aproximava do frenesi, ele quase parecia dançar; com o movimento dos pés, a pelanca de seu corpo tremia toda.

Sentado a seu lado, eu fumava cabisbaixo e me perguntava por que assim que eram promovidas as pessoas se transformavam em devotados hipócritas. Lembrei-me da recepção a um cliente em julho. Na boate, escolhemos algumas mulheres. Sua expressão era aterradora e eu subitamente tive uma total compreensão do que significa a expressão "saque devastador". Se eu não estivesse junto, aposto que ele teria literalmente devorado uma delas. A tal moça primeiro tentou disfarçar com um sorriso, a seguir se esquivou, depois passou a empurrá-lo e, por fim, gritou de forma estridente. O pior é que, não satisfeito em assediar a própria acompanhante, Gordo resolveu também importunar a minha, perguntando a todos se os seios dela eram falsos ou verdadeiros, qual a cor de sua calcinha e ainda queria

MURONG

revistá-la para confirmar. Quando ela finalmente pediu a gorjeta, o imbecil ainda regateou, dizendo:

— Não acredito que você só fez isso por dinheiro. Estamos nos dando tão bem!

Instantes depois, nós o ouvimos dizer, ultrajado:

— Como é que você pode ser assim? Você é uma depravada! Tome aqui cem *yuans*, é pegar ou largar! E tira as mãos de minha carteira!

O cliente, de nome Zhou Dajiang, se enfureceu. Pegando um bolo de notas, se aproximou dela, dizendo:

— Tome, esforçada senhorita. Devolva os cem *yuans* para ele. Por favor, aceite este dinheiro.

Gordo Dong não achou que a intervenção era vergonhosa, viu o episódio como uma honra. No dia seguinte ele me disse, orgulhoso:

— Chen Zhong, quando você cai na noite, o melhor é gastar tão pouco quanto possível, e filar dos outros o máximo que puder. Aprenda comigo e você vai se dar bem.

— Sua profunda sabedoria é quase inatingível para mim — apressei-me em dizer, apesar de no íntimo estar pensando que já vi gente canalha, mas como ele, nunca.

No dia seguinte à visita à boate, Zhou Dajiang me telefonou para criticar a postura de Gordo Dong:

— Que filho de uma puta, nunca tinha visto alguém tão escroto — revelou, na personalidade franca e direta típica do nordeste do país, sua região natal.

Ao encerrar sua fala na reunião de segunda-feira, Gordo Dong abanou a mão como fazem os grandes líderes, e me perguntou:

— Gerente Chen, gostaria de acrescentar mais alguma coisa?

"Quer que eu fale, eu falo. Vou mostrar a você o que é boa oratória", pensei. Levantei-me, limpei a garganta e disse que as sugestões de gerente Dong mereciam um prêmio.

— A questão da profissionalização está basicamente relacionada à maneira como cada um se desincumbe de suas obrigações. O vestuário profissional e o linguajar profissional são aspectos externos, mas o mais determinante é o cumprimento de seus objetivos. Se vocês não atingirem suas metas de vendas (e aqui eu dei uma olhada bem significativa para a equipe comercial), não adianta vestirem os melhores ternos todos os dias e usarem um vocabulário sofisticado: vocês não passarão de meros idiotas.

Quando me virei para Gordo Dong, seu rosto estava púrpura como uma berinjela podre.

***

No fim do expediente, o contador veio me dizer que havia um problema com o reembolso de uma despesa, cuja nota eu apresentara na semana anterior, relativa a uma grande promoção envolvendo postos de gasolina. Como não havia uma carta dos postos confirmando a ação, ele não podia me pagar.

Eu tinha organizado uma promoção de vendas em parceria com a Companhia de Petróleo de Sichuan: quem gastasse mais de 500 *yuans* em um posto da rede teria direito a uma revisão gratuita em uma de nossas oficinas. O custo da revisão seria coberto pela empresa administradora dos postos de gasolina. Em um mês, fizemos mais de 200 mil *yuans* apenas na operação de manutenção, o que era um valor bem decente. No formulário de reembolso, preenchi o valor de dois mil *yuans*, dos quais três mil eram referentes a "diversos". Veja, eu simplesmente gosto muito de uma música que certa vez ouvi em um bar:

Meu esforço é grande, minha recompensa é pequena, todos os dias eu me esforço por algum ganho, rodando e escavando por aí.

Este mundo é muito injusto. Você só recebe uma pequena parte do dinheiro que é ganho a partir de seu próprio talento. A maior

MURONG

parte vai para um chefe que você nem chega a ver. Por isso, eu sempre retirava uma pequena soma de cada operação. Eu acreditava que nenhum comportamento nobre era possível a alguém angustiado em comer ou se alimentar. Se Li Liang fizesse meu trabalho, com certeza ele não seria tão desvirtuado como eu.

Falei seriamente com o contador, ponderando que os postos pertenciam à Companhia Estatal de Petróleo Sichuan. A quem eu pediria que confirmasse minhas despesas?

O contador sorriu com simpatia e me contou que a ideia partira do gerente Dong e que era melhor que eu o procurasse para resolver essa questão.

Escancarei a porta da sala de Gordo Dong e joguei o formulário de reembolso na mesa, bradando:

— Gerente Dong, o que está acontecendo? Assim não dá para trabalhar!

Gordo Dong respondeu-me em tom institucional:

— Não se altere, gerente Chen, estou simplesmente agindo conforme as normas da empresa.

— Por favor, seja claro. Apenas me diga se, afinal, é para continuar com essa promoção ou não. Se for para suspender, me avise já, pois ligarei imediatamente para a Companhia de Petróleo Sichuan.

O Gordo hesitou por um momento e depois, enfurecido, assinou meu formulário.

***

Depois de receber o dinheiro, liguei para Zhao Yue e a convidei para jantar no hotel Jinjiang.

— Oh! Que desperdício — reagiu Zhao Yue, menos do que empolgada.

Minha mulher sempre fora muito econômica, ficava em cólicas se gastássemos mais de cem *yuans* em uma refeição. Certa vez gastei

700 *yuans* em um perfume e ela sentia pena de usá-lo. Quando eu estava de bom humor, provocava-a:

— Você já é uma funcionária de médio escalão, por que se comporta como uma menininha vendedora de fósforos?

— Eu, funcionária de médio escalão? — ela me respondia, sorrindo —, no máximo me considero a dependente de um funcionário de médio escalão.

Ao sair do trabalho, passei na floricultura e comprei um buquê de rosas vermelhas de 268 *yuans*. A vendedora sorria generosamente. Escrevi no cartão: *Esposa, se você engordar um pouquinho ficará ainda mais linda, então coma bastante!* A vendedora observava com um sorriso ainda maior, então perguntei:

— Trato ou não bem a minha mulher?

— É comovente, senhor. No futuro, procurarei um marido como o senhor.

As palavras dela mexeram comigo.

Carregando o buquê, eu chamei bastante atenção ao entrar no hotel Jinjiang. As pessoas olhavam diretamente para mim. Escolhi uma mesa para dois ao lado da janela e ao me sentar enviei uma mensagem para Zhao Yue: *O marido já está a postos, venha e coma.* Esta era nossa senha amorosa. Havia muitas maneiras de comer: a posição do missionário, frango assado, papai e mamãe.

Infelizmente, ela nunca queria me chupar. Fiquei imaginando seu sorriso malicioso ao ler a mensagem e senti um discreto inchaço de desejo. Zhou Dajiang havia me dado dois comprimidos de Viagra e eu me perguntava se esta noite seria uma boa ocasião para experimentar.

Hotéis cinco estrelas oferecem um atendimento maravilhoso. Em menos de uma hora, reabasteceram meu chá quatro vezes. Impaciente, telefonei para Zhao Yue para perguntar por que ela ainda não havia chegado.

MURONG

Seu tom era bem distraído, quando disse:

— Hoje à noite tenho um compromisso, não vou poder encontrar-me com você. Mas vá em frente e coma sozinho.

— Mas tínhamos combinado! — exclamei, irritado.

— Tenho realmente um compromisso — ela falava como se fosse um diplomata —, não tenho como me desvencilhar, deixe para a próxima.

— Que merda de compromisso é tão importante? — vociferei. — Você ultimamente anda bem ocupada, não é?!

— Você é que é o ocupado — emendou ela, já sem fazer tanta apologia —, é apenas um simples jantar, e daí se eu não for?

E desligou o celular.

Quase explodi de ódio.

—Vai se foder — praguejei baixinho, e atirei o celular no chão. A atenta garçonete agilmente o resgatou e me devolveu, dizendo "o senhor deixou cair seu telefone". Observei sua expressão preocupada e meu coração se encheu de tristeza. Como seria bom se Zhao Yue tivesse mais consideração. Peguei o cartão do buquê e rasguei em mil pedacinhos, pensando "coma, coma você, empanturre-se até se saciar", e saí a passos largos do restaurante do hotel.

A garçonete chamou, lembrando-me das flores. Com um sorriso amargo, disse-lhe:

— Ficam para você.

E observei sua expressão absolutamente atordoada.

7

Quando saí do hotel Jinjiang, vaguei pelas margens do rio Funan, cujas águas estavam iluminadas pelos reflexos. Namorados caminhavam de mãos-dadas, murmurando, e havia um som discreto de risada.

Decidi que era hora de conversar seriamente com Zhao Yue. Fazia mais ou menos de uma semana que vínhamos tendo sérias brigas, que podiam começar a partir de qualquer coisa: uma palavra, um olhar qualquer. Eram discussões insuportáveis, em que antigas feridas já cicatrizadas eram reabertas e deixadas sangrando. No auge da raiva, eu queria até aplicar nela meus golpes de *kung fu*. Também não ajudava nem um pouco a mania de Zhao Yue de fazer resumos de nossas brigas. Quando acabávamos, ela não se fartava de distribuir as responsabilidades: quem disse o quê; eu disse isso porque você disse aquilo etc. Por isso, cada grande briga era seguida por uma pequena discussão. Eu lhe dizia:

— Nós estamos sempre duelando como Cao Cao contra Guan Yu[v]: uma grande briga a cada três dias e uma pequena a cada cinco.

MURONG

Apesar de sorrir por fora, por dentro ela se sentia zangada.

No início de nosso namoro, Zhao Yue era muito carinhosa e tinha posto várias coisas em ordem em minha vida. Costumávamos andar de mãos-dadas pelo *campus* após o jantar. O pequeno bosque, a colina e o gramado atrás do auditório da universidade ainda tinham rastro de nossas risadas e lágrimas. Uma vez fui abatido por uma febre muito alta e tive de ir para o hospital. Ela ficou a meu lado por dois dias, mal fechando os olhos, até que a temperatura cedeu. Quando melhorei, ela encostou a cabeça na parede e adormeceu de puro cansaço. Pensar nisso me afligia. Havia tantos bons sentimentos entre nós, como foi que chegamos ao ponto em que estávamos hoje?

Lembrei-me de uma briga feia que tivemos pouco antes de um Festival da Primavera. Tinha sido tão séria que acordamos toda a vizinhança.

— Basta. Não aguento mais essas brigas, vamos nos separar — propus-lhe, solenemente.

— Ótimo! Vamos amanhã mesmo ao cartório — aceitou ela, de pronto.

Ao amanhecer, já estávamos arrependidos.

— Ainda vamos ao cartório? — indaguei.

— Não tenho coragem de te deixar... — Ela caiu em prantos e se jogou ao meu colo.

Quando voltei para casa, preparei um chá e fiquei planejando minha reeducação perante Zhao Yue. Primeiro, eu prepararia para ela uma lista dos meus erros. E já tinha o roteiro na cabeça, começaria dizendo: "foi culpa minha, eu não deveria ter me zangado com você. Tem razão, era apenas um jantar, nada de importante. Além disso, eu poderia ter pedido para viagem e trazido para você".

Depois disso, eu casualmente mencionaria as flores. A lembrança dos 268 *yuans* ainda me doía, e com certeza comoveria Zhao Yue. Batendo no ferro enquanto estivesse quente, eu entraria nos temas centrais: tolerância, autocontrole e compreensão. Minha tática era confiar na psicologia: tensão crescente, encorajamento com premiação e um pouco de crítica educacional, de passagem. Acima de tudo, tentaria não perder o controle.

Para criar um clima favorável, resgatei elementos-chave de nossa relação: a blusa artesanal que eu lhe tinha dado em 1997, o cachecol que ela havia tricotado para mim em 1998, um conjunto de algemas e chaves comprado em um passeio ao lago Qinghai. Algumas noites, Zhao Yue exigia que eu fosse algemado a seu lado na cama. Ainda havia vinte e três cartas, dezesseis cartões comemorativos e duas grandes pilhas de fotos. Sem contar o caderno de capa preta onde ela havia copiado todos meus poemas. Ela o havia batizado de *Exilado em uma noite escura*. Na dedicatória, escreveu: "Você ama ler livros. Eu amo você como o ratinho ama o arroz".

Com uma clareza nem um pouco habitual, minha mente havia gravado uma imagem associada a isso. Zhao Yue erguendo a cabeça, o olhar fixo e apaixonado, a expressão solene pincelada por um leve traço de dor:

— No futuro, mesmo que eu não tenha mais você, ainda terei este caderno.

Zhao Yue não voltou para casa naquela noite. Às 3 da manhã, exausto, sucumbi ao cansaço e dormi um sono agitado. Despertei ao som de "Triste Oceano Pacífico" de Ren Xian Qi:

Um passo à frente e é o crepúsculo
Um passo atrás e é o nascimento
Das profundezas, o passado emerge
As lembranças voltam, mas você já se foi

Minhas emoções também emergiram. Comecei a chorar e não conseguia parar. Corri para o banheiro e reparei no espelho que meu rosto ainda era bonito.

MURONG

* * *

O resultado das vendas da empresa foi péssimo, neste mês: caiu dezessete por cento em comparação ao mesmo período do ano anterior. Fiquei chocado ao ler o relatório, pois sempre fomos o líder nos mercados de Sichuan e Chongqing, especialmente em óleos lubrificantes, o qual a concorrência não chegava nem perto. Uma vez, gabei-me a Cabeção Wang dizendo que, se nossa empresa parasse a produção por três meses, no mínimo cem mil carros ficariam parados em Sichuan. Cabeção ficou impressionado:

— Uau! Vocês são mesmo o máximo. Acho que vou simplesmente chamá-lo de "Deus do Carro", que tal?

Convoquei uma reunião com o departamento comercial para analisar o que havia corrido mal e pensar em uma estratégia. Iniciou-se uma discussão prolongada em que todo mundo queria dar seu palpite. Pouco a pouco, tive uma ideia, levantei-me e anunciei:

— Primeiro, em relação à nova marca Lanfei: vamos organizar uma grande reunião de vendas com os distribuidores e esgotar suas verbas para o ano. Segundo, para conter a ameaça das demais fábricas de carro da província de Sichuan, vamos alavancar as vendas focando no consumidor final. Terceiro, vamos fazer uma campanha de publicidade durante um mês, focando em televisão, rádio e internet. Executaremos uma estratégia de vendas em três frentes ao mesmo tempo.

Pedi a Zhou Yan para redigir a ata de reunião com nossas resoluções e enviar à direção geral da empresa antes do final do expediente.

— Vamos encaminhar ao gerente Dong para sua aprovação? — perguntou-me, cheia de dedos.

— Ele não entende porra nenhuma disso! — esbravejei, soltando fogo pelas ventas, e encerrei a reunião.

Ao sair da sala de reuniões eu ainda estava amaldiçoando Zhou Yan por sua estupidez. Por que eu haveria de deixar outras pessoas levarem créditos em cima do meu trabalho?

Minhas palavras logo chegaram aos ouvidos de Gordo Dong, que veio me procurar enfurecido, bufando de tal maneira que suas bochechas pareciam as de um sapo:

— Você não tem um pingo de respeito por mim!

Com uma expressão concentrada, mandei ver no palavrório corporativo:

— Gerente Dong, sua especialidade é administração, é melhor não interferir em questões de *marketing* e vendas.

— Zhou Yan! — chamou-a, furioso —, de agora em diante, nenhum documento vai para o escritório central sem minha assinatura! — Ordenou, e saiu ofendido.

— O que vamos fazer? — perguntou-me Zhou Yan.

— Distribua o relatório sem deixar ninguém de fora. Se cair o céu, eu seguro — proclamei, confiante.

Zhou Yan titubeou um instante e cochichou:

— Você não deveria confrontá-lo. Ambos sairão perdendo e ninguém ganhará nada com isso.

* * *

Antes do Festival da Primavera, recebi uma proposta de trabalho da companhia de lubrificantes Lanfei, que tentou me atrair com um grande salário. Sorri amargamente, pois estava mais do que desejando mudar de emprego, mas não sabia como quitar os 200 mil *yuans* que devia para a empresa atual.

Cada vez que me lembrava da dívida, ficava com dor de cabeça. O ex-gerente geral era um velhinho bondoso que, exceto pela luxúria, não tinha nenhum defeito: sempre seguia meus conselhos e jamais fazia perguntas. Agora, ele fora substituído por meu inimigo mortal Gordo Dong. Desde o momento em que entramos juntos na empresa, estabeleceu-se uma competição — ora aberta, ora velada. Nossa hostilidade tinha agora a força dos elementos da natureza: era fogo contra água. Esse cara, com certeza, não iria me perdoar. Eu tinha que pensar em uma saída.

MURONG

Telefonei para Li Liang e perguntei qual era a tendência do mercado de ações. Ele me disse que a situação era mais do que boa, era fodidamente maravilhosa. Em apenas um mês, sua conta tinha engordado em mais de 200 mil *yuans*.

— Se eu colocar quatro milhões de *yuans* para você operar por mim, quanto renderia em um mês? — sondei.

Do outro lado da linha, ressoava um barulho da calculadora e, instantes depois, ele proferiu:

— Se investir direito, você consegue tirar mais de dez milhões.

Quando escutei isso, meu coração começou a pular selvagemente.

O título de meu cargo nunca me pareceu muito importante, mas a verdade é que ele envolvia muita responsabilidade. Todo mês, pelo menos dois milhões de *yuans* passavam por mim. A empresa não controlava com rigor. Abra uma conta bancária pessoal, desvie de pouquinho em pouquinho, e ninguém daria pela falta. Nessa questão, Cabeção Wang e eu tínhamos o mesmo ponto de vista: não utilizar os recursos disponíveis seria um desperdício.

Dinheiro, eis o que faz tudo acontecer. No ano passado, envolvi--me com uma bela universitária de um metro e sessenta e oito, toda peitinho e bundinha, um fascínio de mulher. Depois de comprar-lhe um relógio, um celular e uma bolsa Jaeger, consegui levá-la para a cama. Mais tarde, passeando na loja de departamentos Primavera, vimos um vestido Ports de 3.700 *yuans*. Ela o provou e ficou linda dentro dele. Por alguma razão, porém, fui acometido de um ataque súbito de sovinice. Daquele momento em diante ela nunca mais quis sair comigo e todo meu esforço anterior foi por água abaixo. Foi realmente uma pena. Naquela hora, pensei, "se eu tivesse alguns milhões em mãos, duvido que uma putinha como você não se arrastaria a meus pés".

Encontrei-me com Cabeção Wang para trocarmos ideias sobre o investimento no mercado futuro e ele logo jogou um balde de água fria sobre meus planos:

— Você tem merda na cabeça? Esqueça essa ideia idiota. Se ganhar é lucro, claro, e qual seria o problema? Mas, se perder... Não importa o que você diga, na real nunca é possível devolver.

— Vou tentar a sorte com uns poucos milhares. Não vai dar problema.

— Você que sabe, mas é melhor conversar com sua mulher, ela é mais esperta que você!

8

Vinte anos atrás não havia tanta gente em Chengdu e o rio Funan era mais limpo. Eu morava em um condomínio que pertencia à companhia de água e eletricidade. Assim que acabava a aula, eu saía correndo para me juntar à gangue do bairro e fazíamos o diabo. Adquiri todos meus desvios de caráter naquela época: egoísmo, indiferença, desinteresse e boca suja. Uma noite, fiquei até tarde na rua e meu pai me repreendeu.

— Deixe-me em paz, cretino! — respondi, sem nenhuma educação.

Levei uma sova e fiquei com dor no traseiro por um mês inteiro.

Alguns anos mais tarde, comecei a beber, a ver filme pornô e a seguir mulheres na rua. Trabalhei duro nessa etapa preparatória para minha futura vida de *playboy*. Àquela altura, Li Liang ainda estava nos campos de Meishan plantando sementes, Cabeção Wang estava de tocaia na rua Xian tentando surrupiar uns *kebabs* de cordeiro e Zhao Yue choramingava enquanto seus pais brigavam. As pessoas que nós éramos, vinte anos atrás, não sabiam nada sobre a vida. Então, quando chegou a hora, nós nos fundimos

MURONG

à enxurrada da vida na cidade, e moldamos os relacionamentos que temos hoje em dia.

Cada vez que eu voltava para casa, percebia mais fios de cabelo branco em minha mãe. Ela era uma médica aposentada, mas passou a vida inteiramente dedicada a meu pai, minha irmã e meu irmão. Ela nunca se furtava a manifestar a própria opinião. Às vezes eu ficava imaginando se ela nunca pensou em ter um caso extraconjugal. Será que ela poderia ter sido como eu, sempre disposto a jogar tudo para o alto por um simples momento de prazer?

— Ah, então você ainda sabe o caminho de casa! — A velha fingiu ares de irritação, ao me ver chegar.

— Seu filho é muito ocupado — disse, sorrindo e dando-lhe um abraço.

— Você se diz tão ocupado, mas até agora não conseguiu fazer um neto para mim — reclamou.

Essa era uma das razões por que eu não ia muito para casa. Toda vez ela ficava me cobrando um neto, como se eu fosse um touro reprodutor. No entanto, era estranho, Zhao Yue e eu não usávamos nenhum contraceptivo há quase dois anos, e sua menstruação vinha sempre regularmente. Sob a insistência de minha mãe, fomos duas vezes fazer exames no Hospital Feminino e Infantil Touro Dourado. Resultado: tudo completamente normal. Quando fomos pela segunda vez, a médica que nos examinou era uma antiga subordinada de minha mãe. Ela deu a Zhao Yue dicas "infalíveis" para engravidar, como transar de costas com a bunda levantada. Ao voltar para casa, Zhao Yue exigiu que fizéssemos esse sexo científico, mas eu brochei no meio do caminho.

— Onde está papai? — perguntei.

— Jogando na casa de seu tio Wang, é claro — comentou.

Meu pai era viciado em todos os jogos de tabuleiro e, mal comecei a frequentar a escola, ele me ensinou a jogar *go*[vi]. Dois meses mais tarde, eu já lhe cedia jogadas. Depois de se aposentar, ele entrou para um grupo de *go* para a terceira idade. Por alguma razão incompreensível, começou a acreditar que havia progredido, e me ligou exigindo que eu fosse para casa jogar com ele. Naquele dia, ele perdeu sete partidas, eu ganhei todas. Na última, ele estava em vantagem, mas, por descuido, deixou um flanco aberto e eu acabei por sitiar suas peças. Não importava o que ele fizesse, não haveria escapatória para a armadilha. Ele queria voltar atrás na jogada, mas eu não aceitei. Meu pai ficou furioso e espalhou as peças sobre o tabuleiro.

— Maldita hora em que o botei no mundo, seu porco! — praguejou, em um forte sotaque de Henan. — Vejo que o eduquei para nada. Afinal, o que isso significa? Toda vez que quero desfazer uma jogada, você não deixa!

Zhao Yue, que estava a meu lado, conteve o riso, mas, ao sairmos, ela caiu em gargalhadas e disse que meu pai era uma gracinha.

Depois de me fartar dos bolinhos de *tofu* de minha mãe e sorver o chá, já me sentia melhor. Papai sempre dava um passo de cada vez e dizia que eu levava uma vida leviana, e ele tinha razão: havia diversas formas de ser feliz, uma delas era gozar a vida com tranquilidade. No caminho de volta para minha casa, eu me perguntei se valeria a pena ter um filho, para, como se diz, "tornar a vida bonita como o vento e o sol sem nuvens por mil quilometros".

***

Por volta das 3 da manhã, Zhao Yue se sentou na cama e começou a choramingar na penumbra. Eu tinha adormecido depois das 2h30, portanto fiquei mais irritado do que o normal por ser acordado. Resmunguei:

— Você deve ter alguma doença mental para estar chorando feito um fantasma no meio da madrugada.

Desde a noite em que ela não veio dormir em casa, eu tinha mudado de tática e instaurado a política dos três não: não perguntar,

MURONG

não demonstrar interesse e não ser educado. Eu calculava que, agindo assim, logo ela desmoronaria e confessaria tudo, mas ela me surpreendeu ao manter-se impávida, profundamente indiferente à autoridade de seu marido. A guerra fria durou três dias — os dois vivendo sob uma falsa paz, maculada apenas pela frustração sexual.

Na verdade, a frustração sexual nem me incomodava tanto. Antes de dormir, eu assistia a um filme pornô e, depois de bater uma, me sentia melhor. Prostrado na cama, suspirava. "Vamos ver quem resiste por mais tempo. Você realmente acha que não serei eu?", pensava.

Zhao Yue acendeu a luz e caiu em prantos apoiada na parede. Choro de mulher sempre foi meu ponto fraco, e assim que a vi, comecei a soluçar também.

— O que aconteceu? Não chore.

— Diga-me a verdade, Chen Zhong — perguntou-me soluçando. — Você, afinal, me ama ou não?

Muitos anos de experiência me ensinaram que este tipo de pergunta não pode ser respondido imediatamente. Você precisa ser evasivo, pois, se não tomar cuidado, qualquer alternativa estará errada. Se disser que "ama", é capaz de ser acusado de leviano, por responder depressa demais, como quem falou sem sinceridade; se disser que "não ama", é um homem morto.

— Por que pergunta? — indaguei Zhao Yue. — Você ainda se importa se eu a amo ou não? Você tem lá seu amante empresário, para que ainda quer seu pobre marido?

Ela se abraçou a mim e caiu em prantos de novo, suas lágrimas caindo sobre meu rosto. Entrei em choque e pensei que aquilo já bastava. Temi que algo realmente sério tivesse acontecido. Zhao Yue nunca soube mentir, tudo o que sente fica escrito na cara. Quando ela veio para Chengdu pela primeira vez, eu a estava ajudando a desfazer as malas quando apareceu entre seus pertences uma foto de um jovem bonito. No verso estava escrito: "Para Yue. Espero que este sentimento dure para sempre". Reconheci o sujeito como um dos

DEIXE-ME EM PAZ

maiores panacas em nossa turma. Ainda era um calouro quando nos rondava para ingressar no grêmio literário. Li Liang lhe dirigiu meia dúzia de perguntas obscuras e no final, sentenciou, altivo:

— Vá embora, não admitimos camponeses.

A fotografia não queria necessariamente dizer que houve alguma coisa entre eles, mas a dedicatória provocou-me imenso ciúme. Iniciei a tortura para arrancar dela uma confissão. Zhao Yue tentou se esquivar diversas vezes, mas eu a interrogava sem descanso. Ela não teve alternativa a não ser confessar que o paspalho a tinha convidado algumas vezes para sair e que ela sempre negava, até a última vez, em que, com pena, concordou em dar um passeio. Ele segurou a mão dela durante todo o tempo.

— Mas juro pela saúde de minha mãe que não fizemos nada!

Seus pais haviam se separado quando ela ainda era muito pequena e Zhao Yue tinha sido criada sozinha pela mãe. Eu sabia que ela não juraria pela mãe em vão.

— Diga o que tenha para dizer, eu já estou preparado — disse, enquanto me vestia.

Ela me beliscou com força o braço e disse entre soluços:

— Eu te conheço, você quer que eu tenha um caso para servir de motivo para me dar o fora.

Eu sufoquei toda a ternura, sentindo como se meu coração tivesse se transformado em pedra, e perguntei:

— Você está me dizendo que nunca teve um caso?

— Nunca, nunca — respondeu, chorando. — Pelo menos não agora.

Senti uma dor aguda. Tomei-a em meus braços e a apertei contra o peito, aspirando a delicada fragrância que seu cabelo exalava.

* * *

Quando acordamos na manhã seguinte já eram 10 horas. Zhao Yue tinha os olhos vermelhos e um sorriso tímido. Pelo jeito, bem-disposta.

MURONG

Liguei para Jovem Liu, chefe do departamento de Recursos Humanos, e pedi o dia de folga. O sujeitinho resolveu brincar comigo:

— Irmão Chen, isso é para ir deflorar mais algumas virgens, é?

— Vai tomar no cu. Hoje vou levar minha mulher para passear, cumprir minhas obrigações de marido, está entendendo?

— Se você não tem vergonha, ao menos tenha cuidado — falou, rindo.

Zhao Yue terminou de gargarejar e saiu do banheiro. Parecia uma nova mulher e lhe dei um beijo:

— Minha mulher é muito gostosa — elogiei.

Ela retribuiu com um sorriso meigo.

Saímos de mãos-dadas e fomos à avenida Yulin Norte para tomar uma sopa de macarrão com ovos; dividimos uma garrafa de cerveja. Quando ela se retirou para retocar a maquiagem, aproveitei para ligar para Cabeção.

— Cabeção, desta vez você vai ter que me ajudar.

— Que foi? Desembucha.

— Zhao Yue está tendo um caso, caralho — falei em voz baixa.

9

Dia de pagamento. Fui ao caixa eletrônico e verifiquei que o saldo não fechava com minhas contas. Meu salário básico era de seis mil *yuans* por mês, e com a comissão eu deveria receber em torno de 8.200. Entretanto, haviam depositado apenas 7.300 *yuans*. Fui perguntar ao contador o motivo e, ao folhear seus livros, disse-me que em março faltei duas vezes e, por isso, tinham sido descontados 900 *yuans*. Xinguei-o e fui atrás de Gordo Dong.

Ele estava conversando com Liu Três. Nos últimos tempos, Gordo vinha tentando arregimentar pessoas para seu lado. Ele convidava meus subordinados para almoçar e lhes enchia de presentinhos. De acordo com Zhou Yan, ele também prometera promoções e outros favores. Ontem, pelas 10 da noite, ela me ligou:

— Chen Zhong, adivinhe onde estou.

— Se não está sob alguém, então está por cima — falei, brincando com ela.

Ela me mandou não encher o saco e contou que estava no hotel Binjiang. Aparentemente, Gordo Dong estava pagando um jantar

MURONG

para ela e Liu Três, tentando fazer a cabeça dos dois para que "abandonassem as trevas e fossem para a luz". Liu Três já havia capitulado. Ela não aguentava mais assistir ao espetáculo e se refugiara no sanitário para me ligar. Sussurrante, arrematou:

— Tome cuidado, eles são umas cobras.

Parecia que tinham me dado uma paulada na cabeça. Não contava com a traição de Liu Três. O sujeitinho ingressou na empresa logo depois de formado e tudo o que sabe fui eu que ensinei. Sempre o tratei como um verdadeiro irmão. Concedia-lhe aumento a cada poucos meses e o promovi de degrau em degrau até a gerência, onde agora era responsável por mais de setenta funcionários. Se ele realmente juntasse forças com Gordo Dong, eu estaria ferrado.

Ao encontrá-los juntos na sala do gerente geral, observei:

— Os senhores estão obviamente tratando de algum assunto muito importante.

Liu Três, com o rosto erubescido, apressou-se em dizer:

— Irmão Chen, eu já estava de saída. Fique à vontade para conversar com o gerente Dong.

Eu me sentei e perguntei a Gordo Dong:

— Que história é essa de eu ter faltado no mês passado?

Fazendo-se de tolo, respondeu:

— Normal, apenas agi de acordo com o regulamento.

Isso fez meu sangue ferver.

— E quando é que eu faltei ao trabalho?

Ele só me encarou, pegou o telefone e chamou Jovem Liu, do RH, para sua sala. Ao chegar, Gordo Dong pediu-lhe que me explicasse à situação.

— Irmão Chen, nos dias 24 e 27 você não pediu dispensa, mas também não veio trabalhar, então registramos como falta — falou, constrangido.

Apesar de ele não ser um dos meus, era honesto e correto. Quando Gordo Dong escreveu aquela carta caluniosa contra o ex-gerente geral e obrigou todo mundo a assinar, apenas Jovem Liu se recusou. Voltando para casa juntos um dia, perguntei-lhe sobre isso. Ele me disse que tinha como princípio de vida não se envolver em brigas alheias e nunca difamar alguém. Isso me encheu de admiração.

A situação se tornou clara como água, para mim. Para Gordo Dong, tratava-se de matar dois coelhos com uma cajadada só. Jovem Liu e eu éramos pedras em seu sapato — nada mais óbvio, portanto, do que nos colocar um contra o outro. O cara tinha se formado em ciência política e era especialista em foder com as pessoas, até costumava se lamentar por não trabalhar no setor público. Contive minha raiva e disse:

— Nos dias 24 e 27 estive acompanhando clientes em atividade externa. Não há nenhuma base para uma dedução em meu salário.

— Segundo o regulamento da empresa, é necessário preencher o formulário de acompanhamento externo. Se você não preencheu, não tenho o que fazer — respondeu-me, com as mãos na cintura e o peito estufado como se fosse secretário-geral do partido.

— E será preciso mesmo tratar dos assuntos de maneira tão rígida? — perguntei, com um sorriso frio.

Abrindo os braços, ele comentou:

— Você descumpriu as regras do regulamento. Nós gostaríamos de ajudar, mas não temos como!

Isto era mesmo bem típico do canalha: ser um safado e falar como um santo. Levantei-me irado e bati a porta com força, levando os mais de cem funcionários do escritório a olhar.

***

Instantes depois, Liu Três veio a meu escritório perguntar o que fazer com aquele pagamento de Neijiang. Joguei um cigarro para ele e perguntei:

— Liu Três, como eu trato você?

MURONG

— Não há necessidade de perguntar. Se não fosse por você, onde eu estaria?

Conforme ele falava, sua voz falhou, e ele parecia estar se lembrando de toda a gentileza que eu havia demonstrado para com ele no passado. Senti um grande peso sair de meu coração. "Ainda bem", pensei, sabia que Liu Três não era o tipo de pessoa ingrata, e indaguei, sorrindo:

— Então, que promessa de lealdade foi essa que você fez a Gordo Dong?

Ele se descontrolou:

— Eu sabia que Zhou Yan era uma canalha! Aquela puta fica trocando olhares com Gordo Dong e ainda tem a coragem de contar mentiras a meu respeito!

— Como assim, ela troca olhares com ele? — perguntei.

Ele imitou a voz melodiosa de Zhou Yan:

— Gerente Dong, o senhor é maduro e sério, é o homem mais charmoso da empresa.

Ao ouvir isso, eu me senti enojado até os dentes. "Zhou Yan, sua sem-vergonha", pensei.

Sozinho no escritório, eu ficava cada vez mais indignado — 900 *yuans*! Gordo Dong merecia morrer, não podia escapar depois de me foder levianamente. Arquitetava mil e um planos de vingança. Contrataria uma gangue para lhe dar uma sova no meio da rua, até transformar aquela cara gorda e sebosa em uma papa; ou mexeria em seu carro para que ele sofresse um acidente fatal. Eu fantasiava em oferecer-lhe cigarros com heroína até que ele se viciasse e sua mulher o abandonasse. Se Gordo Dong tivesse um mínimo de intuição, neste momento estaria sofrendo calafrios.

O telefonema de Cabeção Wang me trouxe de volta à realidade. Ele parecia bêbado e disse que já havia conseguido a lista de chamadas telefônicas que eu tinha pedido. Quando contei que Zhao Yue estava tendo um caso, ele ficou ultrajado. Disse que sempre soube que eu deveria deixá-la, "aquela puta barata".

Ouvindo-o falar daquele jeito, fiquei pensando como esse negócio de sexo realmente mexe com as pessoas. Entretanto, no momento eu estava inclinado a crer que ela só tinha vacilado por um momento. Além disso, eu apenas estava desconfiado, não tinha visto nada. Por outro lado, tinha que admitir que as mulheres eram melhores do que os homens para esconder esse tipo de coisa. No terceiro ano da faculdade, Li Liang namorava uma moça de Chongqing chamada Su Xin, de rosto comum, mas gostosa de corpo. Era bastante desinibida e falava mais "caralho" do que eu. Houve uma vez em que saímos os quatro para jantar. Su Xin disse para Li Liang:

— Mesmo que nos flagrassem no dormitório, eu levantaria de um salto e protestaria: "Não, não chegou a entrar!"

Zhao Yue olhou para ela com reprovação, mas eu achava que no íntimo ela compartilhava com Su Xin a filosofia de jamais confessar seus erros.

Eu tinha pedido a Cabeção Wang uma cópia do registro de chamadas do celular de Zhao Yue. Meu raciocínio era que, se fosse um único vacilo, eu poderia perdoá-la, mas antes tinha de esclarecer os fatos, senão me tornaria um corno manso.

Cabeção, por outro lado, me incitava a dar um pontapé no traseiro de Zhao Yue:

— Como é que você pode tolerar isso? — perguntou. — Você ainda é um homem?

Ao ouvi-lo, fiquei sem saber onde enfiar a cara e senti que começava a odiá-lo.

A delegacia de Cabeção Wang era no centro da cidade. Quando cheguei, havia um tumulto em andamento. Havia dois caras algemados a uma escada e uma turma de velhinhas reclamando em voz alta, sem parar. Logo entendi o que se passava: os algemados eram

MURONG

operários desempregados. Eles arranjaram um triciclo — chamado de "orelha doce" no dialeto de Chengdu — e vinham transportando passageiros sem a devida licença. Quando a polícia confiscou o veículo, eles não demonstraram nenhum arrependimento, ao contrário: ainda ficaram puxando e empurrando, até que foram trazidos para a delegacia. As velhinhas, que assistiram a tudo, acompanharam a detenção até aqui, clamando em seu dialeto que eles fossem libertados.

Cabeção Wang se fechou no gabinete e ficou jogando uma versão de batalha naval no computador. Ao me ver chegar, disse, suspirante:

— Em tempos sem lei, os malfeitores estão em todo lugar.

— Você é um malfeitor também — respondi. — Acha mesmo que é da sua alçada prender caras que só estão tentando sobreviver?

— Estou apenas seguindo ordens superiores — comentou Cabeção, com um sorriso amargo —, não posso fazer nada. — Alcançou-me um calhamaço de papel: — Isto é o registro completo das ligações celulares de Zhao Yue no último ano. Investigue você mesmo.

Sentia-me confuso, sem saber se um calhamaço daquele tamanho era uma desgraça ou uma bênção. Para lá da porta, a confusão continuava. Dentro do gabinete, Cabeção me observava com expressão tensa. Comecei a me perguntar, afinal, quanto eu queria saber daquilo tudo. Uma vez que eu soubesse, o que iria acontecer? Como eu poderia enfrentar o segredo escondido entre aquelas folhas de papel?

Minha imaginação sobrevoou Chengdu, aquela selva de pedra de tráfego caótico, e visualizei Zhao Yue a caminho de casa, sua saia esvoaçante, seus longos cabelos balançando ao vento. Sua beleza ainda chamava a atenção das pessoas. Mas, a partir desde ponto, será que seguiríamos juntos até o fim?

Cabeção Wang me passou um lenço e deu uns tapinhas em minhas costas, dizendo:

— Não se abale. Chegando em casa, tenha uma boa conversa com ela. E telefone, se precisar de alguma coisa — consolou-me.

* * *

Ao abrir a porta, fui surpreendido por uma cena inesperada. Zhao Yue saiu da cozinha vestindo um avental e me recebeu sorrindo:

— Adivinhe o que cozinhei para você!

Inspirei fundo e disse:

— Carne ao molho de bambu, peixe ensopado e, com certeza, o frango xadrez, que eu adoro!

Ela me deu uma palmadela, dizendo:

— Guloso, você adivinhou, assim não tem graça!

Jantamos juntos e felizes. Zhao Yue tinha tomado algumas lições com minha mãe e progredido muito na arte culinária: a carne era suculenta, mas não gordurosa; o peixe, fresco e tenro; as castanhas, sem casca e recobertas de mel, e o frango, doce e crocante. Quando terminei, soltei um longo suspiro.

Encerrada a refeição, ela me mostrou como a casa estava toda limpa e as roupas, passadas com capricho. No quarto, nosso retrato de casamento tinha um beijo de batom sobre minha face.

Fui invadido por uma enorme ternura. Zhao Yue estava recostada à porta, observando e sorrindo para mim. Subitamente, joguei-a na cama e tirei sua roupa quase com violência. Ela fingia resistência, rindo e me empurrando de leve. Dali a instantes, porém, Zhao Yue segurou minha mão, bêbada de desejo, e urrou de prazer totalmente desinibida. Fizemos amor loucamente ao som do telejornal nacional e em meio ao ruído do chuveiro do vizinho.

Ao terminarmos, Zhao Yue acariciava meu peito com seu rosto e eu lentamente pousava, vindo do auge do desejo carnal. O universo era um grande vazio e eu me deixava ficar prostrado, molhado de

MURONG

suor e sereno. Contudo, persistia um traço de preocupação. Uma poesia muito antiga me atravessava a mente:

Uma noite, anos atrás,
Você cobriu o rosto e chorou
A luz da juventude às vezes parece próxima, e às vezes distante.
Quem o tornou um cético por toda a vida?
Quem foi verdadeiro e ficou no mesmo lugar?
Quem está no paraíso?
Quem está no inferno?
Quem ainda procura por você em sonhos?

Um sentimento de pesar tomou conta de mim e quase me fez chorar. Zhao Yue me apertou forte nos braços, a luz em seus olhos tão clara quanto água. Várias coisas me vieram à memória ao mesmo tempo. Revi um encontro com ela, sete anos antes, na escadaria da biblioteca. Ela trazia um livro sob o braço quando se aproximou de mim.

— Será que trabalhar é só o que você faz? — perguntei.

Ela baixou a cabeça, mas sorriu. Eu disse:

— Há alguém que gostaria de convidá-la para um drinque, mas não sabe se você aceitaria.

Ela sorriu, apertou o livro contra o peito e perguntou:

— Quem é esse tímido? Vamos!

Ficamos nos olhando com alguma solenidade. Lentamente, os cantos de sua boca se curvaram em um sorriso e o sorriso foi ficando cada vez mais largo, até que se transformou em uma inesperada risada. Sem saber por quê, começamos ambos a gargalhar. Nosso riso era alto, feliz e cheio de vida. De volta ao momento presente, ficamos abraçados na cama, nos acariciando, até que uma parte de mim se ergueu outra vez. Justamente nessa hora, tocou o celular. Era Zhou Yan.

— Chen Zhong! Qual é o seu negócio? — esbravejou.

— O que houve? — perguntei.

— Gordo Dong acaba de vir aqui me acusando de traição. Vou dizer, nunca imaginei que você me entregaria desse jeito. Como é que pôde fazer uma coisa dessas! — vociferou, chorando, e desligou.

Zhao Yue perguntou-me o que houve e eu, de dentes cerrados, não respondi. Liguei logo para Liu Três, mas ele não atendeu. Insisti até ouvir sua voz. Eu lhe pedi que me explicasse o que estava havendo.

Após um período de hesitação, ele disse:

— Irmão Chen, há algo que sempre quis perguntar-lhe.

— Pergunte.

— Quando Gordo Dong preparava a denúncia contra o gerente Sun, você sabia de tudo. Por que não fez nada para impedir ou, no mínimo, alertou o gerente Sun?

Eu mesmo estava arrependido e sentia remorso em relação a isso. Quando Gordo Dong estava redigindo a carta, disse-me que o gerente Sun era um inútil e que sua saída da empresa seria boa para todos nós. Naquele momento, entrevi uma boa oportunidade para minha própria carreira, por isso não me meti no assunto. Então falei para Liu Três:

— Então é por isso que você se aliou a Gordo Dong para me foder?

Ele não respondeu.

— Saia de casa, se tiver coragem, e vamos conversar cara a cara.

— Já que chegamos a esse ponto, não temos mais nada para conversar.

— Liu Três, seu filho de uma puta! — bradei, furioso.

— Minha mãe já está velha, irmão Chen. Se quer trepar, eu te arranjo duas frangas novas.

10

A cerimônia de casamento de Li Liang foi uma sensação em Chengdu. No dia 1º de maio, vinte carros cintilantes, alinhados como palavras em uma frase, partiram de Jinxiu Gardens em direção ao hotel Binjiang. Como tínhamos contatado a polícia de trânsito, não houve problema. Era eu que liderava o cortejo, em um Mercedes-Benz 320. Eu cantarolava em silêncio e rodava um cigarro Zhonghua nos lábios. Ao ver um sinal vermelho, acelerei, como um delinquente. Li Liang estava sentado a meu lado com expressão solene, muito *cool* em um terno Ermenegildo Zegna de trinta mil *yuans*.

Eu o provoquei:

— Li Liang, meu filho, hoje é o dia de seu casamento. Por que a cara fechada?

Ele não sorriu, apenas respondeu de volta, seriamente:

— Talvez porque eu esteja um pouco temeroso?

— O que há para se temer? Ye Mei não vai morder você, no máximo te chupar.

MURONG

Ele riu e agitou o punho, mas logo silenciou de novo e suspirou profundamente, oprimido pela ansiedade.

Eu testemunhei a juventude de Li Liang, e estava bem familiarizado com todas suas ex-namoradas, até o número do sutiã. Mas não me entenda mal, foi ele que me contou tudo. No segundo semestre do primeiro ano da faculdade, ele se apaixonou por uma moça de Jiangsu que cursava educação física. Ela era de uma beleza clássica: olhos grandes, lábios vermelhos, pele clara e nariz reto. Mas o corpo... Grotesco. Os antebraços eram grossos como minhas panturrilhas; a parte superior dos braços era inchada, e a caixa torácica, enorme. Ela possuía o que popularmente se chama de "costas de tigre com cintura de urso". Corriam rumores de que, uma vez, um cara tentou roubá-la no refeitório, e ela reagiu. A peleja mal tinha começado quando ele ficou sem forças, sentou-se no chão e começou a chorar. O cara se recusava a ficar de pé, como se ela tivesse jogado uma maldição sobre ele. A moça apreciava correr pela manhã e tinha a força de dez mil cavalos galopando juntos. As duas magníficas elevações em seu peito moviam-se para a frente e para trás como as ondas do mar. Era uma visão hipnotizante. Certa noite, depois do apagar das luzes do dormitório, ficamos conversando sobre ela. Um colega de quarto, chamado Chen Chao, da província de Shandong, batia no encosto da cama e dizia, admirado, em relação aos seios da moça:

— Minha mãe, aqueles seios são como dois Monte Tai[vii]!

Assim, pegou o apelido de "Monte Tai" na moça. Não sei do que Li Liang gostava nela, mas acredito que tenha sido um amor verdadeiro. Toda vez que voltava de um encontro, Li Liang tentava me arrastar para a sauna para me contar sobre como seguraram as mãos, como se beijaram, como usou as mãos para "escalar o Monte Tai". Não havia nada que ele não me contasse.

Li Liang era muito talentoso àquela altura, e se atirava às coisas com paixão. Todos os dias, ele escrevia poemas românticos do tipo "contra a correnteza, eu a segurarei em meus braços", o que provocava o total desprezo de Cabeção Wang. Quando estávamos sozinhos, ele me perguntava:

— Será que entrou água na cabeça de Li Liang?

Naquele ano, quando chegaram as férias de verão, Monte Tai voltou a Nanjing, sua terra natal. Nós a acompanhamos à estação de trem. O casal derramou lágrimas, entrelaçou as mãos e ficou se olhando nos olhos profundamente. Tive vontade de rir, mas me segurei. Quando o trem iniciou a partida, Monte Tai acenou com tristeza de dentro do vagão, e o que aconteceu depois ninguém teria imaginado: Li Liang saiu correndo como um leopardo, na mesma velocidade da locomotiva, e batia no vidro, gritando:

— Pequena Zhu, eu te amo! Eu te amo!

Sua voz ecoava na plataforma, chamando a atenção de todos na estação. A cem metros de distância de onde eu tinha ficado, Li Liang se atirou ao chão, com um estrondo dramático. Corri até ele, que estava deitado, imóvel, com um fio de sangue escorrendo da testa.

Quando você conta seu sonho para dez mil pessoas
Seu sonho ganha asas
"Amor", de Li Liang

Logo depois das férias, estranhamente, eles se separaram. Li Liang não contou o motivo, só fumava, deprimido. Aconteceu a mesma coisa com as namoradas posteriores — nenhuma durou mais que três meses, e eu desconfiava que Li Liang tivesse algum problema sexual. Uma vez fiquei lendo a noite toda, e ao amanhecer subi discretamente à cama de meu amigo na intenção de roubar um cigarro. Ele parecia estar dormindo, mas, ao me ouvir, voltou-se abruptamente, com o rosto pálido. Percebi que ele estava se masturbando.

Muitas pessoas, como Li Liang, são capazes de sacrificar muito em nome do amor. Eu ao mesmo tempo respeitava e desprezava esse

MURONG

tipo de gente. Meus sentimentos são mais complexos. Eu sempre vi o amor como um jogo. Ninguém ama *realmente*; ou, para dizer de outra maneira: nós realmente só amamos a nós mesmos.

Depois de se separar de Monte Tai, Li Liang ficou emocional e espiritualmente muito instável, e costumava sumir no meio da noite. Uma vez, Cabeção Wang e eu saímos para procurá-lo e o encontramos sentado em um pequeno bosque em frente ao dormitório feminino, voltado para a janela de Monte Tai e assobiando uma melodia desafinada. Eu ia chamá-lo, mas Cabeção me deteve. Quando o luar se moveu feito água, derramando uma luz prateada sobre o bosque, vimos duas grandes lágrimas a rolar pelo rosto de Li Liang.

Acelerei o carro pensando que Li Liang ainda sentia saudade de Monte Tai, mesmo após todos estes anos. Apesar disso, levava uma vida muito melhor do que a minha. Ganhava dinheiro, tinha *status* e compreendia as grandes questões existenciais, enquanto eu, no fundo, ainda era o mesmo de cinco anos antes: um calouro tímido usando uma camiseta de cinco *yuans*.

* * *

Para alegrar Li Liang, esforcei-me para animar a cerimônia de casamento. Perguntei a Ye Mei:

— Você aceita Li Liang como seu legítimo esposo?

Ye Mei acenou positivamente com a cabeça, e continuei:

— Você o aceita sob vento, chuva, raios e trovoadas, no inverno quente e no verão frio, aceita-o para amar, confortar e foder?

Todos os convivas caíram na gargalhada. Ye Mei me encarou com ódio. Lembrei-me daquela louca noite em Leshan e do longo período durante o qual ela não disse uma palavra.

Os noivos foram de mesa em mesa para brindar. Cabeção Wang apontou para vários tipos de louça em uma tigela[viii] e perguntou a Ye Mei:

— Quantos pires têm na tigela?

Depois de hesitar um pouco, Ye Mei respondeu:

— Na tigela tem sete pires.

Todos na mesa entenderam o trocadilho como "sete vezes em uma noite", e caíram em gargalhadas. Zhao Yue se debruçou sobre mim e riu até ficar sem fôlego. Eu disse:

— Uau, Li Liang, você é mesmo garanhão, sete vezes em uma noite, haja força e resistência!

Minha tirada provocou risos e mais risos na mesa. Ye Mei, que demorou bastante para entender a piada, em um rompante pegou uma taça e atirou o vinho em mim. A bebida, de 800 *yuans* a garrafa, escorreu por meu peito em direção ao abdome. Eu me pus de pé, a bocarra de espanto de Cabeção Wang preenchendo todo meu campo visual.

Depois se seguiu a confusão. Todo o salão estava em choque. Zhao Yue se apressando em secar a bebida de meu rosto e Cabeção, que havia saltado de indignação, de repente imóvel, sem saber o que fazer. Ye Mei, enrubescida, ainda segurava firme a taça, e Li Liang me olhava com um sorriso estranho. A mim pareceu que ele estava matutando alguma coisa. Lambi os lábios: era um vinho *bordeaux* adocicado e de retrogosto levemente ácido.

Naquela noite ninguém teve mais clima para nada. Cabeção Wang pegou o microfone e gaguejou algumas palavras, e assim se encerraram as bodas.

No caminho de volta para casa, Zhao Yue ficou olhando para fora da janela, sem dizer nada. Propositalmente, dirigi em alta velocidade, tentando provocar alguma reação, mas do momento em que entrou no carro até chegar em casa, ela nem mesmo olhou para mim.

— O que houve? — perguntei.

Ela estava deitada completamente vestida e não me respondeu, apenas continuou raspando as unhas na parede. Quando a abracei, ela se desvencilhou em silêncio.

MURONG

— O que houve, afinal? Fale alguma coisa! — insisti, impaciente.

— O que é este relacionamento? — ela perguntou.

Ri com raiva e respondi:

— Isto é mais do que um *relacionamento*. Você é minha mulher!

— Parece que você está mais interessado na mulher dos outros.

Subitamente, fiquei preocupado.

— O que quer dizer com isso?

— Responda você!

Eu estava tenso com a possibilidade de ser descoberto. Fingindo indignação, virei o rosto para o outro lado e balbuciei:

— Você é louca.

Zhao Yue continuou a me ignorar e voltou a arranhar a parede. Fiquei sentado feito um idiota e, de repente, me veio uma ideia. Desci as escadas de dois em dois degraus e fiz uma ligação do telefone público do condomínio.

— Alô — atendeu um homem do outro lado da linha —, com quem deseja falar?

— Com Zhao Yue.

Ele pareceu surpreso e perguntou:

— Quem é?

— Eu sou o marido de Zhao Yue e você, quem é?

Ele ficou em silêncio e então a linha caiu. Desliguei, liguei para o celular de Zhao Yue e ouvi uma gravação: "Este número está ocupado. Por favor, tente mais tarde".

Sorri com indiferença.

***

Eu me sentia aguilhoado pelo ressentimento. Liguei para Cabeção Wang e o convidei para beber, mas ele disse que já estava dormindo e que poderíamos ir outro dia. Notei que ele parecia estar um pouco enfadado de mim. Em seguida tentei Zhou Weidong, que estava visitando a montanha Qingcheng e só voltaria dois dias depois. Finalmente, liguei para o celular de meu cunhado. Ele me xingou. Aparentemente, no dia anterior a família havia se reunido para um jantar e ficaram todos a minha espera, mas eu não apareci.

— A velha ficou reclamando a noite inteira — comentou.

Desliguei. Alguns carros de bombeiro passaram correndo. Fora isso, a noite estava tranquila. De um apartamento saía o som de risos; de outro, sons de choro. De pé nas sombras onde as luzes não me alcançavam, eu me peguei sorrindo, mas não estava feliz.

Um táxi parou ao meu lado e o motorista me olhou, interrogativo. Acenei com a cabeça, abri a porta e entrei.

— Para onde vamos?

— Encontre um bom lugar para brincar.

— Brincar com o quê?

— Com mulheres.

— Tente a boate Longtan, na rua Cento e Cinquenta. Tem muitas mulheres lá, tão bonitas quanto baratas.

— Ótimo — eu disse. — Leve-me à Longtan, rua Cento e Cinquenta.

11

O táxi parou em frente a uma parede repleta de anúncios que alertavam contra gonorreia e sífilis. Passei ao motorista uma nota de cinquenta e ele perguntou se deveria esperar por mim. Respondi que não.

O nome rua Cento e Cinquenta se referia aos preços: por 150 *yuans*, podia-se obter qualquer coisa. Dos dois lados, havia setenta ou oitenta "boates de caraoquê", uma fachada para locais onde cantar não era necessariamente a principal atividade. Cada boate tinha luminosos mais cafonas do que a outra, e de todas saía uma cantoria horrível, misto de touros mugindo e cavalos relinchando. Dúzias de garotas ficavam sentadas do lado de fora de cada lugar, sorrindo através de um disfarce de maquiagem e falsa juventude.

Lentamente desci a rua. De ambos os lados, recebia propostas de baixo calão. Havia o tipo romântico:

— Venha cá, meu lindo, eu te amo.

O tipo financeiro:

— Lindas garotas a preços razoáveis, só um idiota recusaria!

MURONG

O tipo eficácia sexual:

— Senhor, venha se divertir aqui. Nossas garotas são realmente boas nisso!

Um baixinho aleijado me seguiu tentando vender seu peixe:

— Nossas meninas têm quinze ou dezesseis anos, todas macias e fresquinhas, vamos?

Desvencilhei-me dele e continuei caminhando pela rua, analisando as moças dos dois lados. Meu celular tocou: era Zhao Yue. Derrubei a chamada, mas ela continuou a insistir, então desliguei o aparelho.

Fui eu quem deu a Zhao Yue o primeiro celular de sua vida. Primeiro de maio de 1997, precisamente há quatro anos. Na época, um Gc87c da Motorola custava mais de cinco mil *yuans*. Zhao Yue achou caro demais e não o quis, até que esclareci:

— Acha que comprei o celular para *seu* benefício? Raciocine, lerdinha. Isso é para facilitar meu rastreamento de seus movimentos.

Depois disso, ela relutantemente aceitou o telefone, mas nos primeiros meses quase nunca o ligava. Seu consumo mensal de minutos ficava abaixo da franquia. Ela não se tornou um membro ativo do grupo de usuários de celular até que foi promovida no trabalho e passou a receber um subsídio de 150 *yuans* por mês.

Minha cabeça ainda estava girando pela ligação que fizera mais cedo. Aquele número aparecia regularmente entre as chamadas realizadas por Zhao Yue nos últimos dois meses — a maior frequência foram nove em um só dia; a mais longa durou uma hora e dezessete minutos. Chequei a data e vi que era exatamente o dia em que eu havia lhe comprado as rosas. Enquanto eles conversavam, eu tinha ficado em casa esperando por minha mulher. Pensando em como lhe pedir desculpas.

Nos últimos dois dias, eu tinha me esfalfado com os preparativos do casamento de Li Liang. Eu havia organizado o empréstimo dos automóveis com os militares, negociado o banquete, redigido e despachado os convites e decorado a suíte nupcial. Estar tão ocupado me ajudou a esquecer este assunto. Ainda assim, qualquer minuto livre era preenchido por divagações sobre onde eles iriam se encontrar, onde iriam transar, e se Zhao Yue gemia sob o amante como gemia sob mim. Estranhamente, não me sentia zangado, apenas triste. Na noite anterior, depois de uns drinques, fiquei por um tempo parado em frente à janela, em completo torpor. Li Liang percebeu que havia algo de errado comigo e tentou me sondar sobre o que era, mas eu me esquivei do assunto.

Eu estava arrependido por ter dado aquele telefonema. Se não fosse pela ligação, talvez as coisas pudessem ter voltado ao normal. Eu poderia ter escolhido acreditar que estava sendo paranoico, e feito o contorcionismo mental necessário para aceitar qualquer explicação que Zhao Yue me desse. Não importa se eu continuasse a suspeitar dela pelo resto da vida. Mas agora tinha surgido este estranho, e a distância entre mim e Zhao Yue crescera. Estávamos frios um com o outro, afastados como se dezenas de milhares de quilômetros tivessem se interposto entre nós.

Uma moça de rosto arredondado me puxou pelo braço e esfregou os enormes peitos em mim.

— Ei, bonitão, você é um gato. Quero amar você.

Sorri e pensei sarcasticamente que o amor era tão barato que por apenas 150 *yuans* podia-se comprar uma quantia generosa dele. A favor da moça, porém, devo dizer que tinha um belo rabo arredondado. Eu me senti bem ao esfregá-lo de leve. Eu a segui até um quarto parcamente iluminado. Ela tirou a roupa e se deitou na cama sorrindo para mim. Abracei-a e enterrei a cabeça entre os seus seios pensando que, se Zhao Yue morresse bem naquela hora, eu não daria a mínima.

Descendo as escadas depois que tínhamos terminado, a garota resolveu bancar a doce carinhosinha. Ela me abraçava e me chamava de "maridão". Inesperadamente, isso me tirou do sério.

MURONG

— Vai se foder! Ninguém aqui é seu marido! — vociferei.

Ela me encarou com os olhos em choque.

— Vadia! — bradei, e saí. Pelas costas, ainda a ouvi gritando "vai foder sua mãe!"

Liguei o celular para ver as horas: meia-noite, já. A rua estava cheia de carros. Este era o horário em que muitos homens de Chengdu, enfastiados de tanto comer e beber, vinham extravasar seu excesso de energia. Quantas histórias trágicas sobre a juventude teriam se desenrolado nesta rua escabrosa, em meio a luzes coloridas, música, maquiagem e camisinhas? Suspirei e subitamente senti fome, lembrando que mal havia comido qualquer coisa no jantar de casamento. Quando Ye Mei atirou o vinho em mim, eu ainda não tinha dado uma só mordida no caranguejo peludo preparado especialmente para a ocasião.

Zhao Yue telefonou de novo. Desta vez, após um momento de hesitação, resolvi atender.

— O que está fazendo? — ela perguntou.

— Estou na zona.

— Sei que você tem discordâncias comigo. Volte para casa para conversarmos.

— Eu ainda não gozei, então você vai ter que esperar um pouco.

— Canalha! — bradou e desligou.

Fiquei contente de novo; pensar na cara de raiva de Zhao Yue melhorou meu ânimo. Havia alguns pequenos restaurantes ao longo da rua. Entrando em um deles, pedi duas garrafas de cerveja, umas entradas e carne de porco refogada. Comi com enorme prazer, imaginando que naquele momento Cabeção Wang deveria estar dormindo com a esposa e que Li Liang estava provavelmente transando com Ye Mei. Pensar em Li Liang me fez sentir culpado de novo. Ergui o copo em direção às luzes de Chengdu e fiz um brinde mental: "Li Liang, meu irmão querido, por favor, me perdoe. Se eu soubesse que Ye Mei era sua mulher, mesmo ameaçado de morte eu não tocaria nela".

DEIXE-ME EM PAZ

* * *

O restaurante era um muquifo imundo. Enquanto estava comendo a carne, encontrei um longo fio de cabelo. Sentindo-me enojado, virei de lado e cuspi. Foi nesse momento que vi um Honda Accord verde--escuro entrar lentamente na rua. Gordo Dong estava na direção, movendo a cabeça de um lado para o outro enquanto inspecionava a mercadoria. Rapidamente esvaziei o copo e fui para fora observá-lo. Finalmente, ele estacionou em frente ao caraoquê Lua Vermelha.

Gordo Dong tinha todo o jeito de um burocrata: obeso, com bochechas redondas e orelhas grandes, mas, ainda assim, digno. Em contraste, sua esposa era magra e feia a ponto de assustar qualquer um. Um dia eu os vi andando juntos na rua: a mulher caminhava na frente com um cigarro na boca; Gordo Dong a seguia como um cachorrinho, servil e obediente, com uma expressão de reverência na cara. Em 8 de março do ano passado, dia internacional da mulher, Gordo Dong chegou ao trabalho com duas horas de atraso, hematomas e marcas de arranhão no rosto e no pescoço, e olhos de quem havia chorado. Suspeitei que sua mulher havia batido nele.

Procurei na agenda do celular o número da casa de Gordo Dong, e apertei a tecla de chamada com um grande sorriso. A voz estridente de sua mulher perguntou quem era. Quando eu estava prestes a responder, tive uma ideia genial e me apressei em desligar. Corri ao telefone público da esquina e digitei três algarismos: 1-1-0.

A policial de plantão soava meiga. Ela perguntou qual era o problema. Baixei a voz e disse que suspeitava que alguém estivesse portando drogas. Recentemente, a polícia havia recebido muita publicidade por sua campanha contra as drogas, e disseram que um esquadrão de Xichang havia sido transferido para cá. De fato, apenas uma semana antes, um colega de ensino médio de Li Liang, que havia recém-inaugurado um restaurante de sopas picantes, foi pego comprando nada menos do que 125 quilos de semente de papoula

MURONG

no mercado de Lianhua Pond. Li Liang quis pagar a fiança, mas Cabeção desaconselhou:

— Não se meta nessa encrenca! Estamos no pico da operação contra as drogas, quem quer que se envolva está frito.

Assim que ouviu a palavra "drogas", a policial se animou toda, e começou a me perguntar sobre o local e a pedir uma descrição detalhada do sujeito. Informei a localização aproximada e o número da placa do carro, mas aleguei não ter visto seu rosto claramente.

— Ele é bem gordo e está de camisa roxa. A droga pode estar escondida nele ou no interior do pneu.

A policial ainda pediu meus dados para identificação, mas fingi estar com medo.

— Por favor, não me pergunte. Eu não teria telefonado para a polícia se soubesse que vocês pediriam meus dados pessoais.

Estava me divertindo muito em tramar esta armadilha contra Gordo Dong porque eu próprio tinha sido vítima de um infortúnio semelhante, em 1999, durante uma viagem de negócios a Mianyang. Mal havia tirado a roupa, houve uma batida na porta. Por alguma razão, intuí que era encrenca. Imediatamente, alcancei a calça e a vesti de volta. Só que, quanto maior a pressa, mais erro se comete. Você não vai acreditar, mas eu a pus de trás para a frente. Quando eu estava prestes a consertar a situação, a porta se abriu com um chute e dois policiais ferozes entraram. Fui multado em quatro mil *yuans*. Felizmente eu tinha dinheiro suficiente ali comigo, do contrário as coisas poderiam ter degringolado.

Desliguei o telefone me sentindo ótimo. Pouco depois, pensei que não deixaria tão barato para Gordo Dong. A multa por visitar um prostíbulo era de uns poucos milhares de *yuans*, o que era insignificante para ele. Decidi pegar mais pesado: se você não mata a cobra, acaba mordido por ela. Depois de matutar um pouco, decidi ligar para meu cunhado. Ele editava a seção de fofocas de um tabloide. Todos os dias publicava notícias ridículas como uma cobra de duas cabeças que havia aparecido em algum lugar ou um galo que havia botado um ovo com duas gemas. Eu o chamava de Na Wuo, o personagem adoravelmente idiota que Feng Gong interpretava em um seriado de televisão. Ele tinha um temperamento afável e brincava de volta, dizendo:

— É, bebê, você tira sarro de mim, mas história, que é bom, você não me arranja.

Meu cunhado estava dormindo e parecia mal-humorado ao atender. Fui direto ao assunto:

— Tenho uma notícia quente para você. Um traficante perambulando à noite pela zona de prostituição e a polícia aparecendo para prendê-lo.

Em um instante ele estava alerta. Eu lhe dei mais detalhes e ele disse que mandaria imediatamente um repórter para investigar a história.

— Precisa ser rápido, senão vão levar o homem embora.

— Humm — assentiu, e já ia desligando, quando eu irrompi.

— Cunhado!

— O que foi?

Hesitei um instante e resolvi falar a verdade:

— Você tem que colocar a foto desse sujeito no jornal.

— Ele é seu inimigo?

— Sim, e se você não me ajudar eu estou liquidado.

Encerrada a ligação, parei um táxi e disse ao motorista:

— Para Chengdu.

— Quanto vai pagar pela corrida?

Dei a ele 200 *yuans* e entrei no carro. Liguei de novo para a casa de Gordo Dong e disse para sua mulher:

— Dong Guang está em um bordel em Longtan.

12

Em 1996, Zhao Yue e eu fomos passear na montanha Emei[ix], onde cruzamos com um adivinho malcheiroso no templo taoísta Fuhu. O cara fedia tanto que parecia emergido de um cano de esgoto. Zhao Yue costumava ser fã de limpeza e higiene, mas naquele dia insistiu para que o deixássemos ler nossa sorte. Depois de dizer meia dúzia de bobagens, ele afirmou que nós iríamos romper, porque havíamos sido inimigos em uma vida passada. Conforme alisava o cavanhaque seboso, seu olhar era malévolo. Ele disse que nos ajudaria se lhe déssemos 200 *yuans*. Ignorando meus veementes protestos, Zhao Yue tirou a quantia da bolsa e entregou a ele. Aquele valor representava metade de seu salário mensal, e eu estava fumegando. O taoísta lhe deu um objeto escuro, com aparência de penico, dizendo que era o jarro de um santo, que iria espantar os fantasmas e repelir os demônios. Zombando, perguntei se tal vaso não havia servido de urinol ao Criador. De pronto, Zhao Yue me deu uma cotovelada pela blasfêmia.

MURONG

No caminho de volta a Chengdu, apelidei Zhao Yue de Mestra Urinol. Brinquei que ela pertencia à terceira geração da escola taoísta de E-Mei, e que era tão forte que poderia agarrar com as mãos nuas uma vaca louca da Grã-Bretanha. Ela apenas olhava para fora da janela, em lágrimas.

— O que houve?

— Não importa que o pote funcione ou não, Chen Zhong. Você sabe que meu desejo não é o jarro, mas seu coração.

Fiquei emocionado com sua declaração e toquei em sua mão, reconfortando-a:

— Fique tranquila, meu coração estará sempre dentro deste urinol.

Por um ano depois deste episódio, Zhao Yue murmurou e fez reverência ao urinol a cada quinze dias. Eu zombava daquela superstição, mas só obtinha de volta olhares duros e tapas. Afinal não me aguentei mais e o derrubei "acidentalmente". Zhao Yue chorou muito e me acusou de fazer aquilo de propósito. Desde então, retornava a esse fato a cada uma de nossas brigas.

Ao subir as escadas para casa naquela noite eu pensava que, mesmo que o jarro não tivesse sido quebrado, não havia como escapar ao destino. O destino só muito raramente me dava ouvidos — nos momentos decisivos, ele ouvia a Deus. Isso me lembrou das "Regras Familiares de Zhao", que ela própria delineou assim que nos casamos, e que diziam: "Os pequenos assuntos não podem ser decididos por Zhao Yue, enquanto os grandes assuntos não podem ser decididos por Chen Zhong".

De acordo com suas diretrizes, "grandes assuntos" eram apenas os três primeiros temas do telejornal noturno. Naqueles dias do começo, ela lia suas normas todas as noites antes de irmos para a cama, então pulava em meus braços e ria como uma criança. Quando foi que nos esquecemos das "Regras"? Em que ponto nossa vida conjunta perdeu a expectativa, o cuidado, as brincadeiras e o riso?

DEIXE-ME EM PAZ

* * *

A televisão estava ligada, mas a tela era uma mera tempestade de neve. Um ruído aspero saía das caixas de som. Fiquei puto: por que ela não tinha desligado o aparelho? Dei uma volta completa pelo apartamento e encontrei todas as luzes acesas, mas não havia ninguém. Onde ela estaria?

A porta da varanda estava escancarada e tremi ao sentir o vento frio que entrava. Olhando para baixo, só vi a noite interminável. Todos os pelos de meu corpo se arrepiaram. Zhao Yue teria saltado?

Em nosso último ano de faculdade, uma atmosfera de morte tomou conta de nossa turma. Primeiro, Zhang Jun, de Qiqihaer, que morava no dormitório em frente ao meu, morreu de câncer linfático. Quando sua namorada veio recolher seus pertences, desmaiou de tanto chorar. Depois, em uma bela noite de primavera, Qi Yan, uma garota realmente talentosa, pulou do décimo sexto andar do prédio. Seu corpo ficou despedaçado e ensanguentado. Qi Yan era idolatrada pela maioria dos garotos em nosso dormitório. Ela era parecida com a atriz Rosamund Kwan e possuía grande talento artístico: cantava bem, tocava piano e era anfitriã nas festas. Dançar com ela era um enorme prazer. Um dia antes de morrer, ela se sentou conosco na cantina. Ela separava os pedaços gordurosos de carne e os jogava na mesa. Quando reclamei do desperdício, Qi Yan lançou-me um olhar de desdém.

— Se quiser comer, pegue. Só não me enche.

Quando eu ia responder, Zhao Yue pisou forte em meu pé, e me contive. No dia seguinte Qi Yan se matou. Disseram que ela estava grávida de três meses.

No último mês do curso, todos nós sentíamos que levávamos vidas flutuantes como em um sonho. Bebidas, *mahjong* ou lágrimas: dias ocos passavam depressa. Li Liang escreveu um poema:

Você esbanja
Seu sorriso desabrocha no festim crepuscular

MURONG

O que Deus deve a você
Está gravado
O que você deve a Deus
Terá de ser pago cedo ou tarde

Eu compreendia o que ele queria dizer. De alguma maneira, começamos a acreditar que o resto de nossas vidas não importava. Nossa maior tarefa na vida era ser feliz. No momento decisivo, Deus quebraria o jarro e nós não nos importávamos se a cena final seria feliz ou triste.

Agora eu estava assustado e preocupado. Quando tentei ligar para o celular de Zhao Yue, o aparelho tocou ao lado de seu travesseiro. A bolsa dela também estava lá, e sobre a cômoda, o batom — que me fez lembrar os lábios rubros que tantas vezes eu beijei. Começou a garoar e eu me senti caindo em um abismo.

Finalmente, peguei a lanterna e desci, totalmente preparado para encontrar apenas seu corpo. Quando ultrapassei a entrada do edifício, vi alguma coisa rastejando no escuro. Eu sentia a alfinetada de milhares de agulhas, mas me enchi de coragem e segui naquela direção para conferir. No círculo de luz de minha lanterna, Zhao Yue. Zhao Yue, minha Zhao Yue, estava sentada encostada a uma parede. Os olhos nadavam em lágrimas, e havia uma garrafa de bebida a seu lado.

Deixei cair a lanterna e a abracei:

— Pensei que você tivesse morrido!

Ela chorava e emanava um cheiro forte de álcool. A lanterna rolou pelo chão, iluminando as gotas de chuva.

Eu a levei para cima, lavei suas mãos e seus pés, pus uma toalha morna em sua testa e observei-a adormecer como uma criança. A chuva tinha parado e havia um aroma de flores. "Um cheiro danado de bom", pensei. O alvorecer viria a qualquer momento, e ao longo daquela manhã insone eu observei o céu lentamente se tornar pálido. Zhao Yue ainda me amava; tudo estava bem.

DEIXE-ME EM PAZ

Era 1° de maio de 2001, o dia em que meu melhor amigo se casou; o dia em que fui para a zona; o dia em que a sorte de meu inimigo virou. Era o dia em que minha mulher se embebedou e chorou, e quando eu pensei que ela havia se matado. Agora era a alvorada, e uma neblina esbranquiçada cobria a cidade, tornando-a surreal.

Preparei um mingau e fumei um cigarro, sorrindo cheio de segundas intenções.

Mas nunca se sabe o que vem a seguir. Às 7h50, minha mãe telefonou e disse, em uma voz alarmada:

— Venha para casa imediatamente. Seu pai está morrendo.

13

Durante a faculdade, a cada vez que eu retornava a Chengdu, meu pai fazia questão de me buscar na estação de trem. Ele não era um homem de muitas palavras. Ao me ver, ele dava um sorriso e perguntava: "Como foi que deixou o cabelo crescer tanto? Está uma bagunça".

Eu protestava, alegando que não era nenhuma criança incapaz de encontrar o caminho de casa, e dizia que ele absolutamente não precisava ir me apanhar. O verdadeiro motivo de minha irritação era que ele usava meu apelido, Coelhinho, na frente de Li Liang e os demais. Isso era tremendamente constrangedor. Uma vez, depois que tínhamos deixado Li Liang, eu me virei para ele e gritei:

— Coelhinho! Coelhinho! Lembre-se, meu nome é Chen Zhong. Chen Zhong!

Ele me encarou, magoado, abaixou a cabeça e não disse mais nada por uma eternidade.

Meu pai tinha o pé direito deformado, o que lhe dava um andar claudicante. Por causa disso, eu nunca quis que ele me visitasse na

MURONG

universidade. Em meu segundo ano, ele foi para a estância balneária de Beidaihe para convalescer, e a caminho de lá parou para me ver na universidade. Quando ele chegou, eu tinha acabado de ir dormir, depois de passar a noite toda jogando *mahjong*. Assim que o vi, fiquei puto, temendo e prevendo que ele fosse me envergonhar. Não deu outra: ele começou a distribuir cigarros para todo mundo e a tratar Cabeção Wang por "camarada". Fiquei tão mortificado que praticamente o expulsei à força. Eu nem sequer o convidei para ficar e comer. Meu pai foi embora magoado, mas ainda assim me ligou ao chegar a Beidaihe, aconselhando:

— Leve uma vida mais regrada.

De pé no corredor do hospital, eu me entristecia ao recordar meu pai esperando por mim na estação de trem. Zhao Yue, em silêncio, confortava minha mãe. A velha senhora estava chorando desde a manhã, quando encontrou meu pai desfalecido no banheiro, e a chorar continuou ao longo de todo o caminho até o hospital, até que seus olhos ficaram vermelhos. Eu me peguei pensando se, quando chegasse a hora, haveria alguém que choraria por mim como minha mãe chorava por meu pai.

Meu cunhado telefonou e disse que ele e minha irmã chegariam logo. E acrescentou:

— Fiz o que me pediu. Vá comprar o jornal.

Gordo Dong estava ridículo na foto do jornal. Com a boca aberta e as mãos erguidas bem alto, ele parecia um general se rendendo ao lado inimigo. Meu único desgosto era a tarja cobrindo os olhos, de modo que não se podia perceber claramente sua expressão. Meu cunhado tinha mesmo feito a farra, pondo a história na capa do jornal sob a manchete: "Prisão acaba em comoção". Li de cabo a rabo, o texto era saboroso. Dizia que Gordo Dong, ao perceber que havia algo de errado, tentara evadir-se pulando da janela do segundo andar, apenas para cair no colo dos policiais que o aguardavam em uma emboscada. Abaixo, um editorial de 600 palavras redigido por meu cunhado e intitulado "Uma análise técnica do devasso" dizia: "Dada a atual política de desmantelamento da pornografia, aqueles que frequentam prostíbulos fariam bem em começar a praticar o *kung fu*. Do contrário, será muito difícil para eles evitar a captura".

Eu estava extasiado com a chegada, finalmente, do dia do ajuste de contas. Porém, quando voltei à ala de emergência e vi minha mãe chorando, toda a dor voltou.

Minha mãe tinha dado à luz dois filhos, mas meu irmão mais velho morrera de tuberculose pulmonar aos três anos. Quando nasci, ela receou que eu também não atingisse a idade adulta. A solução que encontrou foi me dar um apelido que não atraísse a atenção do destino: Coelhinho. Ela também me entupia com todo tipo de comprimido. Calculo que, se meu estômago tivesse conseguido estocar tudo aquilo, a esta altura eu teria o bastante para abrir uma farmácia. No quarto ano do ensino fundamental, surpreendi meus professores com uma redação que escrevi chamada "Um pequeno incidente", na qual relatava o episódio em que minha mãe me aplicou uma injeção no traseiro sem nem mesmo saber qual problema eu tinha.

Zhao Yue reconfortava minha mãe em voz baixa e ao mesmo tempo segurava minha mão. De sua pele suave e cálida emanava um calor que ia para minha mão e de lá direto ao coração.

Uma enfermeira bonita se aproximou e perguntou se éramos a família de Chen Zhenyuan. Levantando-me nervosamente, perguntei como meu pai estava. Ela sorriu e disse:

— Não se preocupe, não há nada de gravemente errado com seu pai. Você pode ir completar a papelada da internação.

Felicíssimo, brinquei com minha mãe:

— Eu sabia que o velho ficaria bem. Era só você fazendo tempestade em copo d'água.

A velha senhora sorriu como se estivesse acordando de um pesadelo.

MURONG

***

Havia um problema, porém: eu não trazia dinheiro suficiente comigo. Ao sair, tinha pegado 1.200 *yuans*, mas, depois do táxi, da entrada no hospital e dos procedimentos de emergência, eu estava reduzido a 500. Zhao Yue vasculhou a bolsa e os bolsos, mas só encontrou 300, então liguei para o celular de Li Liang.

— Se posso incomodar o noivo por um momento, gostaria de tomar um dinheirinho emprestado com você.

Ele chegou pouco depois, correndo e bufando, trazendo todo tipo de comida saudável para meu pai. Quando concluímos as formalidades da internação, Li Liang me levou para fora para fumar. Encarando-me com seriedade, disse que sentia muito pelo episódio do vinho no casamento, no dia anterior, e que pedia desculpas em nome de Ye Mei.

— Besta, não precisa dizer nada. Somos amigos, não somos?

No fundo, porém, eu temia que fosse impossível manter aquilo escondido dele. Eu me sentia envergonhado.

Na universidade, nossa turma do dormitório sempre debatia uma questão: o que faríamos se descobríssemos, após o casamento, que nossas esposas não eram virgens?

Cabeção Wang era o mais radical. Ele argumentava que mercadorias de segunda mão são feitas para um uso único. Depois, deveriam ser descartadas. Mas eu era cético. Na época de seu casamento, a esposa de Cabeção, cujo nome era Zhang Lan Lan, tinha seios bem desenvolvidos e um ar de experiência. Contudo, ele sempre manteve silêncio sobre o assunto.

Li Liang, por sua vez, dizia não se importar com o hímen de uma mulher:

— Mesmo que ela saia de um prostíbulo, eu posso aceitá-la, desde que ela não apronte depois do casamento.

Eles perguntavam minha opinião, mas meu cérebro se embaralhava.

— Seus peidorreiros, me deixem dormir — eu dizia, e desligava a luz.

Deitado sob os lençóis, sentia-me injustiçado, recordando o passado de Zhao Yue e percebendo que eu havia sofrido uma grande perda.

Eu pensava que Li Liang se fazia de forte por fora, mas que era bem vulnerável por dentro. Apesar de dizer que não se importaria, eu acreditava que ele iria, sim, ficar incomodado. Quando ele estava saindo com Monte Tai, ficou louco quando um ex-namorado telefonou e os olhos marejaram. Li Liang me contou isso na lavanderia, uma vez, e sua expressão era incomumente selvagem. Minha impressão era que, se ele tivesse habilidades marciais, o sujeito teria sangrado por todos os orifícios.

Eu me sentia péssimo com o ocorrido em Leshan. Pensar naquilo me fez começar a me odiar um pouco. A mulher do dono de um restaurante com quem eu tinha trepado algumas vezes certa ocasião me disse: "Seu cérebro responde a seu pau". Ela me compreendia bem. A partir do momento em que Ye Mei tirou a calça, eu não pensei duas vezes sobre ela ser a noiva de Li Liang — apenas desejei ardentemente aquele corpo macio, branco como a neve.

***

Depois da cirurgia, meu pai ficou muito abatido. Nós nos revezávamos como acompanhantes no hospital, e o feriado de maio passou sem que percebêssemos. O velho não tinha muito a me dizer, mas eu sabia que em seu sorriso reticente havia uma força com a qual poderia contar por toda a vida.

Uma noite eu estava saindo do hospital e vi Zhou Yan, do trabalho, andando de braços dados com um sujeito bem-apessoado. Eles conversavam alegremente. Eu a chamei, ela se virou e me perguntou, com toda a frieza, o que eu queria. Respondi que sentia muito pelo ocorrido e disse que não tinha sido proposital. O bonitão se pôs

MURONG

imediatamente em alerta, como um asno que tivesse sido açoitado de surpresa. Ela parecia me odiar.

— Não importa se foi ou não de propósito — sentenciou. — Seja como for, agora eu sei que tipo de canalha você é.

E foi embora.

Corri atrás dela:

— Zhou Yan, Zhou Yan, me deixa explicar!

O asno se virou e me empurrou, gritando:

— Vai se foder, o que é que você quer?

Enfurecido, parei de segui-los. Eu tinha uma sensação real de perda e pensei que, se isso tivesse acontecido alguns anos antes, teria esmurrado o sujeito. Mas estava mais maduro, agora.

* * *

Ah, no passado eu era duro na queda. Havia um vizinho chamado Lang Quatro que era o maioral nas brigas. No segundo ano do ensino médio, ele e outros dois caras espancaram um verdureiro até a morte, e então fugiram para o nordeste do país. Quando ele voltou, três anos mais tarde, sua reputação tinha crescido e se espalhado. Diziam que ele havia dormido com todas as garotas bonitas do bairro. Como adolescente, eu o admirava imensamente. Nós saíamos juntos com frequência e eu me sentia o fodão.

Certa vez, dois delinquentes estavam assediando umas estudantes a caminho da escola. Tentei defendê-las e descobri que eles eram mais fortes do que eu, então liguei para Lang Quatro.

— Irmão, tem uns caras mexendo comigo — eu disse.

Ele apareceu trazendo uma faca de cozinha. Assim que o vi, minha coragem cresceu de novo e, com um único soco, acertei a cara de um dos vândalos e arranquei sangue. Durante um tempo, essa história foi recontada inúmeras vezes por meus admirados colegas. Para mim, porém, o desfecho não foi dos melhores, já que uma das garotas que eu havia salvado, justamente aquela de quem eu mais tinha gostado, acabou se tornando mais uma conquista de Lang Quatro. Meu coração foi partido pela primeira vez no dia em que fui ao quarto dele depois da aula e a encontrei lá.

Lang Quatro tentou consertar as coisas organizando para mim uma "festa de passagem", no final do segundo ano do ensino médio. Ele chamou Pang Yuyan de lado e disse:

— Coelhinho ainda é um menino. Hoje você vai ajudá-lo a se tornar um homem.

Pang Yuyan começou imediatamente a tirar a calça. Pouco depois, saí do quarto muito constrangido e me queixei:

— Porra, a mina fede que é uma coisa!

Hoje, Lang Quatro tem um *cyber café* na rua Yinsi e uma esposa horrorosa. Quando fui visitá-lo, convidou-me a navegar de graça.

Eu mal havia sentado quando a esposa começou uma confusão por causa disso. Lang Quatro ficou muito sem jeito, então dei-lhe um sorriso amarelo e parti rapidamente. Passei uns bons minutos observando as luzes da praça Novos Tempos, onde, quatorze anos antes, havia uma feira em que um pequeno empresário, trabalhador e honesto, havia assassinado um homem.

14

Nossa empresa sempre pregou que "a virtude está no topo". Você podia ser um cretino, mas se não roubasse nem levasse uma vida depravada, teria uma chance de se tornar gerente. Gordo Dong não perdia a chance de citar esse lema, indiretamente afirmando que, como se tornara chefe, era de uma virtude inatacável. Pouco antes do feriado de 1º de maio, ele conduziu uma grande reunião cuja pauta era me atacar.

Olhando-me com uma expressão sóbria e idônea, perguntou:

— Se alguém falha em suas responsabilidades familiares, como podemos acreditar que agirá responsavelmente no trabalho?

Respondi à altura. Aproveitando o gancho de seu discurso, completei que concordava totalmente com o gerente Dong, e esperava que todos nós fôssemos coerentes:

— Devemos ter responsabilidade com nossas famílias e com a empresa, assim como devemos aplicar regras iguais para os que estão no topo e para quem está nos escalões inferiores.

MURONG

Liu Três estava prestes a se intrometer, mas lancei-lhe um olhar hostil e ele voltou a se sentar, em silêncio.

Na empresa, eu tinha a reputação de sedutor barato, mais uma vez graças a Gordo Dong. No ano passado, o vice-presidente do conselho veio a Chengdu para nos avaliar. Ele me chamou em particular e me alertou para prestar muita atenção ao estilo de vida que vinha levando.

— Seja um homem bom e responsável — ele me disse.

Fiquei puto. "Não seduzi sua mulher nem filha", pensei, "a que tipo de fofoca tem dado ouvidos?"

Naturalmente tinha sido Gordo Dong a me prescrever este amargo remédio. Abri mão de qualquer sonho de tornar-me gerente. Minha única esperança era sobreviver aos dois anos seguintes sem afundar, resolver a questão da dívida e pedir demissão. O ideal seria abrir uma oficina, conseguir que Li Liang pusesse alguns *yuans* e atrair o mestre mecânico Li para trabalhar comigo. Eu tinha certeza de que faríamos um bom dinheiro. Contudo, pensar nisso me enchia de tristeza, pois na juventude minhas aspirações eram muito maiores. Eu queria ser especialista em alguma coisa ou o líder de uma gangue. Agora, a extensão de minhas ambições se limitava ao comando de algum negócio inexpressivo. O nível de minha vida estava baixando sem parar, e parecia que nada seria tão grandioso como eu havia imaginado.

A compostura de Gordo Dong era irretocável. Fosse conduzindo reuniões, conversando com colegas ou despachando a papelada, não se via uma fissura. Eu me peguei admirando seu autocontrole. Na reunião pré-feriado, porém, ele inclinou a cabeça e me encarou por longos minutos, o que me deu calafrios. O cara não era nenhum idiota, e descobriria quem havia armado contra ele.

Eu não conseguia antever nenhum sinal claro de ameaça, mas ainda assim fui célere ao colocar meu plano em marcha. Eu já tinha mandado ao escritório central um fax com a reportagem sobre a ida de Gordo Dong ao prostíbulo e sua tentativa de escapar pulando da janela. Arrancada sua embalagem externa, Gordo Dong era mais degenerado do que eu. Aquele impostor não permaneceria na gerência por muito tempo, eu tinha certeza. "Pessoas virtuosas no topo" — bem, foi ele mesmo quem disse.

No primeiro dia após o feriado, estive o tempo todo ao telefone ou assinando os mais variados documentos. A pequena deslealdade de Liu Três não me aborrecia: ele não poderia fazer nada contra mim, pois eu era próximo de todos os nossos clientes.

Nosso representante em Neijing, um parceiro de vendas de longa data, estava em aberto com um adiantamento de quatro milhões de *yuans* que há muito tempo deveria ter sido devolvido. Liu Três, apesar de trabalhar no caso há mais de um mês, ainda não tinha conseguido receber um centavo de volta. Acabrunhado, ele veio me procurar e confessou.

— Ora essa, mas você já não sabe fazer tudo, já não me ultrapassou? Por que não vai contar ao gerente Dong? Por que vir a mim?

— Você é o gerente de vendas — respondeu-me, pálido. — Este assunto é de sua responsabilidade.

Fiz uma careta, peguei o telefone e liguei para o representante.

— Wang Yu, seu filho da puta, se não devolver o dinheiro, vou estripar você.

Ele zombou:

— Sacana, eu sabia que você só estava interessado no meu dinheiro.

Ele começou a contar que estava namorando uma jovem cantora. Ela era linda, cantava com doçura e era especialista em sexo anal. O cara era um tratante: sempre que o assunto era sério, começava a falar bobagem.

— Cala a boca e devolve o dinheiro!

Wang Yu parou de brincar.

— Eu lhe darei os primeiros dois milhões hoje à tarde, mas você vai ter que esperar uns dias pelo resto.

MURONG

Olhei para Liu Três e propositalmente subi o tom:

— Se eu não tiver todo o dinheiro amanhã, vou transformar seu filho em picadinho para cachorro!

***

Eu mesmo certa vez conhecera na boate Casa de Vidro uma garota como a de Wang Yu. Ela se chamava Zhang, mas seu nome artístico era Flor Macia. Antes de se apresentar, ela anunciava, em um gorjeio:

— Flor Macia vai cantar algumas canções para vocês.

Sua voz era muito bonita e ela era uma artista inata, com presença de palco, movimentos graciosos e um longo cabelo. Possuía uma beleza clássica: refinada e cheia de *sex appeal*. Houve uma época em que eu a visitava quase todos os dias. Para explicitar minhas intenções, mandei-lhe um buquê de rosas de 480 *yuans* cada haste e uma garrafa de conhaque Hennessy extraenvelhecido de 1.888 *yuans*. Minha estratégia de abordagem funcionou e ela me recebeu no velho Santana da empresa. Depois, senti como se tivesse perdido algo. Eu disse a Li Liang:

— Uma vez despida, a deusa é apenas uma mulher de carne e osso.

— Você sempre espera demais da vida — ele respondeu.

***

Zhou Yan não comparecera ao trabalho naquele dia, então precisei supervisionar pessoalmente o setor de manutenção. Da encomenda de peças de reposição ao pagamento dos lavadores, assinei uma pilha de papéis. Zhou Yan era boa em seu trabalho. Nos últimos dois anos, eu raramente precisei me preocupar, que havia crescido significativamente. Apesar disso, ela ainda ganhava 2.200 *yuans* ou coisa assim, metade do que recebia Liu Três. Decidi rebaixar o salário do traidor e elevar o dela para no mínimo 3.000. Naquele dia em que a vi com o asno, ambos pareciam próximos, então supus que estivessem transando. Para usar a expressão de um amigo, era como dar pérolas aos porcos. Quando eu imaginava a linda e selvagemente atraente Zhou Yan dormindo com aquele cara, tinha a sensação de vazio de quem perde a carteira.

Toda segunda-feira havia uma reunião em que os gerentes juntavam forças e trabalhavam na estratégia. Começava às 4 da tarde. Eu checava as horas constantemente, desejando que Gordo Dong estivesse morto. Não via como ele poderia, agora, ter a cara de pau de subir ao tablado e dar lição de moral. Porém, na reunião, ele fez um movimento tático brilhante: em lugar de falar sobre ética profissional, discorreu sobre lealdade e devoção. Ao abrir a boca, fez uma autocrítica. Contou que havia decepcionado a si mesmo e a traído a confiança que todos depositavam nele, pois tinha atraído vergonha e humilhação ao escritório de Sichuan. Por causa disso, ele já não desejava ser o gerente geral.

— Já entreguei minha carta de demissão ao escritório central — ele disse. — Apenas desejo poder continuar servindo a companhia em alguma função subalterna.

Ele se forçou a um tal estado emocional que conseguiu chorar de verdade. Quem não conhecia a real situação acabou penalizado, sentindo uma profunda compaixão por ele. Eu fiquei lá sentado sorrindo friamente, pensando que o sujeito realmente sabia como fazer uma encenação. Tratava-se de um desperdício trágico que ele não houvesse seguido a carreira de ator.

Era realmente genial. Por um lado ele estava admitindo a culpa; por outro, estava expressando sua devoção à companhia. Conforme analisava seu rosto, eu me dividia entre a admiração e a exasperação. O escritório central não seria muito severo com ele, pensei. No máximo, imporiam algum tipo de pena simbólica.

MURONG

Logo que começamos a trabalhar na empresa, eu gostava bastante de Gordo Dong. O gorducho me parecia do tipo boa gente, franco e direto. Na primeira metade de 1995, saíamos juntos com frequência para beber. Quando ele se casou, eu lhe dei 200 *yuans* dentro de um envelope vermelho — um valor considerável, na época. Nossa rixa só começou quando ele se tornou o chefe do departamento administrativo. Eu era, então, apenas mais um membro da equipe. Imediatamente após ser promovido, Gordo Dong assumiu uma postura majestosa, falando com uma pompa inacreditável. Um dia, havia em sua mesa um documento que eu, sem querer nem perceber, peguei. Ele reagiu como se tivesse flagrado um ladrão, e arrematou dizendo que aquilo não era para meus olhos. Fui embora bravo, ofendido com sua arrogância. Algo havia se rompido. Não demorou até que eu mesmo fosse promovido de supervisor a gerente. Houve até um período durante o qual meu cargo era superior ao dele. Gordo Dong, doente de ciúme, começou a me difamar, tanto na minha frente quanto pelas costas. Eu também fui impertinente. Nas reuniões, dava indiretas sobre a hipocrisia dele e fazia insinuações sobre sua vida dupla, em que era um cavalheiro em público e um molestador quando ninguém estava olhando.

* * *

Depois do trabalho, fui visitar meu pai. Minha mãe o estava apoiando em uma caminhada pela ala do hospital. Eu admirava o relacionamento dos dois e me perguntava se, em trinta anos, chegaria o dia em que Zhao Yue e eu seríamos assim tão próximos.

Enquanto meu pai esteve internado, nossa vida se tornara tão corrida que não tínhamos tempo nem para brigar. Reinavam entre nós a cortesia e uma espécie de respeito artificial, como o dedicado a um convidado. Mas minha ligação para o amante dela ainda cortava meu coração como uma faca. A dor se infiltrava em todos os nossos abraços, beijos e palavras. Meu professor de física do ensino médio havia me apresentado o significado da palavra "entropia", e agora eu pensava que a vida era entrópica: tudo se fragmentava lentamente, e nada permanecia perfeito.

***

Saquei dois mil *yuans* para devolver a Li Liang. Na realidade eu havia tomado emprestado pelo menos dez ou vinte mil na mesa de *mahjong*, de modo que este ressarcimento era apenas um gesto gentil. Entretanto, eu estava ciente de que, em algum momento crítico no futuro, ele seria a única pessoa que poderia me emprestar dinheiro.

Li Liang estava jogando *mahjong* de novo. Ye Mei estava sentada em frente e de cada lado dele havia um cara que eu não conhecia. A cena era exatamente a mesma de um mês antes. Às vezes, a vida demonstra seu sabor agridoce levando você por um círculo completo. No aparelho de som ainda tocava "Scarborough Fair". Desta vez, porém, era Li Liang quem ganhava todas e limpava a mesa.

Ye Mei enrubesceu lentamente, e eu não saberia dizer se Li Liang havia notado.

Quando eu ia entregar o dinheiro, ele me deu um chute e disse:

— Vai à merda. Isso foi um presente para seus pais.

Constrangido, guardei o dinheiro de volta no bolso. Ye Mei me lançou um olhar de desprezo e foi minha vez de enrubescer, desejando que o chão se abrisse e a terra me engolisse.

Li Liang perguntou se eu sabia o que tinha acontecido com Grande Irmão. Perguntei o que era; ele cobriu as cartas, me encarou e respondeu, devagar:

— Dois dias atrás, ele foi assassinado por um matador em Shenyang.

Fiquei estupefato.

Grande Irmão era nosso antigo colega de classe e se chamava Tong Qinwei. Media um metro e oitenta e cinco e era um cara típico

MURONG

da região nordeste. Depois de se graduar, voltou à cidade natal, mas as coisas não correram muito bem. Primeiro foi demitido de seu emprego, depois se separou da esposa, e com isso se perdeu. Em 1999 ele nos visitou em Chengdu. Assim que chegou, começou a reclamar da vida, sua expressão estava carregada de um sentimento de injustiça. Nos quatro anos desde que o tínhamos visto pela última vez, ele havia ficado grisalho, e era doloroso olhar para ele. Quando partiu, Li Liang, Cabeção Wang e eu nos unimos para lhe dar dez mil *yuans*. Grande Irmão ficou tão comovido que seu lábio começou a tremer. Mais tarde, porém, ouvi dizer que ele foi para todo lado atrás de ex-colegas pedindo dinheiro emprestado. Conseguindo, gastava com mulheres. Chen Chao telefonou especificamente para me alertar: "Pelo amor de Deus, não lhe dê nenhum tostão. Ele é uma pessoa completamente diferente, hoje em dia".

Grande Irmão era conhecido em nossa turma por ser o que mais valorizava a lealdade. Se houvesse uma briga, você só precisava informar, e ele se armaria todo para proteger você. Exceto a bebida, seu passatempo favorito eram as garotas. Quase tudo o que Chen Chao sabia sobre sexo, tinha aprendido com Grande Irmão.

Um dia, Li Liang estava lendo em voz alta o poema "O cume da deusa" de Shi Ting:

Olhar para o cume de uma montanha por mil anos
Não se compara a chorar no ombro do ser amado por uma noite

Grande Irmão balançou a cabeça em discordância e murmurou, sombrio:

— Isso não é bom. Se fosse eu, mudaria para: "Bater punheta por mil anos não se compara a foder por uma noite".

A partir de então, passamos a chamá-lo de "Monge Fodedor". Li Liang suspirou:

— Agora estou realmente começando a acreditar em destino. Nunca imaginei que Grande Irmão terminaria assim.

Não comentei nada, mas estava me lembrando de Grande Irmão a me empurrar loucamente pelo *campus* em uma bicicleta sem pedais, dizendo:

— Se uma menina aceitasse dormir comigo, eu seria capaz de devotar minha vida inteira a ela.

Oito anos depois, ele tinha virado pó, e este pensamento me deprimiu tremendamente. Depois do jantar, Zhao Yue me pediu para lavar os pratos, mas eu fingi não ter ouvido. Ela ficou puta e foi lavar a louça ela mesma.

Quando escutei o som de coisas se partindo, disse, com impaciência:

— Se você não quer lavar, deixe aí. Você não precisa demonstrar seu mau humor a cada pequena oportunidade.

Ela riu com escárnio:

— Quem está de mau humor? Desde o momento em que chegou em casa você está frio e distante. Se alguma coisa está te incomodando, por que você simplesmente não diz?

— E o que poderia estar me incomodando? — perguntei. — Eu não tenho um amante me ligando às 3 horas da manhã!

15

O dia em que meu pai teve alta foi o mais feliz em meses. Eu o levei para casa no Santana da empresa. Minha mãe tinha preparado uma mesa cheia de comida e nós abrimos uma garrafa de vinho de folha de bambu que vínhamos guardando havia mais de dez anos. Meu cunhado havia recebido dois pacotes de cigarros Zhonghua como suborno por uma inspeção, e deu um deles de presente ao sogro. O outro ele deu a mim, o irmão mais novo de sua esposa. Enquanto isso, meu sobrinho de seis anos corria enlouquecido pela cozinha. Diziam que o menino já tinha uma namorada no jardim de infância, e que seus talentos, neste campo, iriam ultrapassar os meus. Minha irmã e Zhao Yue também estavam na cozinha, abatendo um peixe. Eu não conseguia escutar sobre o que as duas conversavam.

Durante o jantar, o marido de minha irmã contou sobre um recente caso de suicídio ocorrido no subúrbio. Um operário desempregado chamado Lou, que passara a cuidar de um estande no mercado noturno, foi alvo de uma inspeção municipal aleatória. Algumas de suas

MURONG

balanças e uns potes foram confiscados. Lou e outros comerciantes protestaram. Esperando conseguir recuperar seus bens, eles seguiram o carro do inspetor por alguns quilômetros, sem sucesso. Em um súbito ataque de fúria, Lou começou a atirar pedras e blocos contra o carro. O que ele não pôde prever foi que, enquanto o inspetor escapou ileso, um jovem transeunte recebeu uma pancada fatal. Quanto mais pensava na própria situação, mais assustado Lou se sentia. Em casa, ele e a esposa choraram no ombro um do outro, e Lou propôs acabarem com tudo. A mulher concordou que não havia por que continuar vivendo; o casal, aos prantos, deu veneno contra rato para o filhinho, fechou as janelas e ligou o gás. A família inteira morreu.

A história deixou todo mundo deprimido. Meu cunhado ainda acrescentou, melodramático:

— Estes são tempos sombrios. Ninguém sabe o que o amanhã trará. Tudo é falso; apenas o dinheiro é real.

Assim que ele mencionou "dinheiro", eu me senti nauseado. No dia anterior, o contador havia imprimido a lista de minhas dívidas. Mal olhei para o demonstrativo, minha cabeça começou a girar. Havia um débito de 280.400 *yuans* em meu nome. A maior parte vinha de vales e adiantamentos: pegar dez mil e devolver seis mil, a diferença rolando e se acumulando como débito. O contador deu a entender que haveria uma grande auditoria no mês seguinte, e, se não devolvesse o valor até lá, eu sofreria ações disciplinares. Ao ouvir isso, comecei a suar, pensando se o contador poderia ter se enganado com os números. Li e reli inúmeras vezes o relatório, ficando mais confuso a cada tentativa de compreender os números. Simplesmente não me lembrava de como havia gastado todo aquele dinheiro. Mas supunha que, se não tivesse perdido na mesa de *mahjong*, tinha sido com mulheres. Cabeção Wang sempre dizia que eu só trabalhava em benefício da metade inferior do corpo.

Depois de seu infortúnio, Gordo Dong adotara um perfil discreto. Todos os dias, sentava-se calmamente no escritório, e ao circular já não estufava o barrigão. O escritório central ainda não tinha decidido o que fazer sobre o episódio do prostíbulo. Isso era típico deles: não importava a urgência do assunto, sempre era necessário fazer uma reunião e discutir os pormenores com assustadora ineficiência. No ano passado, o departamento comercial solicitou um computador que custava menos de cinco mil *yuans*. Eu esperei por mais de dois meses enquanto o formulário quicava de mesa em mesa até receber cerca de quinze assinaturas. Eu imaginava que, se a ligação de Gordo Dong com o bordel tivesse resultado em uma criança, a decisão sobre o que fazer não sairia jamais.

Recentemente, o imbecil parecia ter se tornado mais amigável. Havia certa inclinação de cabeça em suas saudações e ele chegou a me oferecer cigarros, algumas vezes. No sábado anterior, quando eu estava a caminho de fazer os pedidos do mês, encontrei-o no elevador. Ele disse mais uma vez que havia me recomendado para o cargo de gerente geral.

— Apesar de não nos darmos muito bem, ainda admiro suas habilidades — ele disse.

Eu não podia evitar de me sentir um pouco envaidecido, apesar de não saber se ele estava mentindo.

Seria o paraíso se eu chegasse à gerência geral. Com o atual volume de vendas, o posto viria com um salário anual de cerca de 300 mil *yuans*, mais carro e praticamente qualquer despesa coberta. A empresa também oferecia empréstimos sem juros para ajudar na compra de uma casa. Gordo Dong havia feito um de 150 mil dizendo que era para isso, mas na verdade ele usou o dinheiro para investir em ações. Exceto pelas inspeções semestrais, o escritório central não interferia na operação das unidades. Somando o salário oficial e as gratificações mais obscuras, em três anos um gerente geral poderia facilmente amealhar mais de um milhão de *yuans* — um número bem simpático. Muitos de nossos concorrentes eram antigos altos executivos de nossa própria empresa. Depois de ser

MURONG

despachado, o gerente Sun havia aberto uma empresa em Tianjin e, aparentemente, o negócio ia bem. Meu maior problema era que muitas vezes eu agia sem cuidado tanto nas palavras quanto nas atitudes. Minha boca não tinha filtro e deixava passar qualquer coisa, e de vez em quando chegava a bater na mesa em frente a meus superiores. Isso tudo deu ao escritório central a impressão de que eu era imaturo, um pirralho. Porém, após os comentários de Gordo Dong, eu me perguntava se deveria tomar a iniciativa e me oferecer para o cargo. Talvez eu devesse mandar para a central um relatório sobre meu trabalho ou coisa assim.

Pensei em me aconselhar com meu pai. Depois de pensar sobre os longos anos em que trabalhou para a mesma firma, ele teve este *insight*: tornar-se um funcionário do alto escalão não demandava conquistas fabulosas, mas apenas três coisas — loquacidade, ou seja, o dom da oratória; uma caneta eficiente; e a habilidade de se autopromover. A partir de determinado posto na hierarquia, nem disso você precisava, pois haveria assistentes e secretárias para ajudá-lo. Eu pelo menos tinha o bônus de saber redigir relatórios magníficos, repletos de palavras incisivas e que transbordavam de entusiasmo. Minha caneta era capaz de transformar um templo arruinado em um palácio imperial.

* * *

Quando cheguei em casa e contei a Zhao Yue sobre a possibilidade de promoção, ela começou a dançar de alegria. Disse que se isso se concretizasse iria finalmente fazer sexo oral em mim. Eu me perguntei com tristeza quem ela estaria chupando: a mim ou ao gerente geral?

Quando comentei sobre seu amante, poucos dias antes, Zhao Yue ficou sem palavras. Ela precisou de uma eternidade até se recompor. Então tossiu e disse que eu era louco.

— Quem me viu fazer uma ligação às 3 da manhã?

Recitei o telefone. Ela fez cara de paisagem e respondeu que nunca havia discado aquele número, que não tinha lembrança dele.

— Você está enganada — respondi, amargamente.

Batendo os pés, ela me acusou de estar deliberadamente tentando estragar as coisas entre nós.

Furioso, peguei na bolsa a lista de suas chamadas. Jogando os papéis no sofá, gritei que ela visse por si mesma.

Zhao Yue abaixou a cabeça e leu as próprias contas; gradualmente, seu rosto enrubesceu.

— Agora eu me lembro — ela disse, devagar. — Este é o número de um de nossos supervisores. Ele estava fazendo um relatório, na época, ele me ligava para pedir ajuda e informações.

Eu a encarei sentindo uma grande dor, pensando em como havíamos nos distanciado. De fato, não havia mais nada a ser dito.

No filme *Cinzas do tempo*, Lin Qing Xia tinha a seguinte fala: "Se algum dia eu não tiver coragem de perguntar, então é porque você terá me traído". Por muito tempo, esta foi uma das frases favoritas de Zhao Yue. Quando éramos apaixonados um pelo outro, ela com frequência a recitava para mim. Na época, isso me dava vontade de abraçá-la, por acreditar que fosse amorosa e honesta. Agora, porém, eu me dava conta de que era uma falsa impressão. Ela não era tão pura como eu havia imaginado.

Zhao Yue não fez questão de um grande casamento; nós simplesmente convidamos alguns amigos para comer. Cabeção Wang, Li Liang e Chen Chao, que fez uma viagem para participar da celebração, divertiram-se muito fazendo a tradicional algazarra às portas de nosso quarto nupcial. Quando foram embora, Zhao Yue girou e balançou os braços como se estivesse semeando felicidade.

— Deste momento em diante, você é meu! — ela declarou.

Ao sorrir e tomá-la nos braços, não pude evitar de me lembrar daquele famoso trecho do discurso do Partido Comunista: "Neste

MURONG

campo de batalha, perdemos o cabresto e ganhamos o mundo" — em minha versão, "Neste campo de batalha, perdi o mundo e ganhei um cabresto".

Nos primeiros anos de nosso casamento, Zhao Yue era boa comigo, mas sempre senti que ela devotava a maior parte de sua atenção ao controle que fazia de mim. Ela parecia importar-se mais com minha fidelidade do que com minha saúde. Bastava chegar um pouco mais tarde em casa para enfrentar, de novo e de novo, as mesmas perguntas:

— Onde você estava? O que andou fazendo? Com quem?

No começo eu tentava explicar, mas depois aquilo me encheu e passei a agir friamente e com indiferença. Sua angústia tinha um impacto direto sobre nossa louça: todo mês, ela quebrava algumas tigelas.

* * *

Nos dias seguintes à menção sobre meu possível novo cargo, Zhao Yue esteve particularmente amorosa. Ela até me comprou algumas gravatas Leão Dourado. Certa noite, quando voltávamos para casa de uma visita a minha irmã e meu cunhado, passamos em frente ao bar Ka Ka e ela sugeriu que entrássemos, dizendo:

— Faz séculos que não dançamos.

Zhao Yue era uma dançarina e tanto. Uma vez nossa universidade organizou um campeonato, e ela e um rapaz de sua classe ficaram em segundo lugar, o que me deixou enciumado por vários dias. Eu próprio só conhecia uns poucos movimentos básicos. Ela zombava dizendo que eu era uma estaca ambulante. Em consequência, eu raramente punha os pés em danceterias. Por outro lado, não tinha o menor problema em ir a bares — beber é o melhor jeito de esquecer os problemas.

Sob a parca iluminação, Zhao Yue estava linda. Ela era a rainha da pista, flexível e graciosa. Os longos cabelos voavam e seus olhos brilhavam como gemas preciosas. Dois caras próximos não conseguiam tirar os olhos dela. Quando o lugar encheu, seus movimentos se tornaram ainda mais sedutores. Ela dançava sozinha, pulsando com a música. Observadores aplaudiam com grande entusiasmo, inflando minha vaidade, de maneira que não pude resistir a soprar-lhe um beijo. Ela retribuiu com uma piscadela, deu um rodopio e ficou de costas.

Naquele momento, percebi que o celular dela estava tocando. Pousando o copo, vasculhei os muitos bolsos de sua bolsa até encontrar o aparelho. A música estava altíssima e o bar todo faiscava sob as luzes. Posicionei o telefone sob a luz. Eu já sabia que número seria.

16

Se cidades fossem pessoas, Chengdu seria um andarilho alegre e totalmente sem ambição. Seu dialeto é tão suave que derrete nos ouvidos, e dizem que pode acalmar instantaneamente qualquer acesso de fúria. Os naturais de Chengdu são famosos por sua preguiça: com os pés esticados sobre uma cadeira de *rattan* e segurando um copo de chá, ou em uma mesa de *mahjong*, sua vida não passa de um anoitecer fugaz. Ao visitar locais históricos como o palácio de Qing Yang, o templo de Wu Hou ou o refúgio do poeta Du Fu, você percebe que através dos tempos houve muita gente feliz em gastar cinco *yuans* para passar o dia todo sentado bebendo chá. Suas vidas foram aguadas e sem sabor como a folha de chá reutilizada muitas vezes.

Naquele fim de semana, a turma se reuniu no retiro de Du Fu para jogar *mahjong*: Cabeção Wang, Li Liang e o resto. Li Liang e Ye Mei começaram a disputar algumas peças. O rosto pálido dela se tornou rubro; a cara rosada dele se tornou pálida. Estavam ambos com as bochechas infladas de raiva.

MURONG

Cabeção e eu tentamos suavizar as coisas.

— Vocês dois ainda estão em lua de mel — eu disse. — Por que brigar por causa de umas peças? Não há nada que não possa ser resolvido com uma boa conversa.

Cabeção Wang completou, solenemente:

— Nós podemos sair, e então vocês ficarão à vontade para liberar as energias.

Eu explodi em uma gargalhada, mas Zhao Yue começou a bufar. Ye Mei encarou Cabeção e soltou:

— Que risível. Que tipo de homem é você?

Os olhos de Li Liang se incharam como se ele estivesse possuído pelo espírito de um sapo. Eu rapidamente o afastei dali, enquanto dizia a Ye Mei para se conter. Ela se limitou a me olhar de maneira hostil, em silêncio.

Depois nós abandonamos o jogo e calmamente tomamos chá. No íntimo, eu pensava que falta de sorte tinha sido a interrupção da partida bem quando Li Liang me devia 200 *yuans*. Para jantar, ele nos levou até o hotel China, onde o dono nos recebeu com largos sorrisos.

— Senhor Li, há quanto tempo não o víamos! — ele cumprimentou. — O vinho de cereais que o senhor não tomou da última vez está quase se estragando.

Cabeção disse, então:

— Os ricos são diferentes. Vestem roupas caras e aonde quer que vão, as pessoas puxam seu saco.

O dono batia palmas e ria.

Durante a refeição, Cabeção Wang contou umas histórias sujas que restauraram meu apetite e então, abaixando a cabeça, ataquei o salmão. Ele falava sem parar, mas parou subitamente. Erguendo a cabeça com relutância, vi que algo estava errado, de novo, com Li Liang e Ye Mei. Eles se provocavam como dois galos em uma rinha. Se não estivessem sentados em lados opostos da mesa, já teriam começado a se estapear. Pus a mão em frente aos olhos de Li Liang para impedi-lo de continuar encarando a esposa, e praguejei com uma tradicional expressão cantonesa, "*aiya*". Todos os amantes são inimigos de uma encarnação passada.

Depois de comer, cada um foi para seu lado. Cabeção e a esposa disseram que iriam ver umas casas; o decadente casal agora achava que o próprio lar era pequeno demais. Li Liang levou Ye Mei para casa, onde eu supunha que a guerra seria retomada. Eu não tinha ideia de qual deles se libertaria primeiro. Zhao Yue insinuou que gostaria que eu fosse com ela fazer compras, mas recusei, dizendo que precisava ir ao escritório escrever um relatório.

Havia dias em que ela e eu não discutíamos, mas mesmo assim parecia que tínhamos nos tornado estranhos. A julgar pelas aparências, porém, estávamos mais apaixonados do que nunca. Ao sair de casa, olhamos um para o outro e sorrimos. Ao voltar, à noite, olhamos um para o outro e sorrimos. Quando qualquer um de nós ia chegar tarde por alguma razão, ligava para o outro para perguntar se estaria tudo bem.

Zhou Weidong achava este comportamento muito estranho e perguntou:

— Chen, meu irmão, quando foi que você se tornou um novo homem?

Sorri, melancólico. Eu nunca trouxe à tona com Zhao Yue a ligação daquela noite no bar. Quando chegamos em casa, eu fui ao banheiro para me acalmar e a escutei falando baixinho ao telefone, do lado de fora. Pressionei o ouvido contra a porta, mas não consegui entender o que ela dizia. Quando eu saí, ela vestiu uma máscara sorridente. Daquele ponto em diante, comecei a tomar conta de seus movimentos: eu vasculhava sua bolsa e até investigava suas calcinhas usadas. Eu não sabia o que esperava encontrar nem o que faria se realmente achasse algo. Passei a me odiar um pouco; eu já não era um homem de verdade.

Não sei se por eu ser um mau detetive, ou por Zhao Yue ser uma infiel muito hábil, não vi nada suspeito. Mas claro, só porque eu não

MURONG

encontrei coisa alguma não quer dizer que alguma coisa não tivesse acontecido. Detectei nela certo ar de resistência enquanto fazíamos amor, e uma expressão vaga e ausente quando acabávamos. Três meses antes, quando ela me disse que tinha um amante, eu tinha certeza de que ela estava mentindo. Como agora ela negava tudo, isso indicava que ela havia passado para o lado negro. Li Liang dizia que eu era um fã da lógica capciosa — "mas a lógica capciosa é uma arma", eu pensei, com um sorriso amargo.

* * *

Meu relatório rapidamente atingiu a sete ou oito mil palavras. Primeiro, descrevi minha escalada para o topo, a história de como um mero tirador de pedidos chegou a gerente comercial. Isso era uma apropriação de uma estratégia de Cabeção Wang, que no ano anterior havia ficado em primeiro lugar no concurso de oratória do serviço de segurança pública, com seu discurso "De recruta a delegado". Depois da vitória ele ficou insuportavelmente presunçoso, gabando-se sem parar para mim e Li Liang. Ele só calou a boca quando começamos a zombar substituindo "recruta" por "fruta".

Uma vez descrito o cenário, comecei a detalhar todo o trabalho duro que realizara naquele ano. O relatório era um misto de descrição objetiva com refinada sutileza. Tinha um sumário, momentos de ação e de emoção. Havia até passagens líricas! Ao reler, tive certeza de que iria impressionar os cérebros de galinha do escritório central. Depois de enviar o fax, eu me recostei na cadeira e comecei a fantasiar sobre ser o gerente geral Chen Zhong: dirigir um Honda com uma gatinha ao lado, ter a carteira estufada de grana.

Pensando em gatinhas, subitamente eu me lembrei de uma que certa vez conheci quando parei para tomar chá em um *cyber café* na estrada Yulin Sul. Ela se chamava Niu alguma coisa, era alta e esbelta e tinha peitos grandes e firmes, rosto redondo e um sorriso muito atraente. Naquele dia ela foi muito receptiva, flertou comigo e acabou me dando seu número, dizendo, "quando você tiver tempo, vamos fazer alguma coisa".

Depois de muito procurar pelas gavetas da escrivaninha, afinal encontrei o número dela. Por um momento, meu coração ficou selvagemente alegre. Fiz a chamada e através dos ruídos de fundo ouvi uma voz masculina perguntando com quem eu queria falar. Quando respondi "com Niu", o homem gritou:

— Que Niu o quê, paspalho, você discou errado.

Não desisti, simplesmente liguei de novo. Desta vez, assim que o cara ouviu minha voz, começou a xingar.

— Vai se foder, já disse que você está com o número errado!

Ele bateu o telefone com força.

Meu ódio não tinha limites. Chamei uma terceira vez e, assim que a pessoa do outro lado atendeu, comecei a esbravejar uma série de insultos:

— Vai foder sua mãe, vai foder sua irmã, vai foder sua mulher!

Saí do prédio fervendo com o sentimento de injustiça, olhando para as pessoas como se elas me devessem dinheiro. No estacionamento, procurei por todo lado, mas não encontrei o Santana. É claro que o canalha do Liu Três havia pegado. Liguei para seu celular. Era nosso primeiro contato pessoal em mais de um mês.

— E aí? — ele atendeu.

— Preciso do carro. Por favor, devolva-o imediatamente.

Ele disse que sua irmã estava mudando de casa e que eles estavam usando o carro para transportar algumas coisas.

— Não posso fazer nada — respondi. — Preciso levar um cliente à oficina.

Cheio de ressentimento, Liu Três devolveu o automóvel.

Eu simplesmente fiquei parado lá, impassível, e quando ele bateu a porta, virou-se para a esquerda e se afastou sem dizer uma palavra.

MURONG

Ao observá-lo pelas costas, pensei: "Seu insolentezinho de merda. Como ousa manifestar seu mau humor perante um superior?"

O salário de Liu Três era idêntico ao meu: ele recebia quatro mil *yuans* mais comissão. Em um bom mês, o valor subia a mais de dez mil. Mas o cara era inacreditavelmente sovina. Quando saíamos para comer, ele nunca se oferecia para pagar. Zhou Weidong o chamava de "carteira de ferro". Esses dois tinham uma relação semelhante à que havia entre mim e Gordo Dong, no começo: mantinham uma guerra surda, e atacavam-se sempre que surgia uma oportunidade. Frequentemente precisava intervir para acalmar os ânimos, e culpava os dois igualmente, para que não alimentassem a disputa. Zhou Weidong tinha um temperamento semelhante ao meu: estava sempre esbanjando dinheiro, e babava ao ver uma garota. Se não fosse por sua infeliz compulsão de falar sobre minhas falhas, ele provavelmente teria subido na carreira mais depressa do que Liu Três.

Alguns dias antes, eu tinha conseguido aborrecer Liu Três encontrando um pretexto para descontar 600 *yuans* de seu salário. Gordo Dong tentou intervir, inutilmente. Liu Três ficou fora de si.

Pensando em assuntos da empresa, eu me peguei sentindo um pouco a falta de Zhou Yan. Ao voltar dos feriados de maio, ela havia pedido uns dias de dispensa médica. Pouco depois, demitiu-se. Por muito tempo tentei convencê-la, argumentando longamente sobre a abertura da China, a Organização Mundial do Comércio e a Guerra do Golfo — fiz uma varredura no panorama nacional e no internacional. Porém, a despeito de meus esforços, não consegui que ela ficasse. Ela se sentou em meu escritório com os olhos vermelhos. Pelo visto, ela estava triste por partir. Quanto a mim, estava inconsolável. Conversamos sobre várias coisas. Ela me contou sobre sua relação com o Asno, dando a entender que haviam secretamente dormido juntos muitas vezes. Eu ardia de inveja. No fim, Zhou Yan me aconselhou a ficar atento.

DEIXE-ME
EM PAZ

— Não posso dizer que você seja boa pessoa, mas também não acho que seja completamente detestável — ela disse. — Ainda há um resto de bondade aí dentro, e temo que no final seja você a sofrer.

* * *

Dirigi pelo caminho da universidade. Dos dois lados do caminho havia barraquinhas de *kebab* e alunos mal-ajambrados, no frescor da juventude, andando para lá e para cá. Os estudantes de hoje em dia eram mais modernos do que na minha época. Dizia-se que os iletrados digitais e as virgens eram duas espécies em extinção. Depois da meia-noite, havia fora do *campus* a exibição de filmes pornográficos — esta geração imatura e formidável de jovens assistia e aspirava a imitá-los. Quando Cabeção Wang foi transferido para a delegacia daquela região, certa vez fez uma inspeção surpresa na sala de cinema, e flagrou um casal em plena atividade. Quando a lanterna iluminou o casal, o rapaz gritou: "Está olhando o quê? Eu tenho ingressos!"

Hoje eu estava com vontade de sair à caça. Afinal, não sabia nos braços de quem Zhao Yue poderia estar enroscada. O chefe Sun tinha um ditado: a vida humana se resume a dois aspectos, comida e sexo. Nisso, pelo menos, ele tinha uma visão clara das coisas. Acendi um cigarro pensando que, nesta vida, ninguém deveria se torturar. O imoral sempre vai tirar vantagem do jovem. Se você puder ser feliz por um período, vá e seja.

Havia uma estudante pouco à frente: altura mediana, cintura fina e bunda grande. De costas, era uma gostosa. Ultrapassei-a devagar, pus a cabeça para fora da janela e perguntei:

— Belezinha, quer vir a um bar?

Ela me devolveu um olhar contemplativo e então:

— Canalha.

Apesar de dirigir por todo o entorno, não encontrei outra garota de quem gostasse. As melhores estavam com o namorado. Saí do

MURONG

carro e comprei uma garrafa de cerveja Blue Sword e alguns *kebabs* de carne. Comi observando a rua de cima abaixo, decidido a matar o tempo. Quando via uma garota de quem gostava, eu me aproximava com uma abordagem direta, perguntando se ele gostaria de sair para um drinque. Minha vantagem básica na caça às mulheres era ter o espírito já curtido por muitas negativas. Eu não era feio, usava roupas e calçados bacanas e dirigia um carro, então parecia glamouroso a estas mocinhas inexperientes. Enquanto eu não tivesse medo de fracassar, tinha certeza de que poderia atingir o sucesso.

Em meia hora, fiz quatro investidas, ouvi quatro negativas e um xingamento de "retardado". Pelo menos uma garota não me recusou de cara, dizendo que tinha algo a fazer, mas quem sabe em outra noite. O vendedor de *kebab* me observou atentamente durante todo o tempo.

Impaciente, começava a ponderar se deveria continuar tentando ou seguir para um caraoquê. Bem nesta hora, Li Liang telefonou.

— Você pode falar?

— Claro. E aí?

— Leve-me até uma prostituta — ele ordenou.

— Seu podre! Você deve ter comido alguma coisa estragada — respondi. — Você não frequenta prostitutas. E se Ye Mei descobrir? Ela mata a mim também!

— Você vem ou não? — ele me cortou. — Se não vier, chamo outro.

— Sim, vou. Mas se você está fazendo isso por estar bravo com Ye Mei, devo aconselhá-lo a repensar. O que houve com a lealdade?

Ele se calou por um instante e então respondeu, em uma voz alta e aguda:

— E a quem eu deveria ser leal?

17

Até Ye Mei, Li Liang não tinha namorado ninguém desde a graduação. Algumas vezes ele ia comigo aos clubes, mas apenas ficava sentado como um cadáver. No máximo, punha um braço em torno dos ombros da garçonete. Nos idos de 1999, ele ainda não havia comprado seu Audi. Tinha acabado de obter a carteira de habilitação e estava obcecado por dirigir. Assim que o fim de semana chegou, fomos dar uma volta. Um dia nós dirigimos para Mianyang e paramos em Jianmei e na Cidade da Alegria. Esse lugar tinha se tornado um de meus refúgios ocasionais. Era realmente um palácio, e nos melhores momentos poderia exibir mais de cem garotas sentadas na ampla recepção.

O sofá do centro transbordava trajes decotados, *shorts* curtinhos e carne perfumada — um delicioso amontoado de corpos prontos a alimentar o insaciável desejo da sociedade por luxúria. Escolhi para Li Liang uma moça alta, de proporções generosas, e o incentivei a levá-la para o quarto. Ele relutou muito, então precisei ameaçar:

MURONG

— Se você ficar se fazendo de santo, nunca mais sai comigo.

Ele acabou indo, com uma expressão mortificada.

Levei um longo tempo deliberando, antes de escolher uma mulher cujo rosto me lembrasse o de Zhou Yan. Depois de alguns joguinhos provocativos, nós nos abraçamos e subimos. Minha acompanhante era extremamente profissional, jamais dando a impressão de estar apressando as coisas. Do começo ao fim, foi perfeitamente amável e prestativa. Quando terminamos o negócio eu saí do quarto satisfeito, e reparei que a porta de Li Liang ainda estava fechada. Admirado, concluí que ele podia parecer fraco na arrancada, mas tinha a resistência de um corredor de fundo.

Depois de mais meia hora, quando eu já havia tomado uma garrafa de cerveja, os dois desceram. Alguma coisa me pareceu suspeita e assim que tive chance perguntei à garota se meu amigo era um depravado.

— Ele não tirou nem os sapatos! — ela me respondeu.

Ao contrário. Ele havia cruzado as mãos atrás das costas e feito um sermão cheio de boas intenções: "Você é jovem, poderia ser qualquer coisa, será que precisa mesmo fazer isto?"

Eu rolei de rir. Mais tarde, porém, tive pena de Li Liang. Ele era tão, tão travado.

Apesar de conhecê-lo havia dez anos, não o compreendia. Quais eram suas dores? E quais as alegrias? Eu não tinha a menor pista.

Em nosso jantar de graduação, ele bebeu sete garrafas de cerveja e caiu em um estupor. Cabeção Wang e eu o carregamos de volta ao dormitório. Estávamos no meio do caminho quando ele subitamente começou a se debater, lutando para se libertar, e então se atirou no chão. Agarrando um poste de luz, começou a chorar uma mistura de lágrimas e ranho. Depois, contou-nos que sua mãe havia morrido muito jovem, e que ele frequentara a escola básica vestindo farrapos piores do que os de um mendigo. Li Liang ficava muito incomodado quando perguntávamos sobre seu passado. O rosto enrubescia e as veias pulsavam. Era bem assustador. Seu pai estivera em Chengdu algumas vezes, mas Li Liang era sempre muito frio, e o observava com estranheza e enfado.

***

A noite de Chengdu era tranquila e suave. As luzes coloridas davam-lhe uma incandescência acolhedora, e de todos os lados saíam cantos e sons de risada. Um cenário muito viçoso, mas eu sabia que por trás do esplendor a cidade lentamente desmoronava. Ondas de luxúria e ganância surgiam de cada esquina e passavam borbulhando pelas ruas, deixando atrás de si um odor quente, como uma torrente de mijo que corroía cada pedra e cada alma. Tal como o poeta Li Liang dissera:

Na noite passada Deus morreu
No céu rastejam cobras e larvas

Neste momento, o poeta estava sentado ao meu lado fumando um cigarro atrás do outro, o rosto escuro como uma berinjela.

Eu às vezes me perguntava se Li Liang sofria de algum tipo de disfunção sexual. Na universidade, nosso método de higiene consistia em esvaziar sobre a cabeça uma tina de água fria, mesmo no auge do inverno. Conforme a água escorria por nossos corpos, nós reclamávamos, aos gritos. Garotas que naquele momento passassem em frente ao banheiro pulariam de susto. Em momentos de tédio, frequentemente analisávamos o pau um do outro: de quem era o maior? E o mais grosso? Qual o prepúcio mais comprido? Li Liang, porém, mantinha-se de cueca. Certa vez, Wang Jian, do dormitório ao lado, agarrou-o. Li Liang ficou puto e quis esfaqueá-lo. Cabeção e eu achamos que ele estava fazendo muito escândalo por pouca coisa. Agora, porém, eu ponderava que o segredo de sua felicidade e de sua tristeza se escondia dentro daquela cueca molhada.

MURONG

Tal como eu havia previsto, assim que Li Liang e a esposa estavam fora do alcance de nossos olhares, naquele dia, retomaram sua louca guerra. Ele saiu dirigindo enfurecido, pisando fundo no acelerador. Na ponte Nove Olhos, escaparam por pouco de uma batida, e em algum momento deve ter havido uma luta, pois ele tinha um curativo na mão direita. De acordo com a versão de Li Liang, Ye Mei saiu do carro, telefonou para algum cara e em seguida se meteu em um táxi, gritando xingamentos conforme se afastava. Isso o deixou fora de si de ódio.

— Foda-se! Amanhã mesmo vou pedir o divórcio! — ele berrou de volta.

Li Liang disse que nunca havia percebido que ela era uma mulher tão vulgar. Um longo suspiro expressava meus pensamentos íntimos: eu descobrira isso havia muito tempo.

Estávamos a caminho do hotel Caesar em Guanghani, o bairro de Chengdu onde ficava a mais famosa área de diversão de alto nível. Eu levei para lá quase todos meus clientes ricos e Li Liang era, como posso dizer, um membro da classe endinheirada. Não havia nenhuma hipótese de que ele fosse à caça na rua, como eu. Depois que passamos a praça Dragão Verde, liguei para Zhao Yue. Falei que Li Liang não estava bem e que eu precisava fazer-lhe companhia. Ela não disse nada. Na verdade, pensei, a vida é sempre constituída do mesmo material, quer você seja honesto e limpo, quer seja corrupto e obsceno.

A anfitriã do hotel Caesar se chamava Yao Ping, tinha por volta de trinta anos e era uma lenda viva, mais bonita e elegante do que qualquer mulher de Hong Kong ou da Europa. Dez anos atrás, metade dos jovens da cidade estava disposta a brigar por ela. Ao me ver, desabrochou em um sorriso como se fosse um buquê de flores.

— Você se esqueceu de mim, faz tanto tempo que não aparece.

— Isso seria impossível — respondi, com honestidade. — Eu nunca me esquecerei de você.

Da última vez que estive aqui, com Zhou Dajiang e a turma, procurei muito, mas não encontrei uma garota que me agradasse. Deixei-me

134

ficar sentado por ali, murmurando de insatisfação. Finalmente, Yao Ping disse que ela mesma iria comigo, e me levou até seu quarto. Depois, não aceitou nenhum dinheiro. Disse que estava velha e não valia o pagamento, e que eu deveria interpretar aquilo como um presente de amiga. Compreendi que ela estava sendo modesta, pois suas palavras irradiavam um intenso amor-próprio. Ouvi falar sobre o prefeito de uma cidade da província de Guangdong que, certa vez, pediu por Yao Ping, mas ela o dispensou lgo de cara, sem maiores considerações.

Abracei seu corpo delicioso e deliberadamente mantive o olhar afastado das demais garotas.

— Hoje não vou brincar — falei. — Só quero que meu irmãozinho aqui se divirta.

Ela graciosamente estendeu a mão para Li Liang e disse:

— Você é livre para escolher qualquer uma, exceto eu.

Mas Li Liang respondeu que não tinha interesse em nenhuma, apenas nela.

— Eu sou tão velha que ficaria constrangida de ir para a cama com você. Escolha alguém jovem e macia.

Li Liang fechou a cara:

— Pagarei dois mil *yuans*.

— Não é pelo dinheiro — ela disse. — É que eu não faço mais isso.

Li Liang continuou a aumentar os lances:

— Cinco mil. Não. Dez mil.

Ela recusou, ainda sorridente.

— Quinze mil.

Agora as garotas estavam reunidas em volta de Li Liang e olhavam-no com profundo respeito. O sorriso de Yao Ping congelou. Ela me deu um olhar assustado. Peguei Li Liang pela mão, mas ele se soltou e, como em um transe, subiu a oferta ainda uma vez.

— Vinte mil *yuans*.

O rosto de Yao Ping ficou lívido. Pareceu que um minuto inteiro havia passado, quando ela disse:

MURONG

— Escute, eu sei que você tem dinheiro, mas não é preciso exibir-se dessa maneira em frente a nós, pobres garotas trabalhadoras. Eu deveria expulsá-lo, mas hoje vou honrar Chen Zhong. Se quiser se divertir, simplesmente escolha alguém. Se não quiser, vá embora.

— Irmã Yao, não fique brava — eu me apressei em dizer. — Ele é ingênuo. Não o leve tão a sério.

Eu mal havia terminado de falar quando Li Liang pulou sobre mim e me desferiu um soco brutal na cabeça.

— Vai se foder! — ele gritou. — Como é que você nunca me chamou de ingênuo quando estava trepando com minha mulher!

Fiquei estarrecido, mudo de perplexidade, como se tivesse sido atingido por um raio.

Li Liang e eu éramos amigos havia dez anos, e em todo esse tempo só discutimos duas vezes. Na primeira, foi sobre um jogo de xadrez: eu tinha vencido quatro ou cinco partidas consecutivas e o estava espezinhando. Seu rosto ficou vermelho e ele perguntou se eu tinha colhões para mais uma. Em poucos movimentos ele estava preso por minha torre. Rindo muito, sugeri:

— Posso te dar um cavalo, que tal?

Ele atirou as peças ao chão e saiu bufando, puto, e não falou comigo por dois ou três dias.

A segunda briga foi mais séria. Foi naquela vez em que escalei sua cama em busca de um cigarro e ele me empurrou. Pego com a guarda baixa, caí pesadamente e quase quebrei a perna. Quando me recompus, perguntei, furioso:

— Qual é o seu problema? Eu só queria um cigarro!

Ele estava igualmente furioso:

— Quem você pensa que é? Não sabe o básico das boas maneiras? Como eu ia saber se você queria um cigarro ou roubar alguma coisa?

Meus pulmões estavam a um triz de estourar. Peguei um tamborete e parti para cima dele, mas por sorte Cabeção Wang e Grande Irmão me seguraram a tempo. Li Liang e eu mal nos falamos durante um mês. Quando retornamos das férias de verão, porém, ele me deu uma caixa de cigarros Red Five, o que finalmente esfriou as coisas.

Eu tremia da cabeça aos pés. Yao Ping claramente pensou que era de raiva, então acenou para vários homens, apontou para Li Liang e disse: "Este!"

Os caras correram na direção dele. Engoli em seco e me pus à frente, dizendo:

— Irmã, por favor, não deixe que batam nele. Nós já lhe causamos muitos problemas, hoje. Eu voltarei outro dia para desculpar-me.

Virei e tentei empurrar Li Liang para a saída, mas ele permaneceu imóvel como uma estaca enterrada no chão. Seu rosto estava sombrio de ódio.

— Não arme confusão aqui — eu disse. — Isso só vai ofendê-las. Se quer me bater, vamos lá para fora.

Sem dizer uma palavra, ele me deu um chute no saco e saiu, com os olhos vermelhos. Caí no chão dobrado ao meio e suando frio. Yao Ping se agachou e perguntou se estava tudo bem. Mas eu estava com vergonha demais, e dor demais, para fazer qualquer coisa que não fosse gemer.

— Quer que alguém vá atrás dele? — ela perguntou.

Eu balancei enfaticamente a cabeça em sinal negativo.

— Deixe que ele vá embora. Não batam nele — grasnei.

Eu estava imprestável. Lágrimas rolavam abundantemente de meus olhos.

Yao Ping me levou a um quarto.

— Tire as calças — ordenou.

Meu espírito estava esmagado. Na mesma ânsia com que um homem que se afogasse agarraria um canudo, eu enterrei a cara em sua barriga macia. Pensava que dez anos de amizade estavam irreversivelmente encerrados.

Yao Ping me fazia cafuné.

— Esta noite você fica aqui. Voltarei mais tarde.

18

Chengdu em junho é cheia de vida. As flores desabrocham, os mercados ficam inundados de melancias e o ar fica impregnado com o aroma de jasmim. Depois do anoitecer, vê-se na multidão gente rindo e gente chorando. Eu frequentemente me juntava a eles. A vida era como um pródigo festim em um cemitério, em que a morte circulava, sorridente, entre nós. Quando os últimos traços de juventude tivessem desaparecido, quem se lembraria dos velhos dias de ternura e dor?

Zhao Yue tinha sofrido por vários dias com um resfriado severo. Cada vez que eu lhe dizia para comprar remédios, ela respondia que estava muito ocupada. Acabou pagando por isso, e uma noite teve uma febre de 39 graus. Ela empilhou todos os acolchoados da casa sobre si e ainda se queixava de frio. Passamos uma noite difícil e no dia seguinte levei-a pessoalmente ao hospital. Durante todo o percurso, ela gemeu baixinho. Eu estava penalizado, mas reprovei-a por não aceitar meu conselho.

MURONG

— Eu te disse para vir antes, mas você não me ouviu. Agora está sofrendo, não é?

Ela se arqueava em meus braços em um ângulo tortuoso. Seu hálito cheirava como se ela tivesse rastejado para fora do estômago de um peixe.

Tendo recebido medicação intravenosa, Zhao Yue mergulhou na semi-inconsciência, o nariz tremelicando como o de uma criança de três anos. Ajustei o fluxo do gotejamento para o nível mais baixo e sequei seu rosto com um lenço. Ela agarrou meu braço com força, e murmurou que tinha dor de cabeça.

Eu não tinha dormido nada na noite anterior, e depois de estar sentado lá por algum tempo simplesmente não consegui manter os olhos abertos. Recostado na cama do hospital, eu apaguei. Subitamente, através de uma confusa neblina, ouvi um cochicho:

— Aquele não é Chen Zhong?

Abri os olhos e vi uma mulher bonita, robusta, parada à porta e me encarando.

Gentilmente retirei a mão do tórax de Zhao Yue. Ela dormia profundamente, com um sorriso inocente no rosto. Andei até a porta e a cumprimentei. A mulher era esposa do dono do restaurante Emei Tofu, e eu a chamava de "Rainha do Tofu".

— É sua esposa? — ela perguntou.

Pus a mão em sua cintura e respondi:

— Sim. Ela é mais bonita do que você, não é?

Ela chiou, fingindo estar com ciúme.

— Ora — eu disse —, você fica com oitocentos bonitões por dia, não se faça de inocente.

O restaurante Emei Tofu ficava bem em frente ao meu escritório. O proprietário, senhor Xiao, era de Leshan. Apesar da baixa estatura, ele tinha a cabeça redonda e os olhos penetrantes como um mestre de *kung fu*. Eu sempre levava meus clientes ao restaurante. Seu frango com pudim de *tofu* era algo que eu adorava particularmente:

a perfumada ave era fervida em uma grande tigela de *tofu* fresco, branco como a neve, com legumes crocantes. Era inimaginavelmente delicioso. Depois que eu estive lá algumas vezes, nós nos conhecemos e logo estávamos de "irmão" para cá e "cunhada" para lá. Até comecei a flertar com a mulher do senhor Xiao, e ela correspondeu. O senhor Xiao não parecia se importar — ele ainda fazia brindes e servia os pratos como sempre. Suas mãos eram como um ventilador de folhas e os olhos, como bolas de ferro.

Em uma noite de inverno em 1999, Li Liang e eu jogamos *mahjong* até de manhã. Ele havia perdido sete mil *yuans* e estava desesperado.

— Minha sorte não está boa, hoje — ele disse. — Vamos encerrar e sair para beber.

Eu o levei ao restaurante Emei Tofu, onde o dono já tinha ido embora e a Rainha do Tofu estava prestes a fechar a casa. Eu bati na mesa e disse:

— Rápido, frango com *tofu*, peixe com *tofu* e quatro garrafas de cerveja.

Depois que as comidas e bebidas estavam servidas, eu a convidei para juntar-se a nós. Ela se sentou a meu lado, brincou de jóquei pô, bebeu e participou da competição de histórias obscenas. Quando Li Liang saiu para falar ao telefone, ela cutucou minha perna com o joelho e disse:

— Meu marido não vai voltar.

Eu me entusiasmei. Esperei impacientemente até que Li Liang terminasse a refeição e disse-lhe:

— Você vai para casa antes. Eu tenho uma coisa para conversar com ela.

Ele me olhou boquiaberto.

— Olha que eu conto para Zhao Yue.

Na cabeceira da cama, havia uma grande foto de seu casamento. O pequeno senhor Xiao parecia muito sério e me observava intensamente com olhos perscrutadores.

MURONG

Agora, ela estava me perguntando se eu estaria livre naquela tarde.

— Por quê? Quer trepar de novo? — perguntei.

Eu não conseguia deixar de dizer obscenidades quando a via. Na verdade, ela não era melhor do que eu. Uma vez, ela me telefonou e perguntou, diretamente:

— Quer fazer aquilo? Se quiser venha, ele não está em casa.

Nas primeiras vezes eu adorei a novidade, mas depois de algum tempo me enchi. Como é que esta mulher não pensava em nada que não fosse sexo? Ela não demonstrava absolutamente nenhum sentimento. Tirava a calça e deitava na cama, e quando terminávamos me soprava um beijinho de satisfação. Além do mais, nunca me deu desconto no restaurante.

Agora, seus saltos seguiam meus calcanhares e ela dizia:

— Seu rosto está com umas manchas. Você precisa liberar um pouco de calor.

Enfiando a cabeça pela porta do quarto, vi que Zhao Yue tinha se virado na cama. Ela parecia abstraída de tudo. Calculei que levaria uma hora para ir até em casa e voltar. Provavelmente Zhao Yue ainda estaria dormindo quando eu retornasse. Subitamente, fervi de excitação. Peguei na mão da mulher e a arrastei direto para a saída.

— Desta vez vamos para minha casa, assim não tenho que ver a cara feia de seu marido — eu disse.

* * *

Eu havia comprado o apartamento no Jardim da Juventude, em Yulin, no ano anterior. De acordo com Cabeção Wang, "era um condomínio de alto nível, até que sua vida baixa se mudou para lá".

Zhao Yue e eu dicutimos muito sobre a reforma. Ela ficou um pouco perturbada durante toda a obra, parou de escovar o cabelo e não lavava mais o rosto, angustiada com a possibilidade de os operários fazerem um mau serviço ou usarem materiais de segunda qualidade. Ela praticamente dormia no apartamento.

— Todo este drama é mesmo necessário? Se ficar adequado para nos receber já está bom!

Ela ficou furiosa e arrancou alguns pedaços do papel de parede.

— Para quem eu estou fazendo tudo isso?

Eu pedi desculpas, secretamente xingando-a por ser maluca. Quando a reforma terminou, Zhao Yue passou vários dias limpando o apartamento. Ela chegou a se ajoelhar e esfregar lajota por lajota. Quando finalmente fui vê-lo, o lugar inteiro não tinha uma única mancha.

— Você limpou tudo tão bem que não tenho coragem de pisar — falei. — Por que não me carrega nas costas?

* * *

A Rainha do Tofu estava prestes a entrar. Eu a retive, com firmeza.

— Tire os sapatos.

Ela me olhou, confusa. Eu pensei: "Zhao Yue limpou cada centímetro deste apartamento. Que direito tem você de sujá-lo?"

Ela se apoiou em mim para tirar os sapatos. Suas mãos estavam oleosas e o corpo cheirava a sopa de legumes. Subitamente, senti um arrepio de nojo. Quando chegamos ao quarto, ela me abraçou e quis me beijar. Eu a empurrei, com impaciência.

— Vá primeiro tomar um banho!

Eu sempre havia considerado a Rainha do Tofu uma mulher suja. Frequentemente havia rachaduras em suas unhas. O senhor Xiao a amava e lhe comprava trajes de grife, inclusive calcinhas Calvin Klein. Contudo, elas em geral estavam lambuzadas de cebolinha fatiada ou alho amassado. Certa vez descobri que ela nem mesmo lavava as mãos depois de ir ao banheiro. Fiquei enojado e forcei-a a voltar e se lavar. Ela sentia um pouco de vergonha por esses hábitos,

MURONG

então passou a dizer, assim que nos encontrávamos, que tinha acabado de tomar banho.

Desta vez, porém, ela se aborreceu.

— O que quer dizer com isso? Se você se sente superior a mim, simplesmente diga de uma vez, não precisa ficar me sacaneando.

Eu sabia que tinha pisado na bola. Forçando um sorriso, falei:

— Não quis dizer isso. Você sabe que minha mulher está doente, então estou um pouco abalado.

Ela respondeu, ironicamente:

— Não havia notado que você era um homem bondoso cheio de consideração pela esposa.

Rebolando, virou-se e se dirigiu ao banheiro.

Pus um *rock* para tocar, acendi um cigarro e vaguei pelo apartamento. Agitando os braços de nervosismo, derrubei o porta-retratos. Quando me agachei para apanhá-lo e colocar no lugar, vi Zhao Yue em seu branco vestido de casamento, sorrindo. No verso, havia uma série de desenhos de coelhinhos coloridos. O signo de Zhao Yue era coelho, e ela acreditava que aqueles desenhos tra006riam segurança e felicidade.

A Rainha do Tofu saiu do banheiro completamente nua. Olhando em torno, disse:

— Sua casa não é grande, mas é limpa. Você deve ter uma boa esposa.

Suas palavras me causaram dor.

Ela se aproximou e me deu um beijo, dizendo:

— Não vi você por um mês e realmente senti saudade.

Sua pele era perfeita, macia e suave como o melhor pudim de *tofu* do restaurante. Isso atiçou meu fogo. Gordo Dong dividia as mulheres em duas categorias: uso e apreciação. Sempre que o provocávamos sobre a aparência de sua mulher, ele insistia que ela era para uso.

— O que vocês sabem sobre isso? — ele perguntava.

Eu sempre achei que ele estava se gabando. Sua esposa era reta como uma tábua, nada na frente nem nas costas, portanto não podia ser muito satisfatória. Mulheres como a Rainha do Tofu, por outro lado, eram claramente desenhadas para uso. Ela começou a gemer assim que a toquei.

O telefone da sala começou a tocar insistentemente. Eu me perguntava quem poderia ser tão sem noção. O barulho era suficiente para levar qualquer um à loucura. Primeiro eu pensei "que se foda" e tentei ignorar, mas a campainha continuou. Era como se alguém estivesse deliberadamente tentando me irritar. Finalmente, não aguentei mais. Ainda nu, fui até lá, agarrei o aparelho e berrei, ferozmente:

— Quem é?

Silêncio. Quando eu estava prestes a desligar, fora de mim de raiva, ouvi Zhao Yue dizer, em uma vozinha fraca:

— Abra a porta, estou sem minha chave.

* * *

Uma vez, no ano-novo chinês de 1998, fui com Zhao Yue à região nordeste do país e encontrei meus sogros. Zhao Yue estivera de maus bofes durante toda a viagem. Eu a chamava de Irmã Dai Yu[x]. No segundo dia do ano-novo, depois de jantarmos na casa de seu pai, começou a nevar pesadamente. A despeito de meus conselhos, Zhao Yue insistiu em ir embora a pé. Quando chegamos a uma alameda vazia, ela subitamente parou e disse:

— Estou me sentindo triste, agora. Me abraça.

Eu a abracei e sussurrei:

— Não fique triste. Eles não a amam, você ainda tem a mim.

Zhao Yue tremeu, agarrou minha nuca e começou a chorar. Olhei para cima e vi o céu cheio de flocos de neve, flutuando como mariposas sem destino. Eles caíam sobre nossos ombros em finas camadas.

Naquela noite eu me comovi pensando em todo o sofrimento que Zhao Yue tivera de enfrentar enquanto crescia. Quando seus pais

MURONG

estavam se separando, ela costumava se trancar no quarto. Como um pequeno adulto, ela fazia todo o serviço de casa. Deve ter sido muito doloroso. Zhao Yue sempre me fazia a "pergunta do para sempre", e eu em geral respondia em piloto automático. Daquela vez, porém, eu disse, com profunda sinceridade:

— Serei doce com você para sempre. Pare de chorar, Irmã Dai Yu.

* * *

Nenhuma palavra poderia descrever meu pânico. Andei de um lado para outro na sala, depois examinei o quarto. Até minha voz estava alterada.

— Se apressa, se veste — eu disse. — Minha mulher voltou.

A Rainha do Tofu pulou e começou a recolher as roupas, que estavam espalhadas por todo lado. Quanto a mim, estava no limite de desmaiar. Desta vez, eu estava liquidado. Depois que ela se vestiu, ajudou-me a fechar os botões e perguntou se havia um lugar onde pudesse se esconder. Retruquei mordazmente que não.

Zhao Yue estava bem ali parada na porta. Como esperávamos nos esconder dela?

Seu rosto estava pálido. Ela me encarou e caiu contra a parede. Quando acorri para apoiá-la, ela me empurrou com raiva, e então, lutando para respirar, foi para a sala. A Rainha do Tofu estava lá, em pé ao lado da janela, com a cara vermelha. Meu coração batia como louco e eu suava pelo corpo todo.

Zhao Yue ficou parada por um instante e então disse à esposa do dono do restaurante:

— Saia.

Sua voz era áspera e fria, e tinha um tom assassino que me fez estremecer.

A Rainha do Tofu foi embora sem dizer uma palavra, fechando a porta muito suavemente atrás de si. Eu a ouvi suspirar fundo atrás da porta. Zhao Yue me encarava com ferocidade, os lábios tremendo de raiva. Percebendo que eu não tinha mais nada a temer agora que havíamos chegado a tal ponto, sustentei seu olhar. Gradualmente, os olhos dela se encheram de lágrimas, a boca parou de tremer e ela começou a chorar e soluçar terrivelmente.

— Você não consegue resistir nem a uma mulher repulsiva como esta!

19

Era 15 de junho de 2001, exatamente três dias antes de nosso aniversário de três anos de casamento. Durante o desjejum, Zhao Yue perguntou:

— Acha que devemos esperar mais três dias?

Ela abaixou a cabeça e começou a fungar.

Após o café da manhã, eu a encontrei escovando o cabelo em frente ao espelho. Em pé atrás dela, forcei um sorriso.

— Você ainda é bonita — eu disse. — Não precisa se preocupar sobre não voltar a se casar.

Antes que eu acabasse de falar, seus olhos se avermelharam, suas mãos tremeram e a escova caiu no chão.

Nos últimos tempos, Zhao Yue tinha ganhado peso. Observando seu corpo já não tão magro, senti uma pontada no coração ao lembrar suas palavras do outro dia:

— Eu lhe dei meus melhores anos.

Minhas lágrimas caíram sobre a gravata que ela havia recentemente comprado para mim.

MURONG

* * *

Recentemente, nós tivéramos conversas suficientes para uma vida. Zhao Yue havia perguntado se eu ainda me lembrava de nosso primeiro encontro.

— Claro que sim. Você estava de vestido roxo, com uma cópia do livro *Filosofia Marxista* nas mãos.

Ela então perguntou se eu me lembrava de como a havia espionado durante um banho.

— Sim. Eu estava sobre um banquinho e você jogou água em mim.

Ela prosseguiu o questionário, querendo saber se eu me lembrava. Eu chorei e pedi:

— Pare de perguntar. É claro que ainda me lembro. Estas são as memórias de nosso amor.

Atirando-se em meus braços, ela chorou até desidratar.

— Então, por que você me deixou no hospital para fazer sexo com outra mulher?

* * *

Foi ela quem trouxe à tona a questão do divórcio, e no começo eu não conseguia pensar em nada para dizer. Algum tempo depois, porém, eu supliquei, pateticamente:

— Eu errei. Você não pode me dar mais uma chance?

Ela chorou e tocou minha face:

— Não tenho ideia de como será, depois que eu o deixar, mas nunca serei capaz de esquecer o que aconteceu naquele dia. Como poderia perdoá-lo?

Suas mãos estavam quentes. Ao olhar para seu cabelo desgrenhado e rosto pálido, eu me odiei. Comecei a me estapear com força na cara. Ela segurou minhas mãos.

— Não, Chen Zhong! Não faça isso. É difícil para mim, também.

Conversamos calmamente sobre a divisão de bens. Eu queria que ela ficasse com o apartamento, ela disse que eu deveria ficar com ele. Argumentei que poderia mudar de volta para a casa de meus pais, enquanto ela não teria para onde retornar. Ela concordou e ofereceu uma contrapartida financeira.

Questionei, em meio às lágrimas:

— Zhao Yue, você realmente acha que eu quero seu dinheiro? Quer dizer, quanto dinheiro você tem?

Nós nos abraçamos e choramos.

— Vamos deixar isso como está, ok? — propus.

Ela balançou a cabeça.

— Se algum dia puder esquecer tudo o que houve, eu voltarei. Mas agora, não importa o que você diga, estou determinada a me divorciar. Você me magoou demais.

Ainda dormíamos na mesma cama nessa época, mas ela congelava quando eu a tocava. Quando eu tentava beijá-la, ela cobria a boca com a mão; se tentava tirar suas calças, lutava desesperadamente. Certa vez, depois de mais uma tentativa frustrada, fiquei bravo:

— Por que está fingindo? Eu já toquei todas as partes de seu corpo incontáveis vezes. Por que agora você...

Ela me interrompeu.

— Se alguém cagasse em sua tigela, você continuaria comendo?

— Não importa se é um monte de merda ou um prato refinado, você ainda é minha mulher, e isto é seu dever até que estejamos divorciados!

Ela tirou a roupa e se deitou na cama com braços e pernas abertos.

— Vá em frente, então — ela disse. — Venha e divirta-se como fez com aquela gorda.

Desmoronei ao lado dela, coberto de vergonha.

MURONG

***

Nossa primeira vez foi em um hotel barato pouco além dos portões da universidade. Até então, tínhamos nos beijado e nos tocado mutuamente, mas Zhao Yue sempre se recusara a avançar. De fato, chegamos a ter uma grande briga por causa disso.

— Você fez com o outro cara, por que não comigo? — perguntei. Seu rosto ficou vermelho de raiva.

— Chen Zhong, você quebrou sua promessa. Você disse que nunca mencionaria aquilo! O que eu sou para você, afinal, uma puta ou sua namorada?

Nós nos afastamos infelizes e Zhao Yue foi para o dormitório sem jantar. Ela não apareceu mais, apesar de eu passar uma eternidade chamando-a lá de baixo, até enlouquecer o velho zelador. Mas a discussão deu resultado. Três dias depois, ela concordou em ir ao hotel comigo.

Antes de tirar a roupa, porém, ela perguntou, com gravidade:

— Você se importa que eu não seja virgem?

— Nem um pouco — respondi, afoito.

Ela afastou minhas mãos e disse:

— Chegue para trás e escute! Eu não sou uma foda fácil. Estou fazendo isso hoje porque espero que um dia você se case comigo. Você pode fazer isso?

Eu estava com um tesão violento, assolado pelos hormônios. Sem pensar nem por um segundo, respondi:

— Posso. Sim, eu posso, posso.

Zhao Yue tirou a calça. Mais tarde ela contou que também tinha lutado para se controlar.

***

O passado voltava com força total. Eu era o perdulário de uma família rica que havia esbanjado a vida toda até descobrir-se sem um tostão.

DEIXE-ME
EM PAZ

A atendente do cartório era uma gentil senhora de meia-idade.

— Vocês dois formam um casal tão perfeito! — ela lamentou. — Isto é mesmo uma pena!

Zhao Yue piscou em fúria, o peito subindo e descendo.

Nós tínhamos comparecido com todos os documentos para nosso divórcio. Um por um eu entreguei nossa autorização de residência, bilhetes de identidade, certidão de casamento e fotografias. Meu coração estava transido de tristeza.

Eu disse a Zhao Yue:

— A partir de agora, você não é mais uma chefe de família.

Ela soluçou e me deu um beliscão no ombro.

Vendo isso, a atendente começou a dizer:

— Não, não, não. Eu não posso dar andamento a este caso. É contra as leis do paraíso.

Eu suspirei:

— É inútil. Nós já nos decidimos.

Ela me encarou agressivamente:

— Vocês, homens, não têm nenhuma consciência.

E então, voltando-se para Zhao Yue:

— O que você acha?

Ainda soluçando, ela respondeu:

— Sou eu que quero me separar, não tem nada a ver com ele. Por favor, simplesmente faça o que precisa ser feito.

Isso provocou lágrimas na atendente também.

Depois de assinar, passei a caneta a Zhao Yue:

— Isso está bem de acordo com as "Regras Familiares de Zhao".

Ela começou a tremer e não conseguiu escrever uma só palavra, precisou se apoiar na mesa. A atendente vislumbrou uma derradeira oportunidade.

— Vou perguntar pela última vez. Vocês têm certeza?

Quando olhei para Zhao Yue, seus olhos estavam cheios de lágrimas. Perguntei, com a voz rouca, se ela não iria se arrepender.

153

MURONG

— Este é seu primeiro casamento — a atendente falou. — Pensem nisso!

Zhao Yue me deu um soco no peito. Ela não se importava que houvesse pessoas olhando. Eu falei, com ternura:

— Não vamos nos divorciar, ok? Vamos simplesmente voltar para casa.

Ela balançou a cabeça sem dizer nada. Então enxugou as lágrimas e disse à atendente:

— Nós estamos determinados. Vá em frente.

Na hora H, eu me agachei no chão, incapaz de olhar.

***

Era um luminoso dia de sol em Chengdu. Quando Zhao Yue e eu saímos do cartório, as ruas estavam apinhadas de pessoas animadas. Passamos por elas bem juntos, suspirando a cada passo. Ao passarmos pelo parque Renmin, eu vi um gordão cair e dei risada. Meu humor mudou subitamente e perguntei a Zhao Yue se ela gostaria de comer. Ela me acompanhou a uma KFC.

— Todos os homens são incapazes de se conter quando veem uma mulher bonita? — ela perguntou, sugando o canudo.

— Sim, a maioria. Seu amante empresário é igualzinho.

Pensar no amante dela me deixou frustrado e triste.

— Agora que estamos divorciados, você pode me falar sobre aquela ligação?

Ela parecia desconfortável.

— Definitivamente, não é o que você pensou. Não havia nada entre nós.

— Você vai se casar com ele?

— Do que você está falando? Nós somos apenas bons amigos — ela respondeu.

Eu me animei.

— Humm... Então, se for procurar um namorado de novo, poderia considerar a mim como primeira opção?

Ela abaixou a cabeça e não disse nada. Lágrimas caíam gota a gota em seu prato. Depois de um longo momento ela perguntou:

— Por que você está sendo tão bacana agora que é tarde demais?

Subitamente, lembrei-me de algo que meu pai dissera sobre mim: "Você é como um burro preguiçoso".

* * *

Eu já havia retirado a maior parte de minhas coisas, exceto uns poucos livros e DVDs. Silenciosamente, Zhao Yue os empacotou e acondicionou em uma grande sacola. Eu a levei ao ombro e me encaminhei para a porta. Mas, quando ela disse meu nome, virei-me. Ela passou a mão por meu cabelo e disse, com ternura, "cuide-se".

Não aguentei mais e tomei-a com força nos braços.

* * *

Quando minha mãe soube do ocorrido, ficou vários dias sem condições de cozinhar. Ela passava o tempo todo suspirando de desgosto, e isso me deprimia. Eu me tranquei no quarto, escutava música e lia. Toda vez que pensava em Zhao Yue, sentia uma fisgada no coração. Lá embaixo, o velho casal competia para ver quem silenciava por mais tempo e suspirava mais alto. Recentemente, eu havia notado que meu pai tinha cada vez mais fios grisalhos. Eu supunha que não fosse absolutamente um bom filho. Apesar de ter quase trinta anos, ainda o fazia preocupar-se comigo.

Depois do jantar, Zhao Yue telefonou perguntando se eu estava bem. Disse que sim e perguntei:

— Posso dormir em casa hoje à noite?

MURONG

Sua resposta foi um "não" bem firme, e eu dei um sorriso irônico. Antes, ela me implorava para ir para casa, mas agora eu não tinha permissão. Depois disso, fiquei deprimido de novo.

O velho bateu à porta e entrou com um grande sorriso.

— Coelhinho, quer jogar *go*?

Meu pai ainda era um jogador horroroso. Após apenas oito rodadas, eu já havia lhe tomado quase todas as peças. Desta vez, admitiu a derrota. Ele queria me consolar, mas não sabia como. Enquanto estávamos sentados em um silêncio desconfortável, Cabeção Wang ligou:

— Nunca pensei que ela fosse realmente se separar de você. Eu sabia que ela não prestava!

A raiva brotou em mim.

— Cale essa boca imunda. Não teve nada a ver com ela.

Ele riu.

— Ih, ih, eu sei que você está se sentindo mal. Mas nós estamos no segundo andar do bar Ponto Zero. Vem pra cá. Beber é a melhor cura para a tristeza.

— Li Liang está aí? — perguntei.

— Está. Foi ele quem sugeriu que eu te ligasse.

20

Minha mãe ouviu falar de uma agência de encontros que poderia me apresentar a namoradas em potencial. Inicialmente, disse que não queria ter nada a ver com isso.

— Em que século estamos? Será que não posso encontrar alguém por mim mesmo?

Minha mãe bufou.

— O tipo de lixo que você encontra por si mesmo expulsa você de sua propriedade e brinca com seus sentimentos.

Recentemente, ela vinha desenvolvendo uma má vontade contra Zhao Yue. Na semana anterior, ela e minha irmã foram fazer uma visita, na esperança de conseguirem uma reconciliação. O que ela não esperava encontrar era Zhao Yue tendo uma espécie de conversa íntima com um homem. Minha irmã contou que minha mãe começou a tremer e saiu voando, cuspindo meia dúzia de sarcasmos. Ela ainda estava xingando quando chegou em casa, dizendo que Zhao--qual-é-mesmo-o-nome-dela tinha um coração perverso.

— Tantos anos como marido e esposa e ela expulsa você com tamanha facilidade.

MURONG

Depois disso, previu, anticientificamente, que os filhos de Zhao Yue nasceriam deformados.

Quando soube dos fatos, liguei para Zhao Yue. Fazendo um esforço para parecer alegre, perguntei-lhe se tinha um namorado. Ela respondeu que estava fazendo umas entrevistas, e que desta vez iria certificar-se de encontrar alguém com qualidades morais. Eu mencionei sua deslealdade:

— Você não falou que consideraria a mim em primeiro lugar?

Ela suspirou.

— Às vezes você é tão simplório. Acha mesmo que temos alguma chance de reatar?

Depois disso, afundei no sofá e fiquei calado por um longo tempo.

***

Minha mãe falava constantemente sobre minha divisão de bens com Zhao Yue. Ela me ajudou a fazer as contas. Entrada da casa: 120 mil *yuans*. Mobília: trinta mil, integralmente pagos por mim. Eletrodomésticos: vinte mil, sendo que minha irmã pagou a metade, e isso ainda não incluía meus pagamentos mensais da prestação.

Logo após o divórcio, eu tinha dito a minha mãe que Zhao Yue estava só temporariamente tomando conta da propriedade.

— Seja agora ou depois, ainda é minha — falei.

Depois deste incidente, porém, ela me pressionava a resolver as coisas.

— Se você está constrangido de conversar com ela sobre isso, eu mesma irei — ela disse.

Eu estava de saco cheio daquilo tudo e encarei minha mãe com um olhar penetrante.

— Não pressiona, ok? Não é um valor alto.

Minha garganta se fechou.

— Que dinheiro Zhao Yue tem?

DEIXE-ME
EM PAZ

Ao longo de toda a universidade, Zhao Yue passou muito aperto. Na época, minhas despesas mensais giravam em torno de 400 *yuans*, enquanto ela possuía apenas 150. Com o subsídio escolar de menos de cinquenta *yuans*, ela passava de raspão. Mais tarde, Zhao Yue me contou muito triste que, quando suas colegas de quarto iam às compras, ela se escondia em sua tela antimosquito. Ao ouvir isso, fiquei com muita pena. No fim de nosso último ano na universidade, gastei 300 *yuans* em um terninho cinza para ela. Zhao Yue ficou tão comovida que apertou minha mão com muita força. Isso foi na primavera de 1994. As cerejeiras exibiam suas cores brilhantes, e Zhao Yue e eu nos abraçamos atrás do auditório do *campus*, cheios de confiança na vida. Porém, sete anos depois, o terninho cinza estava em farrapos — assim como a paixão que um dia compartilhamos.

* * *

Minha mãe me arranjou nada menos que quatro encontros, cada um com suas peculiaridades. O primeiro foi com uma mulher estilo halterofilista. Tomei um pouco de chá com ela e fugi voando, inventando um problema no trabalho. Minha mãe perguntou como havia corrido.

— Não há a menor possibilidade de que eu alguma vez venha a ganhar uma luta com ela — expliquei. — Imagine seu filho com o rosto sangrando todo dia.

A candidata do segundo encontro era bem mais atraente, porém maquiada em excesso. O cabelo parecia um capacete. Logo de cara ela me perguntou se eu tinha uma casa, um carro. Respondi que possuía uma bicicleta comprada com dinheiro emprestado. Seu rosto congelou.

Toda vez que eu ia para uma destas entrevistas, minha mãe me incentivava a dizer que havia sido "brevemente casado". A expressão implicava que o casamento não tinha deixado marcas profundas em mim. Eu me perguntava com tristeza qual acabaria sendo o significado daqueles três anos: uma piada, um jogo ou uma ferida que jamais

MURONG

cicratizaria? Depois de passar por tudo aquilo, será que eu ousaria tentar de novo?

Li Liang disse que o casamento e a prostituição eram a mesma coisa, a única diferença sendo que o primeiro era no atacado e o segundo, no varejo. Isso me deixou ainda mais acabrunhado e melancólico.

***

Naquela noite no Ponto Zero, nós três bebemos vinte e três garrafas de cerveja San Miguel. Pouco depois da meia-noite, Li Liang telefonou para uma moça que estudava turismo. Era bonita de fazer o coração saltar.

— Ela é muito liberal — ele disse. — A vida é para a felicidade, não se deve viver engessado por princípios — ele a beijou. — Não estou certo?

A garota concordou, meio tímida.

Segurando o copo, olhei para as luzes piscantes da pista. Um sujeito de cabelos compridos estava cantando suavemente:

Chegue mais perto
As flores murcharam
Chegue mais perto
Meus olhos marejaram

Analisei meu amigo Li Liang. Seus olhos brilhavam como dez anos antes, mas a expressão tinha algo de frieza. Recostando bêbado na cadeira, eu me perguntei onde estaria o futuro pelo qual havíamos ansiado.

Se você olhar as coisas muito de perto
Elas queimarão seus olhos até as cinzas

"Paraíso", de Li Liang.

Li Liang e Ye Mei já não estavam juntos. Ao contar isso, ele me olhou com grande desprezo.

Cabeção Wang se apressou em dizer:

— Bebam, bebam. Hoje à noite ninguém está autorizado a falar sobre coisas tristes. Eu não vou permitir.

Eu sempre me senti superior a Cabeção, a quem eu considerava bastante medíocre. O curioso, porém, era que, em todos esses anos, nada de realmente ruim havia jamais acontecido a ele. A vida nunca lhe passara uma rasteira. À parte certa dose de sorte, ele deveria ter algum tipo de sabedoria.

Li Liang dizia que Cabeção Wang não era exatamente o que aparentava.

— Não sou como vocês — ele explicou. — Não almejo a nada tão elevado. Desde que eu tenha algo para beber durante o dia e alguém para apalpar à noite, estou feliz.

Eu tinha recentemente ouvido dizer que ele estava tentando uma nova promoção. Ele queria virar procurador, um posto famoso pelas possibilidades de lucro que traz.

Li Liang disse, com inveja:

— Fazer dinheiro é mais fácil para você do que para mim. Não há riscos e você nem precisa usar a cabeça.

Cabeção fingiu se ofender:

— Sou um funcionário público. Não importa o que eu coma ou beba, mas eu não ousaria aceitar suborno.

Eu o interrompi, de mau humor:

— Bem, aqueles 300 mil *yuans* que você usou para comprar a casa não caíram do céu.

Li Liang concordou comigo.

— Exato, isso mesmo. Ou você está querendo dizer que simplesmente mijou aquelas bebidas à base de cinco cereais que tem em casa?

MURONG

* * *

Depois de extravasar a raiva e me bater, naquela noite no hotel Caesar, Li Liang agora sorria para mim. Entretanto, na penumbra, eu não podia ter certeza sobre que tipo de sorriso era. Eu havia lhe telefonado diversas vezes desde o ocorrido, desejando me desculpar e pedir perdão. Acreditava que há poucas coisas realmente importantes nesta vida, e uma delas era a amizade de Li Liang. Mas, a cada tentativa, ele desligava sem me dar ouvidos.

Em minha mesa havia uma foto da turma da faculdade: a Grande Muralha de 1993. Li Liang aparecia abraçado a mim e beliscando a bochecha de Cabeção Wang. Chen Chao estava de pé, ao lado, com uma expressão boba. Grande Irmão, que na época era forte como um touro, mas agora estava morto, deleitava-se com um cigarro. Passados oito anos, eu ainda podia ouvir a voz de Li Liang dizendo:

— A partir de agora, devemos dividir nossas alegrias e dores; devemos enfrentar as dificuldades juntos.

Grande Irmão atalhou:

— Foder as garotas juntos — e todos rimos.

Passados oito anos, eu olhava para a foto sentindo algo parecido com medo. Nunca acreditei em destino, mas a certa altura me peguei pensando sobre quem teria modificado as jovens vidas naquela foto. Quem teria nos dividido entre os que iriam viver e os que iriam morrer? Ou, ainda sentindo dores na virilha, quem teria deixado Li Liang chutar minhas bolas?

Eu sempre me perguntava se respeitaria Li Liang da mesma forma se ele não tivesse tanto dinheiro. Honestamente, não saberia dizer.

* * *

Naquela noite, todos nos excedemos na bebida. Mal conseguindo me manter de pé, fui até o sanitário. Agarrei-me ao vaso sanitário como um peixe encalhado arfando por uma última réstia de água. O atendente colocou uma toalha morna em minha nuca e me fez uma massagem. Subitamente, lembrei-me dos dias em que eu me deitava no sofá e Zhao Yue puxava minhas orelhas.

Quando voltei para a mesa, entornei mais uma garrafa e então me pus de pé e anunciei que queria ir ver Zhao Yue. Cabeção me puxou de volta para a cadeira e deu uma bronca:

— Vá se foder, tenha um pouco de noção!

Meus lábios tremiam e o álcool me subia à cabeça de novo. Eu me sentia humilhado. Li Liang também havia bebido demais. Ele estava sentado ali com um sorriso bobo na cara e, ao ver a minha própria cara de idiota, começou a rir tanto que caiu no chão. Sua acompanhante tentou ajudar, mas ele a empurrou.

— Vai, vai com meu irmão mais velho — ele disse. — Eu o deixo sob seus cuidados.

A garota olhou para ele magoada, e ele sorriu. Então saiu-se com algo ainda mais venenoso:

— Não banque a inocente. Você já não está pensando no dinheiro? Se eu te der dez mil *yuans*, vai dizer que não vai fazer aquilo com ele?

Naquela noite, no Ponto Zero, a música estava ensurdecedora, e as luzes, ofuscantes. No segundo andar, uma pessoa estava chorando. Era Chen Zhong. Outra pessoa estava rindo. Era seu rival no amor, seu amigo. Do lado de fora, Chengdu era como um crematório. De quando em quando, as estrelas bruxuleavam, e a fosforescência dos que riam e dos que choravam movia-se lentamente rumo à câmara mortuária, como formigas a caminho da sepultura.

21

O chefão de nossa empresa se achava um poeta. Todos os anos, em 8 de julho, ele organizava o Dia da Companhia, e um punhado de idiotas subia ao tablado para ler, com grande emoção, a bobajada que ele havia escrito. Toda aquela merda de "Ah, Grande Rio; ah, Rio Amarelo" capaz de fazer as pessoas vomitarem e morrerem de vergonha alheia. Toda vez que eu via o memorando com os "poemas do festival", que o escritório central enviava a cada ano, eu não podia evitar de rir até mijar. Certa vez, o gerente Sun me chamou de lado e disse:

— Chen Zhong, você deveria rever sua atitude. Ao fim e ao cabo, é ele quem paga as suas contas. Que tal demonstrar um pouco de respeito?

Adotei uma expressão solene, como se estivesse lidando com o corpo de um morto.

Este gerente em particular gozava de uma ampla reputação de sabedoria e brilhantismo. Gerentes de todos os níveis se derramavam em admiração por ele. Uma edição dos "poemas do festival" trazia

MURONG

uma foto do chefão. Ele aparentava ter a mesma idade que eu, e olhos penetrantes. Havia uma frase escrita à mão pendurada em seu escritório: "Criar uma pessoa é como criar uma águia". O sentido era que um chefe deveria manter a equipe no nível apropriado de satisfação. Se uma águia fosse alimentada com muita generosidade, iria embora; se recebesse comida insuficiente, morderia o dono. Eu não sabia como outros colegas se sentiam em relação às diretrizes dos Recursos Humanos de nossa empresa, mas, depois de ver isso, fiquei muito desapontado.

Em uma segunda-feira à tarde, recebi uma ligação da secretária do chefão do escritório central. Ela disse que ele viria a Chengdu na quarta e havia reservado uma hora para conversar comigo. Eu deveria ir ao hotel Holiday Inn prestar meus respeitos. Ao ouvir isso, comecei a pular de alegria, pensando que afinal não fora à toa que eu havia redigido aquele relatório sobre meu trabalho.

Assim que desliguei, o chefe Liu, do RH, telefonou para meu celular. Ele me aconselhou a prestar atenção a detalhes como usar gravata, não comer cebola, alho nem tofu temperado no dia anterior. Eu lhe agradeci pela gentileza e não pude evitar de pensar que minha falta de sorte tinha acabado. Era como se os antepassados estivessem me protegendo. O chefe Liu revelou que, após concluir a leitura de meu relatório, o chefão havia escrito o seguinte comentário: "É raro surgir uma pessoa de habilidades, nós deveríamos aparar suas asas". Eu me acabei de rir. Aparentemente, este lendário chefão não era tão idiota, afinal.

Ao longo desta conversa, Gordo Dong estivera escutando atrás da porta. Quando, pelo painel transparente, eu o vi mexendo aquele rabo grande, não me contive e gritei:

— Morra, gordão. Sua hora está chegando.

O chefe Liu, do RH, era outra lenda na empresa, um sobrevivente que havia sido promovido e demovido diversas vezes. Certa vez, ele fora rebaixado de diretor comercial a escriturário, com um salário mensal de apenas noventa *yuans*, e ainda assim superara. A filtragem pela adversidade era parte da cultura da empresa: derrube uma pessoa, e então descubra do que ela é feita. Se der a volta por cima, ela tem fibra, mas, se afundar, é uma inútil.

* * *

Gordo Dong continuava sob a estreita vigilância de sua horrorosa esposa. Ela telefonava algumas vezes por dia para controlá-lo, e ele tinha hora certa para chegar em casa e prestar contas. Ele era proibido de participar das confraternizações da empresa. Alguns dias antes, Velho Lai, um cliente de Chongqing, tinha vindo a Chengdu em viagem de trabalho. Velho Lai era um de nossos maiores clientes, e seu negócio faturava mais de dez milhões ao ano. Embora ele tenha alegado viagem profissional, na realidade tratava-se de uma simples desculpa para uma excursão de prazeres: comilança, bebedeira, mulheres e música. Ou, como ele disse, era uma questão de "mergulhar na cultura local". Eu lhe cedi um carro da empresa, reservei uma suíte no hotel Jinjiang e o acompanhei ao restaurante Pavilhão Gingko e Peony duas vezes. Cada uma custou mais de três mil *yuans*, mas eu podia pedir reembolso. Na última noite, Velho Lai retribuiu a hospitalidade e disse que eu deveria convidar o chefe Dong também. Eu lhe telefonei e ele ficou arfando por um longo tempo, queixando-se de que a esposa não lhe daria esta chance. O cliente se divertiu muito com esta história e concluiu que Gordo Dong era um cabeça de batata. Eu não tinha muita certeza do que significava aquela expressão.

Era muito provável que Gordo Dong apanhasse. Os dias anteriores haviam sido inacreditavelmente quentes, mas ele continuava usando camisas de manga longa, e se mexia de uma maneira cuidadosa. Eu gracejava com Zhou Weidong:

— Por trás de toda cara gorda tem um rabo que sangra.

Ele deu tanta risada que sua dentadura quase caiu.

MURONG

Em 1º de junho, dia das crianças, a empresa organizou uma comemoração em que todos os empregados foram ao Parque das Cem Flores jogar *mahjong*. Zhou Weidong e eu sentamos à mesma mesa. Mal tínhamos começado a jogar quando eu consegui um *full flush*. No mesmo instante, ouvi Gordo Dong dizer, na mesa ao lado:

— Ele que se foda por me denunciar à polícia e contar para minha mulher. Isso foi muito cruel.

Ergui a cabeça e vi ambos, ele e Liu Três, encarando-me com sangue nos olhos.

Quando as coisas haviam se acalmado depois do incidente do prostíbulo, Gordo Dong começou a procurar oportunidades para revidar. Na sexta-feira anterior, pouco antes do final do expediente, uma contadora furtivamente me passou um relatório. Ela disse que Gordo Dong a obrigara a redigi-lo, e que já haviam enviado por fax para o departamento financeiro do escritório central. Olhei par o papel e comecei a transpirar. O maldito do Gordo Dong havia escolhido meu ponto mais sensível para enfiar a faca: o assunto do relatório era "Concernente ao Método de Liquidação do Débito Excessivo de Chen Zhong". Uma das sugestões apresentadas era: *submeter à intervenção da lei*. Eu o xinguei violentamente, e todos os membros de sua família, jovens e velhos. Subitamente, havia de novo nuvens negras sobre minha cabeça, e por dentro eu queimava.

* * *

O chefão parecia bem faceiro, vestindo uma camisa xadrez sem gravata. Ele calçava pantufas e caminhava pelo quarto mantendo as mãos atrás das costas. Havia um levíssimo toque de perfume no ar, e eu suspeitava que o sujeito talvez tivesse acabado de infringir algumas das leis fundamentais da República Popular da China.

Ele me fez perguntas sobre o mercado, os problemas gerenciais da companhia e acerca das qualidades morais de Gordo Dong. Tendo me preparado com grande zelo, falei sem parar por mais de uma hora. O chefão ouvia e apenas ocasionalmente fazia comentários. O encontro parecia estar terminado, quando ele me perguntou:

— Você estaria disposto a trabalhar no escritório central?

Subitamente, dei-me conta de que, se eu fosse para lá, estaria tudo acabado entre Zhao Yue e mim.

* * *

Dia 15 de julho era o aniversário de um mês de nosso divórcio. Corri para o apartamento ao sair do trabalho e abri a porta com uma chave que havia secretamente mantido. Entrei furtivamente. Zhao Yue não tinha voltado do trabalho ainda, mas o ambiente estava cheio de odores conhecidos. O ladrilho cintilava e iluminava meu rosto pálido. A roupa íntima dela estava secando na varanda. Quando a pressionei contra o nariz, senti um perfume familiar. Na geladeira havia um peixe apenas meio comido. Peguei um naco com os dedos e achei um pouco insípido. Sempre que comia os pratos preparados por Zhao Yue, eu precisava adicionar algum molho ou vinagre, e frequentemente repetia-lhe a história da garota do pelo descorado:

— Se você não comer sal o bastante, seus pelos púbicos vão ficar brancos — eu alertava, e ela respondia com um tapinha em reprimenda.

Sentei-me no sofá e folheei um álbum de fotografias. Todas as fotos em que eu aparecia tinham sido removidas. Restavam apenas as poucas em que Zhao Yue estava sozinha. Minhas mãos tremiam, conforme me agarrei ao travesseiro onde anteriormente dormia e deixei que duas lágrimas silenciosas caíssem.

Por volta das 19h30, Zhao Yue ainda não tinha voltado. Eu telefonei para ela e lembrei-a de que hoje era o aniversário de nosso divórcio.

— Vou levá-la para jantar — eu disse.

MURONG

Ela respondeu que estava jantando naquele momento, e acrescentou:

— Venha, vou te apresentar uma pessoa.

— É seu namorado?

Ela riu e não respondeu.

Meu ânimo se inflamou e falei:

— Onde você está? Chego em um instante.

Eles estavam no recém-inaugurado restaurante Chongqing Hotpot, na ponte Nijia. Lá dentro, havia um burburinho, e o calor e a fumaça eram esmagadores. Dois rapazes na mesa ao lado tinham arregaçado as mangas da camisa, deixando à mostra uma carne mole como o rabo de um porco.

Zhao Yue fez as apresentações:

— Yang Tao, Chen Zhong.

A expressão dele era de discreta indiferença. Dei-lhe um olhar dissimulado. Em um dia quente como aquele, ele ainda estava de gravata. Fazendo uma careta, perguntei a Zhao Yue:

— Por que vocês escolheram um lugar nojento como este? Está um calor de matar, aqui dentro!

O pescoço do cara ficou rígido. Zhao Yue serviu-me um pouco de vinho e disse:

— Não se meta, foi escolha minha.

Sentindo-me deprimido, tomei um gole da taça. Um pouco depois, perguntei a Yang Tao:

— Você tem um cartão?

Pensei que, se ele fosse o sujeito do telefone, não escaparia de morrer.

Ele reagiu todo nervosinho e arrogante, dizendo que jamais usava cartões de visita:

— Se você quer lembrar-se do nome de alguém, não precisa de um cartão; se não quer, então não faz diferença.

Eu perguntei a Zhao Yue se ela não achava a comida do lugar apimentada demais, e cuspi no chão. A cara de Yang Tao congelou.

DEIXE-ME EM PAZ

Ele puxou um cigarro Red Pagoda e eu peguei um Marlboro. Ele vestia uma camisa nacional da marca Peng, eu usava Hugo Boss. O celular dele era um Motorola 7689, o meu era um V8088+. Ele tinha ao lado uma mochila de lona preta. A minha era uma Dunhill genuína que, mesmo após o desconto, ainda havia custado mais de três mil *yuans*. De onde eu estava sentado, o topo da cabeça dele estava alinhado ao nível de meus olhos, então estimei que ele deveria ser três polegadas mais baixo que eu. Ao terminar esta análise, minha raiva estava ainda mais intensa.

Com uma expressão de ternura, perguntei a Zhao Yue como ela vinha passando.

— Do mesmo jeito de sempre, ora, como mais?

Eu me gabei de estar prestes a ser promovido a gerente geral.

— Você não precisará pedalar — eu disse. — Irei buscá-la todos os dias em meu Honda Accord.

Zhao Yue ficou muito feliz:

— Eu sabia que você seria um sucesso! Um brinde, vamos brindar!

Ela se inclinou em minha direção e nossos copos se tocaram. Enquanto isso, Yang Tao estava obcecado pelo intestino de ganso do *hotpot*. Os *hashis* em sua mão tremiam violentamente.

Zhao Yue disse que Yang Tao era um alto executivo de alguma empresinha miserável ou qualquer coisa assim. Portanto, era um chefinho. Eu disse:

— Já vi muitos chefes na vida, mas nunca um tão pequeno.

Ela me olhou com cara feia e reagiu:

— Este é um jeito bem estranho de falar.

Eu me desculpei sem perda de tempo.

— Mulher, mulher, perdoe-me. De agora em diante, lavarei a louça todos os dias.

Certa vez eu dissera isso para encerrar uma discussão, mas agora ela ficara séria, e me alertou:

— Preste atenção ao que está dizendo. Quem é sua mulher?

MURONG

Eu sorri e olhei para Yang Tao, pensando "você não é páreo para mim".

Assim que terminamos, chamei a garçonete e pedi a conta. Yang Tao sacou da mochila um chumaço de cédulas, dizendo:

— Deixe comigo. Sem discussão, ok?

Zombei dele.

— Você não precisa puxar todo esse dinheiro só para chocar as pessoas. Aqui é baratinho, certo? Podemos cada um pagar a própria parte.

Zhao Yue ainda tentou acalmar as coisas, mas o cara estava finalmente perdendo o controle.

— Diga o que quiser, eu ainda sou um diretor executivo, estou um pouquinho melhor do que vocês dois.

— Eu mesmo nunca vi tanto dinheiro — eu respondi —, mas todos os meses o valor que me passa pelas mãos soma vinte milhões.

Apesar de seu suspiro jocoso, eu sentia que ainda não o havia atingido de verdade, então completei:

— Só os idiotas tentam impressionar os outros com dinheiro.

Agarrei sua mão para imobilizá-la, retirei 200 *yuans* da carteira e entreguei à garçonete. Talvez eu tenha usado mais força do que percebi. Yang Tao lutou comigo.

— Canalha — ele disse.

Protestei e o joguei no chão, tentando enforcá-lo com a gravata. Dei-lhe um soco no nariz e perguntei:

— Ainda quer me foder?

As pessoas se juntaram para nos olhar. Yang Tao estava caído. O nariz ensanguentado tinha a cor de molho de pimenta, mas a boca continuava me xingando. Eu ainda não tinha extravasado toda a raiva, então mirei outro golpe do lado esquerdo da cara dele.

— Filho da puta!

Sempre que presenciava qualquer tipo de violência, Zhao Yue entrava em estado de congelamento. Ela reagira assim quando os delinquentes a atacaram, e era o mesmo agora que eu estava socando

Yang Tao. Ela estava sentada na ponta da multidão, de boca aberta, mas incapaz de falar. Joguei Yang Tao para o lado com um golpe cego de ódio e atravessei para pegar minha bolsa. Falei para Zhao Yue, em triunfo:

— Venha, vamos para casa.

Com isso, ela afinal saiu do transe. Descruzou as mãos e se abaixou até Yang Tao, entregando-lhe alguns guardanapos para que enxugasse o rosto. Conforme o ajudava, ela chorava. Eu estava louco de ciúme, furioso por não poder partir Yang Tao em pedacinhos.

— Ele me insultou primeiro! — eu protestei.

Zhao Yue subitamente me deu uma sonora bofetada na cara. Eu fiquei só olhando. Ela estava em pé no meio da multidão, o longo cabelo ondulando, seus adoráveis olhos cheios de lágrimas.

— Dá o fora — ela disse. — Desaparece daqui.

22

A Escola de Ensino Básico do Templo de Lengjia não havia mudado muito ao longo dos anos. A estrada esburacada ainda era ladeada por pequenos prédios destruídos. Exausto, eu subia lentamente. A noite estava escura como breu, e meus colegas tinham ido embora. Uma luzinha fraca brilhava no topo do edifício principal. Sentia-me agradavelmente melancólico, como se houvesse perdido alguma coisa, mas sentisse que ainda poderia recuperá-la. Alguém vinha em minha direção empurrando uma bicicleta, e notei que, estranhamente, um grande pedaço de porco estava amarrado a ela. Eu me afastei em direção às árvores laterais para dar-lhe passagem.

Uma força súbita e poderosa me fez perder o equilíbrio. Aquilo agarrou meus pés e me atirou ao chão. Eu tentava gritar, mas não conseguia. Queria resistir, mas não podia mexer nem o mindinho. Meu corpo estava inerte e apenas meus olhos se moviam.

— Me solte! — Eu implorava. — Eu não cometi nenhum crime!

A força se dissolveu com um ruído metálico estridente, e bem diante de meus olhos eu vi um grande monte fresco de merda preta.

MURONG

Um cão, do tamanho de metade de um homem, olhava esfomeado para minha garganta...

* * *

Meu pai batia à porta com força.

— Coelhinho! Coelhinho, o que está havendo?

Acordei na hora, transpirando muito e com o coração aos pulos. Depois de me recompor um pouco, respondi:

— Está tudo bem, eu só estava sonhando. Pode voltar a dormir.

O velho não foi embora; ficou indo e voltando em frente à porta, as sandálias batendo contra o chão. Então ele disse:

— Você estava gritando muito alto. Tem certeza de que não há nada errado?

Comovido por sua preocupação, abri e o deixei entrar. Acendemos cigarros e ficamos sentados em silêncio. Lá fora, o céu exibia as cores pálidas do amanhecer; de longe, chegava o som da buzina do caminhão de limpeza da rua.

Quando terminou o cigarro, meu pai me deu um tapinha no ombro e falou:

— Durma. Não deixe que sua imaginação o faça perder o controle. Amanhã você ainda precisa ir trabalhar.

* * *

Durante mais ou menos um mês depois do divórcio, fiz hora extra todos os dias. Não apenas eu estava tentando ser promovido: estava também, deliberadamente, usando o trabalho para esquecer. Meu contato com várias empresas grandes gerou frutos, e nós assinamos uma porção de contratos de prestação de serviço. Eu estimava que, neste mês, o faturamento da divisão de oficinas subiria em torno de vinte por cento. O mercado de combustível também havia dado uma guinada positiva. As propagandas do mês anterior haviam funcionado, e as vendas quase voltaram ao nível em que estavam no mesmo período do ano anterior.

Meu cunhado tinha um amigo que trabalhava na administração da estrada de Chengyu e por seu intermédio eu consegui trinta pontos para anunciar de graça. Eu lhe entreguei dois mil *yuans* em um envelope vermelho e fui reembolsado pela empresa em vinte e três mil — um lucro superior a vinte mil *yuans*. Subitamente, minha carteira estava cheia novamente. Diante de todas essas conquistas, Gordo Dong não se atrevia a peidar em minha direção, por mais que tivesse amado fazê-lo. O que de pior estava a seu alcance era redigir aquele relatório sobre minha dívida.

Um dia, porém, Zhou Weidong me contou que Pequeno Wang havia aberto um arquivo com meu caso. Isso me preocupou um pouco. Telefonei ao chefe Liu e admiti honestamente meu erro, acrescentando que estava disposto a aceitar as medidas disciplinares da empresa.

— É bom que você tenha esta atitude — ele disse, acrescentando que eu deveria trabalhar duro e não me preocupar.

O chefe Liu prometeu conversar com o departamento de contabilidade. Poucos dias depois, surgiu um despacho oficial sobre meu problema, recomendando que a unidade de Sichuan usasse de discernimento. O documento propunha duas soluções: uma era que eu quitasse o débito em prestações; a outra era que descontassem metade de meu salário até que tudo tivesse sido pago. Imediatamente senti um enorme alívio. Não conseguia parar de sorrir e pensei: "Morra, Gordo Dong! Vamos ver que outros truques você tem na manga, agora".

No final de julho, ele quis promover Liu Três a vice-gerente comercial, mas eu me opus duramente. Mobilizei vários subalternos bajuladores para espalhar que Liu Três era incompetente. As chances dele eram desfavoráveis já à partida, porque eu vinha desde muito tempo antes comprando estes empregados com dinheiro e bebidas. Eles fariam o que eu lhes pedisse. Essa tática foi muito eficaz e

MURONG

as pessoas passaram a dar cada vez menos atenção a Liu Três. Sem minha aprovação, ninguém lhe daria ouvidos.

Eu tinha a sensação de estar gradualmente indo em direção ao lado escuro. Quando me lembrava da briga no restaurante, ficava fora de mim. Por culpa de Yang Tao, Zhao Yue me odiava, e tinha até me dado um tapa na cara na frente de todo mundo. Em todos estes anos, eu jamais tinha levantado um dedo contra ela, mas ela me esbofeteara. O tabefe esfriou e endureceu meu coração e me fez perceber que todos os relacionamentos são iguais. Que diabos era o amor entre marido e esposa? O que era envelhecer juntos? A verdade era um monte de merda de cão. Divórcio, o fim da vida? Que piada.

* * *

Era 26 de julho, aniversário de Zhao Yue. Todos os anos eu lhe comprava um buquê de rosas. Este ano, porém, eu podia economizar. Eu supunha que não faltaria quem lhe desse flores, em especial aquele desprezível do Yang Tao. Quando recebesse as flores dele, Zhao Yue daria um sorriso de menosprezo também, superficial como nada mais. Essa imagem me deprimia, então telefonei para Cabeção Wang.

— Será que o delegado-chefe teria algum tempo livre para um drinque? — eu perguntei.

Ele ligou a sirene e chegou em um instante. Cabeção era muito poderoso, agora. Todas as compras do distrito passavam por ele. Corria o rumor de que ele pretendia comprar vinte carros Passat, e que andara fazendo orçamentos em toda parte.

— Talvez eu possa ajudá-lo — eu disse. — Só depende de você ter colhões para isso.

Este cara gostava mais de dinheiro do que da vida. Da útima vez, quando lhe arranjei aquelas placas de automóvel oficiais, ele as vendeu e fez mais de dois mil *yuans*. Quando se encontrou comigo depois, não me deu nem uma migalha. Agora, dizia que minha proposta seria difícil para ele.

— Acabei de ser promovido, então preciso jogar pelas regras durante alguns anos, antes de colocar as manguinhas de fora.

— Seu sacana! — falei. — Não banque o burocrata para cima de mim. Depois de fazer isso você vai ter um lucro de pelo menos dez mil. Temos ou não temos um acordo?

— Quanto?

Respondi que não haveria problemas, eu tinha o negócio de carros muito bem azeitado. Minha irmã era gerente de um estande no *showroom* automotivo de Qingyang. Todos os dias ela malhava o córtex cerebral das pessoas: "Quer um carro ou não? Os menores preços em toda Chengdu".

— Ela conhece o negócio até pelo avesso — eu disse a Cabeção Wang. — Como fazer dinheiro na venda, como fazer dinheiro com as placas, como fazer dinheiro com o seguro. No passado, quando as vendas iam bem, ela lucrava mais de dez mil *yuans* por mês. Nos últimos dois anos, porém, as coisas não tinham sido tão boas. Minha irmã sempre lamenta que vender carros não seja tão bom quanto vender *tofu*.

Cabeção ficou interessado.

— Bom, o que estamos esperando? Vamos nessa. E, claro, não vamos permitir que sua irmã nos ajude de graça.

Ergui o copo e enxuguei o conteúdo pensando: "Canalha. Eu sabia que você não resistiria à isca. É óbvio que não a deixaremos ajudar sem levar algum. Está pensando que sou algum Lei Feng?[xi]"

Sempre pensei que Gordo Dong e Cabeção Wang poderiam ter sido irmãos. Sua aparência, jeito de falar e expressão corporal eram muito parecidos. Além disso, ambos eram igualmente mesquinhos. Li Liang dizia que Cabeção tinha em casa armários e armários cheios de bebida de cinco cereais. Ele nunca abrira uma quando estávamos por perto. Aparentemente, seu pai possuía uma loja de

MURONG

bebidas às margens do rio Funan, onde vendia biritas de alta qualidade e cigarros finos. Era provável que grande parte de seu estoque viesse dos ganhos corruptos do Chefe de Distrito Wang. Quando Cabeção namorava Lan Lan, Li Liang resumiu as coisas de um jeito que sempre me fazia sorrir: "A carteira de Xian é apertada, as calças de Chongqing são folgadas".

Zhang Lan Lan era de Chongqing. De acordo com Cabeção Wang, eles dormiram juntos no segundo encontro.

Li Liang e eu concordávamos, porém, que Cabeção tinha mudado para melhor nos últimos anos. Se você precisasse, ele o ajudaria com qualquer coisa. Qualquer coisa, bem entendido, exceto dinheiro. Na época em que era gerente, eu o ajudei a conseguir as placas de carro e vale-combustível, além de mandar consertar seu carro. Em geral, de graça. Ele tinha transformado isso em vinte ou trinta mil *yuans*, mas não se demonstrava grato. Da última vez em que jogamos *mahjong* em sua casa, eu perdi tudo e pedi emprestadas umas poucas centenas de *yuans*. Ele relutou, de má vontade.

* * *

Quando chegamos, o bar estava bombando. Um grupo de lindas garotas passou por nós. Seu perfume tomou minhas narinas de assalto; seus olhares eram vazios. Elas certamente eram prostitutas, mas uma se parecia muito com Zhao Yue, de costas. Franzindo a cara, pensei que neste momento ela provavelmente estava degustando outro jantar à luz de velas, sorrindo sabe-se lá para quem. Quem quer que fosse, eu desejaria poder socar o cara. Acendi um cigarro e pensei: "Foda-se, não estou mais amarrado a você. Exceto por mamãe e papai, minha única família agora é o dinheiro".

O coração de meus pais tinha sido quebrado pela calamidade que eu sofrera nos últimos meses. Eles tentavam disfaçar, sorrindo angelicalmente quando me viam, e isso era enervante, deixava-me totalmente deprimido. Em segredo, aluguei um lugar no bairro de Xiyan, planejando passar os finais de semana lá e assim escapar deles.

Enquanto isso, eu havia descoberto que minha primeira conquista — aquela garota, Pang Yuyan — era agora uma vadia de rua. Na terça-feira anterior eu tinha ido até a rua Scholar Cap retirar uma peça de reposição para a fábrica. À distância, vi uma multidão reunida. Uma mulher estava agredindo verbalmente um cara, descrevendo em detalhes a genitália da mãe dele. Isso me deixou desconfortável. Quando concluí o negócio e saí para a rua de novo, ela ainda estava xingando o sujeito, levantando dúvidas sobre seu verdadeiro pai e listando dados pormenorizados sobre como a mãe dele havia copulado com toda sorte de pássaros e animais de carga. Pensei que era realmente um desperdício que aquela mulher não fosse diretora de cinema. Eu me aproximei e olhei para ela. Ficamos ambos congelados, com cara de idiotas. Subitamente, o passado voltou e eu a vi apoiada em um poste de energia, chupando caroços de melancia com um grande sorriso. Eu a vi deitada, completamente nua, na cama de Lang Quatro, dando minha primeira aula básica de fisiologia. Eu a vi fugindo de uma surra do pai e se escondendo atrás dos latões de lixo do quintal.

— É você? — eu gritei.

Pang Yuyan corou e atravessou de uma só vez toda a muralha de pessoas. Eu pisquei e ela desapareceu, exatamente como vinte anos antes, quando, vestida na maior elegância, ela saíra do quarto onde tive minha iniciação sexual e dissera para Lang Quatro:

— Ele é mesmo um franguinho macio.

Ao dizer isso ela desapareceu, enrubescida, deixando-me sem saber se eu deveria rir ou chorar.

Naquela tarde, fiquei sob a brilhante luz do sol de Chengdu e me perguntei quem, exatamente, teria sido a testemunha de minha juventude: aquela garota vivaz e esguia ou esta megera desbocada?

MURONG

* * *

Cabeção Wang presumiu que eu estava pensando em Zhao Yue de novo. Com uma expressão de desdém, perguntou:

— Como é que pode você estar agindo como uma garotinha? Divorciado é divorciado. Comece a procurar outra pessoa!

— Vai se foder. Bebe e cala a boca — eu respondi.

Ele esvaziou o copo em um gole, então pareceu lembrar-se de algo que desejava me perguntar.

— Você sabia que Li Liang...

Mas então o grupo de garotas se aproximou de novo, e Cabeção fechou a matraca para observá-las. Uma das garotas roçou o peito em mim ao passar; era macio, exalava um aroma delicado e realmente me acendeu. Quando o grupo se afastou, perguntei, de mau humor:

— Li Liang o quê? Conte de uma vez.

Ele bebeu mais cerveja e então disse, suavemente:

— Você sabia que Li Liang está viciado em drogas?

23

Em nosso último ano na universidade, o *campus* estava repleto de uma loucura de *fin de siècle*. Enamorados encaravam a separação iminente sorrindo como flores ou chorando como a chuva. Extravasando suas paixões terminais no corpo do amante, ninguém estava disposto a deixar escapar este período de encerramento. Os bosques em volta ficaram repletos de preservativos. Cada destino estava traçado, e o futuro acenava, à distância. Expressões felizes disfarçavam nossa ansiedade. Cabeção Wang passou seus últimos dias afogado em bebida, enquanto Grande Irmão pedalava loucamente até a cidade todas as tarde, para assistir a filmes pornográficos.

Todos nós negligenciamos Li Liang. Depois de seu terceiro relacionamento fracassado ele ficou muito abatido, e tinha até desistido de estudar. Jogava *mahjong* diariamente, não lavava o rosto, esbanjava a mesada e acumulava dívidas. Tentei aconselhá-lo várias vezes, mas ele estava pessimista e não me dava ouvidos.

— Foda-se, por que você não me conta alguma coisa interessante? — ele dizia.

MURONG

Certa noite, depois que as luzes foram apagadas, Grande Irmão estava nos contando aos sussurros sobre o filme pornô que tinha visto naquele dia. Nossas mentes giravam conforme ele descrevia vividamente garotas lascivas em todo tipo de posição, fazendo sexo oral, anal etc. Depois de algum tempo, Chen Chao não se aguentou mais, passou a mão em um balde e correu ao banheiro para se lavar em água fria. Dois minutos depois, estava de volta.

— Chen Zhong, venha rápido. Li Liang... — ele chamou, da porta.

Estávamos a apenas um mês da graduação. Qi Yan já estava morta; nós havíamos assistido, impotentes, à vida se esvaindo dela. No dormitório número seis, Zhang Jun tinha virado pó havia muito tempo, o luar friamente iluminando sua cama vazia. Conforme eu percorria o longo e sombrio corredor, tive um mau pressentimento. Encontrei Li Liang encostado à cisterna, imóvel. Sua cabeça pendia sobre o peito. A pasta de dentes e o sabonete tinham caído no chão e a torneira estava aberta.

— Li Liang, o que aconteceu? — eu perguntei.

Ele não se mexeu. Chen Chao conferiu a respiração e então gritou, com o rosto cinzento:

— Minha mãe, Li Liang está morto!

Olhei-o ferozmente, então peguei Li Liang pelas mãos e pelos pés e comecei a arrastá-lo. Eu estava cagando de medo porque o corpo em meus braços não emanava calor, nenhuma caloria em absoluto. Seus membros estavam rígidos, não havia pulso nem sinal de respiração.

Com grande dificuldade nós o levamos de volta ao dormitório, onde tentei ressuscitá-lo. Grande Irmão me ajudou a colocar Li Liang na cama; nós olhávamos um para o outro em pânico.

Esta foi a primeira vez que isso aconteceu. Algum tempo depois, em um pequeno restaurante fora da escola, Li Liang desmaiou de novo. Daquele dia em diante, intuí que Li Liang morreria sozinho.

Fazia séculos que eu não ia à casa dele. "As pessoas são hipócritas", eu pensei. Elas podiam ser amigas enquanto a ilusão fosse conveniente, mas, assim que a realidade subia à superfície, elas brigariam com unhas e dentes. "Amor imortal" entre homem e mulher soava lindo, assim como "amizade eterna"; mas quem saberia dizer o que passava pela cabeça da pessoa em seus braços, enquanto ela fazia juras de amor ou amizade?

Cabeção Wang contou que vira Li Liang se injetando.

— Os braços dele estão cheios de marcas de picada. É aterrador.

Ele ergueu as sobrancelhas, desgostoso. Eu estava devastado também, e furioso com Cabeção por não ter me contado mais cedo. Ele disse que Li Liang não deixava.

— Você não deveria se envolver — ele aconselhou. — Li Liang mesmo disse que este é o único prazer que lhe resta.

Minha cabeça estava em estilhaços. Cabeção estava incomumente emocional. Ele agarrou o copo e o atirou ao chão. Pessoas das mesas em volta olharam para nós, assustadas.

— Vão se foder, estão olhando o quê? — Cabeção Wang berrou.

***

Quando Li Liang não estava sob o efeito de seu vício, ele era o mesmo de sempre: ouvia música, lia livros e estudava o mercado de ações na internet.

— Pare com isso — eu lhe disse. — Dormir com prostitutas e jogar não são grande coisa, mas, uma vez envolvido com drogas, você está acabado.

Ele apertou uma tecla para mudar a imagem de fundo de sua tela de computador e então perguntou:

— Você sabe por que Ye Mei dormiu com você?

Eu abaixei a cabeça.

— Eu errei. Não traga isso à tona de novo.

Ele girou até ficar completamente de frente para mim.

— Não é culpa sua — disse. — O meu não levanta.

MURONG

Fiquei mudo por uma eternidade.

Ele se virou de novo para o computador, explicando com toda a calma:

— Tenho este problema há mais de dez anos; está tudo bem. Ontem telefonei a Chen Chao e disse-lhe, diretamente: "Meu irmãozinho, este aqui é um grevista permanente".

Eu me senti péssimo por ele. Estranhamente, só me ocorreu perguntar se ele havia procurado um hospital.

— Não importa, não faria diferença. Meu pai me chutou bem ali quando eu era pequeno, e isso causou o problema.

Ele se levantou e passou por trás de mim, rindo como um vilão:

— Sabe, Chen Zhong, naquele dia eu queria desesperadamente fazer o mesmo com você.

***

No primeiro dia na universidade, Li Liang foi o último de nossa turma do dormitório a aparecer. O bedel da ala de Sichuan estava preocupado; ele nos disse que em nosso andar deveria haver mais um aluno de Sichuan, de quem deveríamos cuidar com atenção. À meia-noite, Li Liang bateu discretamente à porta e disse, com um forte sotaque de Sichuan:

— Camaradas estudantes, por favor, abram a porta. Estou alojado neste dormitório também.

Contendo o riso, abrimos e porta para que ele entrasse. O Li Liang de 1991 vestia um par de calças cinzentas e carregava uma mala enorme. Seu rosto tinha uma expressão um pouco tímida. O Cabeção Wang de 1991 dormia profundamente e roncava como um trovão, com a mão gorda apoiada na barriga. O Chen Zhong de 1991 usava apenas cuecas quando estendeu a mão para ajudar Li Liang. Em 15 de setembro de 1991, tanto quanto me lembro, não havia guerra. Nenhum famoso morreu. Alguns bebês deixaram o útero e, voltando-se para o mundo, começaram a gritar alto. Nenhum deles

DEIXE-ME
EM PAZ

sabia como a própria vida iria se desenrolar, mas dizia-se que eles eram todos espíritos do paraíso.

* * *

Tentar convencer Li Liang a parar com a heroína era impossível. Ele estava bem ciente de todos os argumentos racionais, e sempre pulava direto para a derradeira questão:

— Se só tivesse um mês de vida, você usaria ou não?

Pensei seriamente antes de responder e por fim disse:

— Sim.

Ele sorriu.

— Em meu ponto de vista, não há muita diferença entre um mês e dez anos. A vida não deveria ser um teste que você escrevesse e passasse a limpo de novo e de novo. Eu prefiro morrer no auge. Não estou disposto a me escravizar nos campos sob o sol escaldante. Você compreende?

— Estou confuso — respondi. — Só sei que a heroína te faz mal. Você já não viu os viciados? Eles parecem aqueles demônios da lenda, que atacam os túmulos e se alimentam dos cadáveres.

Ele me arrastou até um espelho e disse:

— Olhe para você mesmo.

Eu estava emaciado, com o rosto pálido e o cabelo desgrenhado. Meus olhos estavam vermelhos e inchados, e havia pelos crescendo em minhas narinas. Eu não sabia quando os cantos de meus olhos haviam ganhado aquelas linhas. Em um dos lados do nariz, eu tinha duas manchas pretas como merda de mosca.

— Olhe para si mesmo — ele disse. — Você parece um fantasma, não parece?

Quando saí da casa de Li Liang, ele falou ainda:

— Conte para Ye Mei. Ela pode pedir o divórcio, mas não terá um centavo do meu dinheiro.

MURONG

— Você deveria contar a ela pessoalmente — respondi. — Depois de hoje, eu nunca mais vou vê-la.

Ele me olhou friamente e então disse:

— Então que se foda. Ela só se importa com você, agora.

24

Liu Três e Zhou Weidong finalmente chegaram às vias de fato. Eu estava tirando uma soneca vespertina no escritório quando através do sono ouvi um enorme estrondo. Escancarei a porta e encontrei uma multidão amontoada do lado de fora. Liu Três andava de um lado para outro, no auge da tensão, com as veias das têmporas pulsando. Zhou Weidong era contido por várias pessoas, as pernas batendo e os braços se agitando, enquanto cuspia saliva de um modo grotesco. Ele berrava que queria ter relações carnais com a mãe de Liu Três. Gordo Dong atirava o corpanzil de um lado a outro e apelava a Zhou Weidong para que se acalmasse. Zhou Weigond não lhe dava ouvidos e isso enfurecia Gordo Dong. Ele se virou para mim em um rompante de raiva:

— Eles são todos de seu departamento, você deveria estar lidando com isso.

Eu respondi, acidamente:

— Liu Três não é seu lambe-botas? Eu não vou me envolver, eles que continuem lutando.

MURONG

Zhou Weidong era um metro e setenta e oito de força intimidante, de modo que nem dois Liu Três juntos poderiam abatê-lo.

Gordo Dong me olhou com gravidade.

— Bom. Lembrarei de sua resposta — disse, e marchou de queixo erguido rumo a seu gabinete.

Supus que ele iria escrever um relatório. Mas eu não estava com medo de Gordo Dong, pois naquele momento tinha as mãos em volta de sua garganta. No dia em que o escritório central sugeriu maneiras de lidar com a questão de minha dívida, nós estávamos em uma de nossas tradicionais reuniões. O contador passou os comentários para Gordo Dong e o cretino ficou tão enfurecido que parecia à beira de uma apoplexia. Esquecendo que o peixe morre pela boca, ele murmurou que todos no escritório central eram uns idiotas, e ainda brincou com Liu Três:

— Parece que o escritório central encoraja desfalques e fraudes com o dinheiro da empresa. Você deveria tomar alguns milhares emprestados também, e queimar com prostitutas e jogo.

— Anote a sugestão do chefe Dong — instruí Zhou Weidong.

Ele, rapidamente, fez uma encenação exagerada de sua tomada de notas. Gordo Dong caiu em si e ficou pálido.

***

Liu Três vinha passando por um período difícil, ultimamente. Na semana anterior, eu o havia escalado para ir à unidade de Chongqing cuidar de umas contas. Era uma missão muito complicada e confusa, e Liu Três implorou para não ir.

— Se você não quer ir, então dê-me sua carta de demissão — respondi.

Ele foi para o carro com muita raiva. As contas em questão somavam 400 mil *yuans* ou mais, e recuavam até 1999. Como desde então a empresa havia reestruturado o departamento financeiro diversas vezes, estava tudo uma grande bagunça, e ninguém saberia dizer quais contas eram reais e quais eram falsas.

Outro ponto era que o cliente tinha um gênio incrivelmente difícil. Se você dissesse qualquer coisa que o desagradasse, ele fechava a cara e explodia. Liu Três também tinha um temperamento genioso: com frequência ele esmurrava a mesa no escritório dos clientes e os clientes, então, reagiam comendo seu fígado. Na sequência, ele corria chorando a Gordo Dong, pedindo ajuda e dizendo que eu havia tramado contra ele.

Assim que Liu Três entrou no carro, eu telefonei ao cliente e pedi-lhe que armasse uma cena que deixasse Liu Três mal na foto.

— Sem problemas — ele respondeu. — Eu nunca gostei mesmo desse cara.

Quando viera a Chengdu "mergulhar na cultura local", este cliente havia ficado muito satisfeito com a hospitalidade que eu lhe ofereci. Mais tarde, pediu-me que lhe arranjasse um encontro com uma garota que ele conhecera no hotel Jinjiang, chamada Bai Xiaowen. Pela voz dele, dava para perceber que ele realmente queria tê-la nos braços mais uma vez.

Nestes "lugares de diversão", as garotas só muito raramente usam o nome verdadeiro. Pedi a um amigo que fizesse umas investigações e descobri que tal pessoa não existia. Até o telefone e o endereço dela eram falsos. Quando contei isso ao cliente, ele ficou surpreendentemente arrasado.

— Irmão, aquela foi uma transação isolada — eu lhe disse. — Não a confunda com um contrato de longo prazo, ok?

Ele riu e me convidou para ir a Chongqing, onde as garotas eram excepcionalmente boas de cama. Sob toda aquela conversa mole, eu sabia que ele estava tentando encontrar uma maneira de ficar com os milhares de *yuans* em disputa. Com frequência, ele telefonava questionando as contas, e no geral comportava-se inescrupulosamente. Era, em suma, um típico homem de negócios.

MURONG

Quando Liu Três voltou, eu lhe mostrei o documento em que o cliente se queixava dele, e perguntei o que ele achava que deveríamos fazer a respeito. Ele me encarou de sobrancelhas erguidas e respondeu:

— Você deveria ir pessoalmente a Chongqing tentar obter o dinheiro. Então, se quiser me demitir ou cortar meu salário, não farei objeções.

* * *

Eu havia estado em Chongqing muitas vezes, e tido diversas experiência com a picardia das garotas, a picância do *hotpot* e o apimentado frango à moda de Geleshan. Em comparação com Chengdu, Chongqing era comum e rústica, mas ainda assim irreverente e estimulante. Quando estive lá em agosto passado, perambulava a esmo pelas ruas quando ouvi um homem e uma mulher conversando.

— Por que você está andando tão depressa? — ele perguntou.

— Porque preciso mijar! — ela respondeu.

Eu não acreditei em meus olhos quando me virei para espiar quem falava: era uma moça bonita e muito elegante.

Naquela noite fui a uma boate e escolhi uma garota que era a cara da Gong Li[xii]. Eu a apalpei algumas vezes, e ela não ficou nada feliz com isso.

— Se você quer trepar, tire as calças — ela falou, ríspida. — Se quer cantar, aguarde sentado até chegar sua vez. Por que está me cutucando, afinal?

Senti-me envergonhado.

Desta vez, o cliente dirigiu até a rodoviária para me buscar. A seu lado estava o que parecia ser uma estudante do ensino médio. Quando perguntei se era sua filha, ele me respondeu ofendido que era sua nova amante. Eu quase vomitei ao imaginar aquela barrigona nojenta por cima do corpinho frágil da garota. O cara tinha tendências violentas. Certa vez, quando estávamos no Orchid Song Hall, uma garota se queixou de seu mau hálito e ele a estapeou na cara e xingou.

A transformação mais evidente em mim, desde a graduação, era que eu já não me envolvia com certas coisas. Quando estávamos na universidade, tínhamos um resumo dos pré-requisitos básicos do "verdadeiro homem". Entre eles estava: um verdadeiro homem sai em defesa de uma mulher. Grande Irmão tinha um bordão famoso: "Mulheres são para usar, não para abusar". Bater em uma mulher é imperdoável.

Entretanto, por causa da possível comissão sobre as vendas, eu precisava chamar este canalha de irmão, e ainda ajudá-lo a escolher mulheres. Quando pensava nisso, era realmente uma desgraça.

Jantamos no hotel Marriott, onde um simples molusco custava mais de 400 *yuans*. Entre um prato e outro, Velho Lai falava sem parar, criticando nossa empresa. Dizia que a gerência era fraca e que nossos clientes sofriam. Se continuássemos a provocá-lo, ele deixaria de fazer negócio conosco.

Eu lhe respondi:

— Ok, se você quiser perder 800 mil *yuans* de lucro por ano, acharei outra pessoa.

Ele ficou pasmo com minha atitude. Era exatamente nisto que eu era mais eficiente do que Liu Três: eu não apenas sabia como bajular clientes, sabia bater neles quando necessário, também. Eu mordia e assoprava ao mesmo tempo.

O cliente cutucou Jovem Amante, e a adolescente quebrou o clima ao me servir mais um pouco da bebida de cinco cereais. Seus dedos eram afilados, a pele branca e macia. Ela aparentava ter no máximo dezesseis anos, o rosto era infantil e exibia certo ar de embaraço tímido. Não pude evitar de lamentar muito por ela.

Claro que minhas próprias intenções estavam longe de ser puras. Sobre os 400 mil *yuans* em disputa, concordamos que 120 mil

MURONG

precisavam ser devolvidos, sem sombra de dúvida. Quanto aos outros 280 mil, eu não me importava muito se ele devolvesse ou não, desde que sobrasse algum para mim. Este cara era mais corrupto do que qualquer outra pessoa, certamente tinha ciência do que eu pretendia. Eu precisava blefar, para dar a ele alguma margem de manobra quanto ao valor, e isso era tudo. O número que eu tinha em mente era cinquenta mil *yuans*, o que significava que ele estaria trocando 280 mil por cinquenta mil — e eu não queria nem pensar em quantas outras jovenzinhas ele corromperia com mais este ganho desonesto.

Depois do jantar, fomos a uma casa de chá. Ele mandou Jovem Amante embora e me perguntou, em voz alta:

— Que tal? Muito tenra, não?

— Certifique-se de que ela não seja menor de idade — falei. — Do contrário, você estará encrencado por muitos anos.

Ele riu e entrou no assunto principal:

— O que vamos fazer quanto àqueles 400 mil? Você sugere.

Dei um gole no aromático chá verde e então, sorrindo, devolvi a bola para ele:

— Não, fale primeiro. Foi você quem me importunou por mais de um mês como uma cadela no cio. Portanto, deve ter alguma ideia.

Nos últimos anos, eu enfrentara centenas de batalhas com fornecedores, representantes, agências de publicidade, companhias de seguro. Eu havia aprimorado minhas técnicas e construído a fama de durão, e os clientes temiam que eu aparecesse e aplicasse uma lição a eles também. Com frequência, depois de conversar comigo por um tempo, eles exclamavam:

— Como é que fui cair na sua de novo!

Na realidade, havia apenas dois segredos para o sucesso: o primeiro era deixar que o inimigo fizesse o primeiro movimento; o segundo era esconder o jogo.

Minha maior vitória surgiu de uma discussão que tive com um fornecedor de autopeças da rua Scholar Cap sobre o reabastecimento de nosso estoque. A pessoa responsável era uma mulher de trinta e poucos anos. Depois que assinamos o contrato, ela disse quase chorando que nunca havia conhecido alguém tão implacável, e que teria de trabalhar por um ano para preencher o buraco. Essa mulher era a rainha da rua Scholar Cap. O esposo era vinte anos mais velho e um dos primeiros milionários de Chengdu. Eu olhei para seu peito e pensei: "Se você não fosse tão leal a seu marido, em nenhuma hipótese eu a deixaria sentindo um vazio".

O cliente estava reclamando que a contabilidade de nossa empresa era caótica e que havíamos emitido notas em duplicidade, de modo que os 400 mil eram basicamente uma ficção. Ele pediu que os arquivos fossem regularizados e a dívida, cancelada. Eu ri tanto que por pouco não cuspi o chá em seu rosto.

— Irmão, você deve pensar que sou um idiota — respondi. — Se fosse assim como você diz, o que estaríamos fazendo sentados aqui e discutindo?

— Ok, então o que você sugere que façamos? — ele perguntou.

Peguei um grosso calhamaço de documentos e falei:

— Eis a prova pura e dura. São 400 mil *yuans* e nós os queremos de volta integralmente.

— Não, o que vocês querem é foder comigo e minha família. Pode esquecer — ele respondeu, furioso.

Eu, porém, sabia perfeitamente como jogar aquele jogo.

— Não há nada que eu possa fazer. Veja, sou apenas um empregado. Nem um centavo deste dinheiro vai para meu bolso, mas tenho a obrigação de resolver este assunto. Você é quase um irmão mais velho para mim; deveria demonstrar alguma consideração por este seu irmão mais novo.

Agora, as intenções de ambos estavam claras. Dei um gole no chá e esperei por sua reação. Depois de resmungar por um momento, ele perguntou:

— Quanto?

MURONG

— No mínimo, você deveria pagar à empresa 150 mil *yuans* — respondi. — Sobre os outros 250 mil, qualquer coisa que você disser estará bem para mim.

— Você está claramente me apresentando notas fiscais falsas. Quais 250 mil? Seriam seis ou sete mil no máximo. Metade para cada um, que tal?

No que à primeira vista parecia uma digressão, comecei a contar-lhe uma história sobre a vez em que o chefe Sun e eu fomos à sauna Wenjiang. Eu o encorajei a experimentar ser um imperador, e ele chamou a seu quarto uma garota alta e uma baixinha. Depois de alguma negociação, ele disse que pagaria 1.000 *yuans* por tudo, e que o valor seria distribuído de acordo com o desempenho de cada uma. A garota alta era nova no negócio e no início não queria tirar a roupa. Depois, quando no meio do ato ele quis trocar de uma para outra, a alta lhe pediu que pusesse outro preservativo. O velho não tinha escolha e, xingando, vestiu uma camisinha nova. Ele estava prestes a reentrar no campo de batalha quando brochou e não conseguiu ficar duro de novo, nem mesmo com estímulo manual. Ele insistiu por muito tempo, tocando-se nervosamente, mas não houve maneira de prosseguir, o que o deixou furioso. No final, ele deu os 1.000 para a baixinha. A garota alta disse que não era justo e discutiu com ele, mas o chefe Sun argumentou:

— Você não fez nada para me satisfazer. Por que, então, eu deveria ajudá-la a fazer dinheiro?

A frase final era o âmago de toda a questão. Velho Lai começou a rir mas então, depois de retomar o autocontrole, ficou sério e disse:

— Você fala demais. Se está insatisfeito com alguma coisa, diga de uma vez. O que está tentando?

E eu expliquei:

— Fazer negócios é como fazer sexo. Nos dois casos se trata de satisfazer o desejo do outro, de modo que todos fiquem felizes.

Ele me olhou com um misto de admiração e desprezo, e a seguir propôs:

— Ok, última oferta: cinquenta mil *yuans*. Se ainda não estiver satisfeito com isso, vamos recorrer aos canais oficiais.

Depois que concordamos quanto ao preço, lidar com o restante foi suave, como realizar o pagamento, como destruir as evidências. Eu já tinha tudo esquematizado desde muito tempo antes, de forma que ele realmente não deu grandes contribuições.

Eu me sentia bastante satisfeito comigo mesmo: recentemente, tinha feito uma ampla varredura, e acumulado um bom dinheiro. Vinte mil dos painéis de publicidade e agora mais estes cinquenta. Era o suficiente para dar de entrada na compra de uma casa. Quando pensava em casas, porém, eu ficava um pouco triste, porque não sabia o que Zhao Yue agora fazia em nosso apartamento. Eu não sabia se havia alguém se deitando no lugar que costumava ser meu, acariciando o corpo que eu próprio havia tantas e tantas vezes acariciado.

Jovem Amante aguardava, impaciente, à porta. Ela havia entrado e nos incomodado algumas vezes, mas então, vendo que ainda tratávamos de negócios, deixou-nos sem dizer palavra. Intencionalmente ou não, o fato era que seu olhar estava a todo momento encontrando o meu, e isso me excitou um pouco.

Ao perceber isso o cliente disse, com um grande sorriso:

— Ok, esta noite você fica com ela. Eu não tinha mesmo providenciado outra coisa para você.

Fiquei surpreso e fingi indignação:

— Por quem me tomas? Um homem de caráter não pega a namorada de outro. Eu não faria isso nem que você ameaçasse cortar minha cabeça.

Ele acendeu um cigarro aromatizado e respondeu, sorrindo:

— Você não precisa ser tão hipócrita. Você flertou com ela a noite toda. Pensa que sou idiota? Você agora só está fingindo ser honrado.

MURONG

O cliente me falou em detalhes sobre as especialidades de Jovem Amante: ela canta muito bem e é habilidosa em muitas técnicas e posições, em especial na montaria.

Olhei para Jovem Amante de novo e flagrei-a batendo os cílios e fazendo beicinho para mim, como se fosse um personagem de desenho japonês.

Chovia um pouco e havia menos gente nas ruas. Jovem Amante empunhava um pequeno guarda-chuva enfeitado. Pus o braço em seus ombros e caminhamos lentamente. Passamos em frente a algumas butiques. Subitamente, ela agarrou minha mão.

— Irmão Chen, você compraria uma saia para mim? Não custará mais de cem *yuans*.

Tive pena dela.

— Entre e escolha, eu esperarei aqui.

Ela correu para dentro toda entusiasmada. Em cinco minutos, provou quatro saias longas, a cada vez vindo pedir minha opinião sobre como lhe ficava. Eu só balançava a cabeça em silêncio, lembrando de quando percorria a rua Chunxi de mãos-dadas com Zhao Yue, perdendo-nos no mar de gente das lojas mais lotadas.

— Ficou bom? — perguntava Jovem Amante.

Eu lutava para tirar do rosto as lágrimas que escorriam à lembrança de outro rosto sorridente. Zhao Yue costumava dizer:

— Ficou bom? Que nota você dá?

Jovem Amante acabou por escolher duas saias. Total geral: 260 *yuans*. Quando chegamos ao hotel, ela pressionou os lábios contra minha orelha e murmurou:

— Irmão Chen, você foi muito bondoso comigo. Hoje, faremos qualquer coisa que queira.

Meu coração se encheu de um ódio que não consegui compreender. Atirei-a na cama, sem falar nada, e comecei arrancar sua roupa com violência. Ela ficou aterrorizada e me empurrou para trás, implorando que eu tomasse cuidado com os botões e o zíper.

— Não precisa ser tão impaciente. Eu mesmo tiro minha roupa. — ela disse.

Tudo o que eu sentia então era que minhas forças haviam sido drenadas, e só conseguia ficar parado ali, inerte como um pedaço de madeira, pensando em Zhao Yue. Em nossa primeira noite juntos, ela agarrou bem forte meu pescoço e ficou me perguntando:

— Você me ama? Você me ama?

— Vista-se e vá para casa — falei.

Jovem Amante era puro assombro e constrangimento.

— Eu o irritei? Perdoe-me. Sou jovem, há muita coisa que não compreendo.

— Não tem nada a ver com você — respondi. — Vou voltar para Chengdu.

25

Vinte Volkswagen Passat chegaram ao pátio da delegacia. Conforme tinha sido exigido por Cabeção Wang, cada carro recebeu uma pintura especial em azul e foi equipado com as melhores luzes e sirenes policiais. O para-brisa com antiembaçante, o acabamento externo — tudo era perfeito. Cabeção estava extasiado. Ao mesmo tempo, porém, gritava com os subordinados para que verificassem em detalhe cada automóvel, e até comigo ele berrou:

— Se houver qualquer coisa errada com estes carros, mando você para Pi County.

Pi County era o maior presídio de Chengdu. Fiz uma reverência obsequiosa, como a que o exército japonês usava antigamente, e respondi:

— Eu não me atreveria.

No íntimo, porém, eu estava pensando: "Espere e verá minha vingança, seu canalha".

Nós combinamos de jantar no Café dos Trabalhadores — ideia minha. O proprietário era uma celebridade cultural a quem Li Liang admirava havia muito tempo.

MURONG

Em Chengdu, esbarrava-se muito com as assim chamadas "celebridades". Li Liang estava sempre se gabando de ter tomado chá com este poeta ou jantado com aquele artista. Como um suposto homem culto, eu tentava reagir com educada admiração. Mas o filisteu do Cabeção tinha zero paciência para isso, e inevitavelmente jogava água fria no entusiasmo de Li Liang:

— E você pagou a conta, suponho. Quanto deu? Setecentos *yuans*? Porra, você não podia ter usado esse dinheiro para comprar bebida para nós?

Eu dava risada. Li Liang olhava para Cabeção e dizia que ele era um tapado que só sabia se empanturrar, e que sua mera existência era um atentado à cultura e ao refinamento.

O jantar era uma oportunidade para que Li Liang encontrasse o dono e, portanto, uma razão para sair conosco. O viciado Li Liang levava uma vida bem regular. Todos os dias, ele ficava em casa bebendo chá, lendo, jogando no computador e se picando a cada poucas horas. Ele parecia calmamente indiferente a tudo. Cabeção e eu havíamos desistido de tentar convencê-lo a parar de se injetar. Naquele dia, na casa dele, nós falamos em sua orelha por horas e horas, mas ele continuava não concordando em ir para uma clínica de desintoxicação. Seu nariz escorria, enquanto ele vasculhava o ambiente em busca de uma agulha. Meia hora depois ele saiu do quarto e disse:

— Vocês não entendem. Simplesmente saiam daqui.

Li Liang havia perdido peso. O rosto era pálido, mas o humor era bom. Ele tinha parado de beber e não falava muito; passava a maior parte da noite apenas escutando enquanto Cabeção Wang e eu falávamos de negócios. Quando o proprietário apareceu para cumprimentá-lo, Li Liang mostrou algum sinal de vida, e então os dois conversaram um pouco sobre a atual cena cultural de Chengdu. Cabeção fingiu roncar. Entretanto, ainda não havíamos terminado o jantar quando o próprio Li Liang deu um grande bocejo e um filete de ranho escorreu do nariz para a boca. Seu olhar estava vidrado.

— Algum problema? — perguntei.

Ele não respondeu. Oscilando levemente de um lado a outro, ele apanhou a bolsa de couro e dirigiu-se ao banheiro. Cabeção me lançou um olhar e abaixou a cabeça. Meu coração afundou e comecei a mordiscar os *hashis*, pensando: "Li Liang está acabado".

Lembrei-me de um incidente em 1994, quando Li Liang e eu estávamos voltando a Chengdu de trem, e aconteceu de por acaso cruzarmos com dois agricultores também retornando a Sichuan. Eles eram escuros, sujos e fortes — e haviam ocupado nossos lugares, onde agora estavam comendo melancias, cuspindo as sementes e fazendo a maior sujeira. Eu pedi que devolvessem nossos assentos. Eles não deram ouvidos e começaram a me xingar. Fiquei furioso e saquei a faca mongol que Cabeção havia me dado. Li Liang depois diria que minha expressão era aterrorizante. Ao verem a faca, os caras pensaram que eu não era do tipo a quem se podia ofender impunemente. Quando nos sentamos, eu contei a Li Liang a lição que havia aprendido com minha própria reação: "É melhor morrer de surra do que morrer de medo". Ele respondeu:

— No fundo, não faz diferença se você morre de medo ou de surra. Ainda se trata de morrer pela mão do outro. Um verdadeiro homem deveria ser capaz de controlar a própria morte. Ser morto não se compara a cometer suicídio.

Observando suas costas trêmulas no restaurante, senti enjoo. Como eu julgaria sua vida, se ele morresse agora?

***

Na vez seguinte que vi Cabeção Wang, ele casualmente mencionou a frota de carros que eu o ajudara a comprar. Entendi o que ele estava querendo e passei-lhe um envelope. Dentro, havia quatorze mil *yuans*. Cabeção deu uma rápida espiada em volta, agarrou o envelope com uma rapidez impressionante e o enfiou na bolsa como

MURONG

se fosse um ladrão. Seu rosto desabrochou como uma flor e ele me encarou quase com devoção religiosa. Na verdade, toda a transação havia corrido suavemente. Vinte carros com um ágio de 1.700 cada. Depois do reparte de Cabeção, ainda me sobraram vinte mil *yuans*.

Fiz uma grande encenação da tentativa de dividir este valor com minha irmã, mas ela disse:

— Para mim, basta que você ponha sua vida em ordem, e não dê a papai e mamãe mais nenhum motivo de preocupação com você.

Meu sobrinho Dudu interrompeu nossa conversa:

— O titio é um menino mau. Ele sempre aborrece a vovó.

Meu rosto queimou e eu o estapeei.

Na semana anterior eu havia anunciado que queria me mudar da casa de meus pais. Minha mãe ficou um pouco desconcertada, mas silenciosamente empacotou minhas coisas. Cheio de culpa, expliquei que estava sobrecarregado de trabalho, fazendo hora extra todos os dias e que, por isso, desejava morar mais perto do escritório.

Ela suspirou.

— Você é adulto o bastante para tomar as próprias decisões. Desde que tudo corra bem, está bem.

Ao caminhar para fora pelo jardim, vi a velha senhora de pé na varanda, olhando para mim e chorando. Aquilo me deixou triste.

Quando não passei nas provas de admissão da universidade, o velho ficou furioso. Ele me xingou e disse que eu só sabia farrear; até me comparou ao filho do tio Wang.

— Olhe para Wang Dong! Mesma escola, mesma idade que você. Como é que ele conseguiu entrar na Universidade de Beijing?

Eu, que já estava deprimido, senti ódio ao ouvir isso. Trouxe à tona a questão da genética:

— Por que você não menciona que tio Wang é vice-chefe de departamento? Se eu não dei em nada, a culpa é sua!

Seus olhos queimavam de raiva e ele me deu um sonoro tapa na cara. Minha mãe segurou a mão dele, que já estava posicionada para repetir o gesto, e condenou o uso da força. Estaria tudo bem se ela não tivesse dito nada, mas o fato de ela dizer inflou minha sensação de injustiça. Abri a porta e corri para fora determinado a nunca mais voltar. Eu tinha dezessete anos e não sabia nada da vida, nada do que significava ter um lar. Dez anos mais tarde eu compreendia isso, mas estava de novo abandonando tudo.

O lugar que eu havia alugado estava vazio. Não havia TV nem aparelho de som, apenas uma cama grande. Eu não voltava para casa a cada noite até que fosse muito tarde. Às vezes, pensava que "lar" era só onde você dormia. Sábios e poetas diziam que era um porto seguro, um refúgio ou ninho onde você poderia curar as feridas. Bobagem. A pessoa com quem você dormia podia traí--lo a qualquer momento, mas a cama sempre estaria lá. Era uma constante, algo concreto em que você podia confiar e se deitar, algo leal até o fim.

Minha janela dava para a rua, e toda manhã eu acordava cedo por causa do barulho dos carros. Pessoas de fora da cidade vinham a Chengdu cheias de esperanças e sonhos, enquanto eu, um filho nativo, sobrevivia a meus pesadelos ao som de seus passos.

* * *

No ônibus de volta para casa depois da viagem de negócios a Chongqing, liguei para o celular de Zhao Yue. Ela perguntou o que eu queria.

— Estou com saudade — respondi. — Posso ir para casa ver você?

Ela negou, soando pouco à vontade. Parecia que ela não estava em um bom momento para conversar.

— Yang Tao está com você agora? — perguntei, enciumado.

Ela permaneceu em silêncio por cerca de um minuto, e então desligou. Eu chamei de novo, mas uma gravação informou: "O número chamado está desligado. Por favor, ligue mais tarde".

MURONG

Eu senti vazio e vertigem, no sanitário do ônibus onde agora eu estava, olhando com desdém e aversão para minha imagem refletida no espelho, percebendo que a cara de Chen Zhong era velha e feia como um pedaço de trapo sujo. Neste momento, o ônibus deu uma guinada, jogando-me com força contra a parede. As palavras de Zhao Yue ecoavam em meus ouvidos:

— Lixo! Você não passa de um monte de lixo!

Emergindo do sanitário depois de lavar o rosto, lancei um olhar para á rodomoça.

— Você é tão bonita — falei.

Ela deu um sorriso zombeteiro e me mandou voltar para meu assento, e completou:

— Logo chegaremos a Chengdu. Vá para casa e diga isso para sua mulher.

Respondi que minha mulher havia morrido muito tempo antes. Os demais passageiros ergueram a cabeça e ficaram olhando para mim.

***

Eu estava cansado desta cidade, enfadado de sua vaidade. Ao sair do Café dos Trabalhadores, Cabeção Wang e eu acompanhamos Li Liang até em casa e então nos sentamos à beira do rio por um tempo. Falamos sobre o passado. Eu disse que provavelmente partiria dentro de alguns meses, pois meu chefe queria me transferir para Xangai. Cabeção fez uma careta e continuou fumando. O rio Funan, delineado por umas poucas luzes esparsas, fazia uma curva ao nosso lado, e fluía silenciosamente para o leste. Todas as pessoas de Chengdu viam o rio como sua mãe; ele carregava alegrias e pesares, partidas e uniões. As risadas e as lágrimas de milhões de Chen Zhongs e Zhao Yues se fundiam ali e escoavam para o imenso e poderoso mar, apagando tudo.

Cabeção livrou-se da bituca com um peteleco e disse:

— Está tarde, vamos embora. Se eu não for para casa agora, Zhang Lan Lan vai de novo tomar remédios para dormir.

Em outubro passado, acompanhei alguns clientes até o *resort* Dragão Amarelo e chamei Cabeção Wang para vir junto. Ele estava passando por um período difícil com a mulher, na época, e saiu do trabalho sem avisá-la que iria sair comigo — inclusive, foi audacioso o bastante para desligar o celular. No *resort*, fizemos uma grande sessão de jogatina e ele ganhou mais de dezessete mil *yuans*. Cabeção ficou em polvorosa e levou uma mulher para o quarto. Eles fizeram amor tão ruidosamente quanto disparos de canhão, e provavelmente podiam ser ouvidos a quilômetros de distância. Wang Yu, de Neijiang, ficou muito admirado, e comentou:

— Seu colega é tão vigoroso que quase derrubou o prédio com a trepada.

Quando Cabeção Wang voltou para casa, Zhang Lan Lan suspeitou. Talvez ele não lhe tenha dispensado a atenção habitual. Aparentemente, ela o interrogou com a ajuda de alguns dispositivos da polícia, incluindo um bastão elétrico. Ele, porém, reagiu, e a algemou à cama por três horas. Ao ser libertada, ela engoliu cem comprimidos para dormir e deixou um bilhete de despedida em que amaldiçoava os antepassados do marido e concluía: "Eu vou assombrá-lo mesmo quando me tornar um fantasma".

Depois disso, não ousei visitá-lo em casa durante vários meses.

Passando-lhe um cigarro Zhonghua, eu falei:

— Porra, eu estava pedindo um conselho. Será que você pode pelo menos fingir que se importa?

Ele acendeu o cigarro.

— Vai fazer alguma diferença se você for para Xangai? Não importa o lugar. Você não será feliz até dar um jeito neste seu temperamento do cão.

Depois de uma pausa, ele me olhou bem nos olhos e disse:

— Sabe por que nunca gostei de Zhao Yue?

MURONG

— Por quê?

Ele resmungou por um instante, então levantou a voz e respondeu:

— Já que vocês estão divorciados, vou dizer. É porque uma vez eu a flagrei fazendo aquilo com outro cara.

Minha cabeça explodiu e meu queixo despencou, mas nenhuma palavra saiu.

Cabeção Wang jogou fora o cigarro e completou:

— Ela inclusive falou que, se eu não contasse a você, poderia fazer o que quisesse com ela.

26

Telefonei para Zhao Yue e disse que estava partindo para Xangai. Houve um silêncio aturdido, como se ela não soubesse o que dizer. Finalmente, soltou:

— E quando volta?

Ela soava absolutamente aborrecida. Meu coração pulou uma batida conforme me lembrei de como, em sua formatura, ela me abraçou disse:

— Mesmo que você não me queira, ainda quero ir para Chengdu e estar com você.

Por um breve momento, tive vontade de abandonar meu plano. Mas então me lembrei do que Cabeção dissera e meu coração ficou duro como pedra.

— O que resta em Chengdu para mim? Se eu for, não voltarei — respondi.

Zhao Yue desabou em lágrimas. Pousando silenciosamente o fone, estudei meu sorriso cruel refletido no espelho.

Cabeção Wang dissera que o cara se chamava Yang Tao. O incidente ocorrera em dezembro, enquanto eu estava em Nanjing em

MURONG

um treinamento da empresa. Cabeção contou que os dois não tinham uma só peça de roupa vestida, e que não haviam trancado a porta. Zhao Yue permanecera muito calma, ao passo que Yang Tao ficara paralisado pelo choque. Cabeção disse que quis matar Yang Tao, mas que Zhao Yue, nua em pelo, o havia segurado, não permitindo que ele desferisse um único golpe. De acordo com Cabeção, Zhao Yue agira como uma puta ordinária do começo ao fim, não demonstrando nenhum constrangimento. Aparentemente, mais tarde Zhao Yue procurou Cabeção Wang e prometeu, aos prantos, que jamais faria aquilo de novo e que seria fiel a mim dali em diante. Cabeção falou que toda vez que mencionava Zhao Yue para mim eu ficava bravo, e por isso ele não ousou me contar.

Ele manteve a cabeça baixa durante todo o relato. Eu, de minha parte, tremia violentamente, as ideias girando. Finalmente, eu o chutei no estômago e o empurrei para o chão como um pedaço de carne inerte. Meus olhos estavam vermelhos. Desferindo um soco em seu nariz, eu gritei:

— Vá se foder! Se eu voltar a te considerar como amigo, eu não sou mais um ser humano!

Naquela mesma noite, decidi me vingar. A decepção é como uma faca embainhada: quando vem para fora, sempre machuca as pessoas. Eu tinha de fazer Zhao Yue pagar o preço, pagar por todas as ofensas. Do contrário, eu pensava, de que adiantava estar vivo?

Eu possuía aproximadamente sessenta mil *yuans* economizados. Os cinquenta mil de Velho Lai, de Chongqing, ainda não tinham entrado na conta. Mas o que havia era suficiente para comprar uma surra para Yang Tao. No ensino médio, tive um colega chamado Liang Dagang, que depois esteve durante alguns anos no exército. Quando saiu, trabalhou como guarda-costas para um penhorista e escroque que lidava principalmente com mercadoria roubada; pelo menos metade de todos os automóveis roubados em Chongdu passava por suas mãos. No ano anterior, Liang Dagang abrira a própria empresa, para cobrar dívidas. Corria o rumor de que ele já tinha um assassinato nas costas. Eu havia esbarrado com ele recentemente na rua Ran Fang, e sentamos para conversar. Ele disse que queria fazer um seguro de todos os débitos de nossa companhia, "para protegê-los em caso de dificuldades jurídicas".

Ele deixou que sua jaqueta se abrisse um pouco, revelando na cintura o brilho frio de uma arma.

Eu tinha dito a Zhao Yue que partiria em quinze dias. Se eu não estivesse enganado, neste momento ela estaria preocupada com nossa propriedade. Após o divórcio, havíamos concordado que o apartamento ficaria com ela, mas todos os contratos estavam em meu nome. Zhao Yue era muito detalhista, e não havia nenhuma hipótese de que deixasse as coisas daquele jeito. Qualquer demonstração que desse de emoções não passaria de encenação, e naquele momento prometi a mim mesmo jamais acreditar em suas lágrimas novamente. Meu raciocínio dizia que ela estaria preocupada que eu planejasse voltar atrás e tentasse ficar com o imóvel.

Pouco antes de nosso casamento, tivemos uma discussão sobre o acordo pré-nupcial. Tudo havia caminhado bem até aquele momento. Tínhamos acabado de ir ao hospital Touro Dourado para a inspeção de saúde. O rosto de Zhao Yue estava totalmente vermelho quando me contou que o médico a manipulara por tanto tempo que ela quase se mijara. Eu gargalhei e isso a constrangeu, então a reconfortei, dizendo:

— Isso é bom. Afinal, não queremos ter de parar no meio da ação — e fiz um gesto rude para mostrar que não me importava de exibir meu equipamento na frente do médico.

Ela me deu um tapa.

— Você é uma besta completa.

Mais tarde naquele dia, no curso de treinamento marital, eu sussurrei para ela:

— Deveríamos fazer um acordo pré-nupcial, o que acha?

MURONG

Ela fechou a cara e me acusou de má-fé.

— Nós nem casamos ainda e você já está pensando em me descartar — ela disse.

— Você é uma camponesa, mesmo — respondi. — O que isso tem a ver com divórcio? Pessoas modernas devem pensar de um jeito moderno.

Apesar de ficarem todos olhando para nós, Zhao Yue explodiu em um ataque de ira.

— Sim, sou uma camponesa, e daí? Se tem outra disposta a assinar um acordo destes com você, vá procurá-la!

Meu primeiro instinto foi não arredar pé de minha posição, mas depois antevi o desenrolar da história e me forcei a concordar com ela, que continuou furiosa, ofendida e magoada por uma eternidade, e eu só consegui salvar a situação citando uma paródia do poema de Xin Qiji:

Em frente a um riquixá
Por uma gorjeta de nada
Uma vagabunda de Chengdu
Pega no seu pau
Você está sendo legal
Mas ela ainda está brava.

Finalmente Zhao Yue sorriu, em meio às lágrimas.

— Se Xin Qiji soubesse, enquanto estava vivo, que você transformaria as palavras dele em tamanha bobagem, ele morreria de raiva.

Então, muito séria, completou:

— Eu me recuso a ir aos advogados. Eu aceitei ser sua esposa para o resto da vida.

Meu coração pulou intensamente de alegria e eu abracei sua cintura fina.

Um monge do templo Wenshu certa vez me disse:

— Veja através das coisas; tudo é falso!

Agora eu compreendia como havia sido estúpido. Quem me fez com tamanha falta de inteligência?

***

Desta vez, foi Zhao Yue quem pediu para me ver. Depois do trabalho, dirigi até o restaurante Hotpot Perfumado, em Xiyan, para encontrá-la. Cinco meses antes, eu tinha me recusado a ir, quando ela me pediu. Agora era tarde demais, tarde demais para tudo.

— Se eu não a tivesse dispensado, naquele dia, você acha que ainda estaríamos juntos até hoje? — perguntei, em um tom sentimental.

Ela abaixou a cabeça.

— Você não acha que é um pouco tarde para este tipo de pergunta?

Sua boca tremia; ela parecia querer chorar de novo.

Eu havia ensaiado minha fala não sei quantas vezes. Zhao Ye não sabia lidar com a emoção alheia. Quando vimos *Titanic*, ela começou a chorar muito antes de todo mundo, como se estivesse prestes a morrer. Este era o alvo de meu ataque nesta noite: o emocional. Dei um grande gole de cerveja e olhei para ela suavemente. Na realidade, meu coração estava congelando e se tornando duro como metal.

— Agora que estou partindo, não sei quando voltarei — eu lhe disse. — Talvez nem consiga vir para seu casamento com Yang Tao.

Ela continuou com o teatrinho:

— Yang Tao e eu somos apenas amigos. Quem diz que vou me casar com ele?

Eu a xinguei mentalmente, mas por fora consegui fazer uma expressão feliz.

— Então quer dizer que ainda tenho uma chance?

— Você está indo para Xangai. Como poderia tomar conta de mim?

Agora estávamos entrando no tema principal da noite. Eu a encarei com um olhar pesaroso.

MURONG

— Eu vou esperar por você para sempre. Não importa onde você esteja, se casada ou não, eu vou esperar. Passarei o resto da vida tentando compensar meu erro.

Meu tom de voz era respeitoso e solene como se eu estivesse em um enterro. Os olhos dela pouco a pouco se encheram de lágrimas.

Lisonjear pessoas era um de meus pontos fortes. Era também uma de minhas armas de sedução de mulheres. Quando eu estava atrás de Cheng Jiao, a beldade da escola, muitos de meus adversários eram mais altos, mais bonitos e mais ricos do que eu. No fim, porém, eu a ganhei. Da primeira vez que a despi, eu ainda era muito cru. Ela precisou me orientar, bufando:

— Fui enganada por sua lábia.

Zhao Yue era ainda mais superficial do que Cheng Jiao, eu pensava, pois não sabia por quem nutria o sentimento mais profundo. Era fácil despertar seu interesse. Ainda assim, senti uma pontada de dor ao perceber quão bem eu a conhecia.

O restaurante era muito eficiente. Precisamente às 19h30 começaram a tocar "O preço do amor", de Zhang Ai Jia.

Você ainda se lembra dos sonhos da juventude?
Eram como flores que nunca murchavam.
Fique comigo ao vento e na chuva.
Observe as mudanças do mundo.

Esta era nossa música. Na festa de ano-novo de 1994, eu usei um terno preto e Zhao Yue vestiu saia branca e top vermelho. Nós entrelaçamos as mãos e lideramos a cantoria, sob a aprovação de todos ao redor. Quando ela ouviu a canção, seus lábios começaram a tremer. Eu a olhei direto nos olhos e comecei a cantarolar, suavemente: "O desejo está sempre em meu coração, apesar de você já ter partido".

Peguei sua mão com toda a delicadeza e disse que não sabia quando teríamos uma oportunidade de cantar aquela música juntos de novo. Eu nem tinha acabado de falar quando ela começou a chorar. Seus *hashis* caíram sobre a mesa.

Balancei a cabeça e afirmei que meu maior arrependimento na vida era deixá-la partir.

— Você me deu seus melhores anos, mas eu a decepcionei. Eu nem mesmo lhe comprei roupas decentes.

Ela se atirou em meus braços chorando amargamente. As pessoas nos olhavam. Eu aninhei sua cabeça em meu peito e acenei à multidão, sorrindo.

Quando terminamos de comer, os olhos de Zhao Yue ainda estavam molhados. Senti o coração amolecer um pouco e lhe perguntei:

— Você acha que podemos voltar? Sermos como antes?

Ela respondeu que não havia nenhuma possibilidade de esquecer a cena em nosso apartamento naquele dia. E completou:

— Você me magoou demais.

Pensei sombriamente que ela era uma puta ordinária. Eu havia lhe oferecido uma chance, mas ela não aproveitara.

De acordo com meu plano, eu iria sugerir a Zhao Yue que passássemos a noite juntos. Eu estava prestes a deixar Chengdu e esta podia ser a última vez em que estávamos juntos na vastidão do mundo. Era também o sétimo aniversário de nosso primeiro beijo, em um pomar, em 17 de agosto de 1994. Nós dissemos um ao outro como nos sentíamos. O luar estava forte e tornava seu corpo suave e claro como jade.

— Minha Zhao Yue realmente é bela como uma deusa — eu tinha dito.

Ela se jogou em meus braços e me apertou tão forte que eu mal conseguia respirar. A cada ano, nós comemoraríamos aquela data. Zhao Yue dizia que era mais importante do que a data do casamento, pois a cerimônia era apenas uma formalidade, enquanto que o amor — o amor era a própria felicidade. Dentro de dois dias seriam exatamente sete anos. Ou 2.555 dias e noites. Porra, nem eu mesmo conseguia evitar de me emocionar. No início Zhao Yue dissera "não"

MURONG

à sugestão que fiz de dormirmos juntos pela última vez, mas quando viu minhas lágrimas — e sem dúvida o apartamento também lhe passou pela cabeça —, ela afinal concordou.

* * *

O hotel Baía Dourada era onde nossa empresa costumava hospedar os clientes. Eu já tinha providenciado tudo. Quando entramos no quarto, eu soltei e afaguei seus cabelos da mesma forma como havia feito tantas vezes antes. Zhao Yue se aninhou em meus braços, um pouco tímida. Quando ela estava sem roupa, eu a beijei.

— Faz meses desde que a beijei — eu disse.

Seus olhos marejaram e ela me olhou com imensa tristeza. A expressão em seu rosto trouxe à tona muitas lembranças. Nas férias de inverno de nosso terceiro ano do ensino médio, ela me acompanhou até a estação ferroviária para se despedir. Depois de minha graduação, ela foi de novo até a estação para dizer adeus, e me abraçou forte, chorando tão alto que os funcionários não conseguiam desviar os olhos. No dia em que nos divorciamos, quando estávamos saindo de casa, ela ajeitou minha gravata e disse que era para eu me cuidar.

Subitamente, pensei que não conseguiria ir adiante com aquilo. Uma voz interior me dizia: "Todos cometem erros, perdoe-a".

Eu desviei o rosto e pisquei para expulsar as lágrimas. Com toda a seriedade, eu perguntei:

— Você pode me contar sobre você e Yang Tao?

Ela se levantou muito brava, e anunciou que estava de saída.

— Não há realmente nada entre nós, nada mesmo. Você acha que todo mundo é como você?

Fechei os olhos, sentindo como se tivessem me jogado um balde de água fria. Então soltei um longo suspiro e disse que havia cometido um erro:

— Eu não deveria ter trazido isso à tona agora.

DEIXE-ME EM PAZ

E puxei-a para mim.

Você ainda se lembra dos sonhos da juventude?
Eram como flores que nunca murchavam.
Fique comigo ao vento e na chuva.
Observe as mudanças do mundo.

É difícil esquecer o preço que pagamos pelo amor.
O desejo está sempre em meu coração,
Apesar de você já ter partido.

Siga adiante; as pessoas sempre querem se aprimorar.
Siga adiante; é difícil evitar o sofrimento e a luta.

Houve uma batida na porta. Zhao Yue me cutucou, nervosa, e disse:

— Tem alguém lá fora.

Acariciando seu rosto, eu perguntei:

— E daí? Do que você está com medo? Eu estou aqui.

Ela não se tranquilizou e me pediu para ir ver.

— Nós não somos mais marido e esposa — ela disse.

— Ok, ok, como você quiser — respondi, sorrindo.

Zhao Yue me lançou um sorriso adorável, que foi retribuído com uma expressão igualmente encantadora. Suspendendo e fechando as calças, fui abrir a porta. Yang Tao estava ali parado, de camiseta vermelha e parecendo muito bravo. Dei-lhe um tapinha no ombro, afivelei o cinto e falei:

— Entre. Sua namorada está nua e esperando por você.

27

Minhas mãos sempre descamavam no outono. Médicos ocidentais culpavam a falta de vitaminas; médicos chineses diziam que havia muito calor em meu sangue. Zhao Yue defendia que eu havia sido cobra em uma vida passada. Teria eu assistido a tudo isso à distância, de uma remota caverna nas montanhas? Amor e ódio, dor e felicidade. Seria a existência, que era esta sobreposição de vidas acumuladas, como a pele de minha mão, que se desfazia e caía aos pedacinhos no frio outonal?

O outono de 2001 em Chengdu foi um pouco diferente dos outonos dos anos anteriores. Folhas amareladas estavam em todo canto; o vento soprava poeira nos olhos das pessoas. Toda noite morria gente, e aqueles velando seus corpos jogavam *mahjong* com o rosto iluminado de prazer. Bebês nasciam em salas de parto, seus cordões umbilicais eram cortados e seus destinos, traçados. Li Liang dizia:

— Pode acreditar. A vida é uma peça que Deus nos prega.

MURONG

Ao sair do hotel Baía Dourada, eu estava rindo. A moça da recepção disse adeus e eu respondi com meia-reverência graciosa.

— Obrigada por fazer aquela chamada — falei.

Zhao Yue deveria estar se sentindo completamente humilhada. Eu me perguntava se Yang Tao iria simplesmente subir nela e retomar de onde eu havia parado. O fogão já estava quente, Zhao Yue não se importaria de fritar mais alguma comida. Eu calculava que um cara que já havia tomado o lugar de outra pessoa não se recusaria a gozar sobre o gozo de outro. Eu só lamentava ter precisado pagar adiantados os 300 *yuans* do quarto. "Tenho de me lembrar de pedir um recibo", pensei.

Nós dois tínhamos zerado nossas contas; estávamos quites. Balancei o punho em direção ao céu. Nesta noite, aquela mulher chamada Zhao Yue foi riscada de meu caderno. Havíamos passado sete anos estabelecendo uma verdade: o amor não era nada além de um subproduto da excitação sexual. Ou, para colocar em termos mais simples: neste mundo não existia nada como o assim chamado "amor". Havia decepção e traição e era tudo.

Pulei no carro e arranquei, entorpecido. Subitamente, um táxi emparelhou e o motorista começou a berrar a plenos pulmões, furioso, com a cabeça para fora da janela.

— Você quer morrer? Seu idiota, não sabe dirigir?

Eu pedi desculpas, mas sua raiva não arrefeceu e ele seguiu me xingando durante uma eternidade. Sorri, pensando que aquilo era o que resultava do perdão. Se eu tivesse saído do carro e esmagado a cara dele, o filho da puta não teria ousado dar um peido.

Depois de ter bebido tanto, eu estava com a bexiga estourando. Parei o carro em uma pista marginal e me aliviei. Sob a luz mortiça do poste, a grama parecia tão murcha quanto eu. Quando tinham sido meus verdes anos? Graças a meu nutritivo mijo, aquela grama cresceria saudável no ano seguinte, mas onde eu mesmo encontraria alimento?

DEIXE-ME EM PAZ

Um ônibus de viagem passou por mim e vários rostos se grudaram à janela, observando a torrente que eu expelia. Quando eu estava perdendo quase toda a inibição, ouvi uma voz feminina dizendo, atrás de mim:

— Seu desavergonhado, mijando na rua!

Fiquei constrangido e rapidamente recolhi o instrumento de minha vergonha. Quando virei a cabeça, vi uma sombra se aproximando.

Eu acreditava que neste mundo não havia pessoas verdadeiramente honradas. Dada a correta combinação de hora, lugar e pessoa, qualquer um cederia — até um homem impotente ou uma mulher frígida — se acreditasse que não seria pego.

Zhao Yue discordava, mas com uma pergunta eu a encurralei:

— Se você e Louis Koo estivessem sozinhos em um quarto e ele tentasse seduzi-la, você resistiria ou não?

O astro honconguês de cinema Louis Koo era o ídolo dela. Zhao Yue serpenteou e se retorceu durante um longo tempo tentando não responder, mas no fim só foi capaz de dizer que tal situação nunca ocorreria. Eu encerrei o assunto pensando que aquilo basicamente resumia tudo sobre o assim chamado "amor".

Aproximando-se de mim no escuro estava uma moça de seus vinte e seis ou vinte e sete anos. Seu rosto estava ornado como um bolo. Ela vestia *shorts* e um *top* curto que deixava o umbigo à mostra. Bastou-me um olhar para saber que ela era prostituta. Eu me virei para entrar no carro, mas ela me parou:

— Ei, bonitão, me arranja um pouco de serviço. Cem *yuans* já dá.

Eu estava prestes a dizer que ela desse o fora dali, mas subitamente tive uma ideia.

— Você faz com a boca?

Ela lançou um olhar de desdém para o que eu tinha acabado de colocar para fora, e cuspiu.

— Com a boca custa 500.

MURONG

Com um riso sarcástico, bati a porta do carro e liguei o motor.
A garota ficou desesperada, atirou-se contra minha janela e continuou a regatear:

— Quatrocentos! Trezentos!

* * *

Zhou Weidong sempre alegou que eu não sabia me divertir, e apontava que as mulheres possuem duas bocas. De acordo com ele, a de baixo é para ser preenchida, mas a de cima tampouco deveria ser deixada à toa. Ele começava então a elogiar o que chamava de Lewinsky. Certa vez, contou que gostaria de abrir às margens do rio uma boate chamada Beijo da Casa Branca. Quando cheguei em casa e contei isso a Zhao Yue, ela resmungou:

— Este Zhou Weidong é mesmo um animal.

Para cair em suas boas graças, eu imediatamente tracei uma linha divisória entre ele e mim:

— Exatamente. Ele estaria minando as bases do amor conjugal entre marido e mulher, o que é degradante. Mas em nosso caso...

— Eu sei muito bem qual é a imundície que você está pensando. Pode esquecer — ela respondeu, olhando-me com seriedade.

Naquele momento, eu me senti como um rato em uma armadilha.

Na estrada, um rio de carros passava por mim, suas luzes se aproximando e em seguida desvanecendo na escuridão. O mercado noturno já estava fechado; os vendedores já haviam recolhido seus potes e jarros, suas panelas e canecas. Eles se dirigiam para casa com a expressão carregada pelo trabalho duro e sem sentido. Toda noite as pessoas na rua ansiavam ir para casa, mas quem estaria esperando por mim? Quem estaria sentindo minha falta?

A garota afinal fez kung fu oral em mim, os longos cabelos batendo contra minha cintura. Tudo que era sólido se derreteu, e, conforme o mundo colapsava silenciosamente, eu era esmagado pelas lembranças.

* * *

No outono de 1996, na montanha Emei, eu envolvi meu casaco em torno de Zhao Yue, mas ela continuou a tremer, batendo os dentes como cascos sobre o calçamento.

— Daqui a vinte anos, se voltarmos aqui, não poderemos recuar de nossa promessa — ela dissera, então.

— Em vinte anos você será uma mulher velha — respondi. — Eu vou querer um modelo mais novo.

Zhao Yue chutou minha perna, bateu em meu peito e continuou a me bater furiosamente, quase me transformando em uma massa vegetal. Finalmente, tomei-a nos braços. Ela lutou por um tempo, mas não conseguiu se libertar e, então, se acalmou. Eu a beijei de leve, em seguida viramos a cabeça e vimos uma vasta extensão de nuvens brancas. O sol avermelhado surgia lentamente, iluminando nosso corpo com um brilho dourado.

* * *

Em 1998, voltando da região nordeste do país, Zhao Yue e sua mãe choraram nos ombros uma da outra na estação de trem. Minha sogra tomou minha mão e disse:

— Chen Zhong, Zhao Yue não teve muitos momentos bons na vida. Trate-a bem.

Zhao Yue soluçou tanto que quase teve uma contratura nas costas. Pus o braço em torno dela e prometi, gravemente:

— Não se preocupe. Eu serei bom para ela.

Conforme o trem avançava por Shanhaiguan, Zhao Yue me perguntou:

— Você realmente quis dizer o que disse?

MURONG

Respondi distraidamente, de boca cheia:

— Se eu trair você, serei um cachorro.

Ela não percebeu o tom sombrio em minha voz, e em seu rosto abriu-se um sorriso como uma flor que desabrocha.

* * *

Aquela verdadeira artista oral tinha ido embora. Comecei a duvidar de minhas lembranças: aqueles fragmentos — eram verdadeiros ou falsos? Na sepultura que era esta cidade, quem poderia servir de testemunha confiável para minha juventude? Li Liang certa vez dissera:

— Você pode viver por muitas pessoas, mas só pode morrer por uma.

Mas, nesta noite, por quem eu estava vivendo? Por quem eu poderia morrer? Suspendi as calças e me atirei ao banco do motorista. Liguei o carro e fiz uma curva em "U" a toda velocidade. A porta do carro raspou em uma árvore, provocando um barulho de arrepiar as almas.

O namorado de Zhao Yue anterior a mim se chamava Ren Li Hua — um nome que tornava muito difícil saber se se tratava de um homem ou de uma mulher. Depois daquele episódio no bosque, Zhao Yue nunca falou sobre ele, independentemente da estratégia que eu usasse. Ela mantinha a boca cerrada e, em grande dor, recusava-se a divulgar qualquer detalhe sobre o relacionamento de ambos.

— Eu vi todo o ocorrido — eu argumentava. — O que sobrou que poderia ser tão vergonhoso?

Mesmo enquanto falava, eu tinha dúvidas se queria mesmo saber, mas, quanto mais ela se recusava, mais eu sentia que havia algo errado. Tivemos uma discussão tremenda. A certa altura, incapaz de controlar a língua, eu soltei, sordidamente:

— Você foi conferir o pau de Ren Li Hua muito antes de vir atrás de mim!

Ela ficou ensandecida de ódio, entrou na cozinha como uma tempestade e pegou uma faca. Ela a empunhou e anunciou que ia me esfaquear. Eu obriguei Zhao Yue a me entregá-la, mas ainda assim ela continuou a me morder e chutar. Lágrimas rolavam por seu rosto e ela gritou:

— Chen Zhong, você perdeu toda a bondade. Você terá um fim horrível.

Havia muita coisa sobre Zhao Yue que eu ficaria sem saber, agora. Corriam na universidade fartos rumores sobre uma tentativa de suicídio que ela havia cometido depois do que ocorrera no bosque. Eu toquei no assunto algumas vezes, mas ela sempre negava prontamente; se eu insistisse, ela se tornava rabugenta. Na última noite de Natal, porém, nós estávamos abraçados ternamente, o rosto dela contra meu peito.

— Eu jamais cometerei suicídio por outra pessoa — ela disse. — Se eu morrer, quero morrer na sua frente.

Ela mal havia acabado de falar quando os sinos de Natal começaram a repicar, à distância, e nós ouvimos uma comemoração ruidosa como trovões no bar lá embaixo.

Subitamente, fui invadido por um terror sem nome. Seria certeza que Zhao Yue não cometeria suicídio?

Um táxi passou por mim. Em meu lado da estrada, a luz piscou duas vezes e então, sem um ruído, se apagou. Um pensamento me veio à mente: a morte de uma pessoa é como uma luz que se apaga. Meu cérebro parecia atingido por um raio. Diante de meus olhos dançavam pontos brilhantes que lentamente formaram o rosto de Zhao Yue.

* * *

Quarto 308 do hotel Baía Dourada. A porta ainda estava destrancada. Peguei a maçaneta, o coração aos pulos. Depois de esperar dois segundos para me acalmar, gentilmente empurrei a porta.

Ninguém. Tudo estava silencioso e imóvel como em um túmulo. A TV estava ligada, sem som; sombras de rostos felizes dançavam

MURONG

pela tela. Seus lábios se moviam, mas eu não sabia o que eles estavam dizendo. Todas as lâmpadas estavam acesas, os lençóis amarfanhados na cama. O papel que eu havia usado para limpar o sapato pendia da lixeira, esvoaçando na suave corrente de ar.

28

Não houvera nenhum desdobramento da minha entrevista com o chefão. Gordo Dong continuava como gerente geral, o barrigão estufado à frente e a bunda empinada atrás. Seu tom de voz era cada vez mais presunçoso e arbitrário, e ele com frequência produzia saliva suficiente para cuspir nas pessoas. Zhou Weidong resumiu assim as três frases preferidas dele:

1. Você está errado!
2. Você simplesmente não pode assinar isto.
3. Você pode discordar, mas ainda terá de obedecer.

E imitava Gordo Dong, batendo na barriga enquanto andava de um lado a outro.

— Chen Zhong, você ousa desobedecer? — ele perguntava, na mesma entonação arrogante.

Eu batia na mesa e ria às gargalhadas.

— Gênio. Você o imitou perfeitamente!

MURONG

Eu havia passado por uma fase bem complicada, nos dois meses anteriores. Ignorando as intruções do escritório central, Gordo Dong orientou o contador a deduzir cinco mil *yuans* de meu salário a cada mês. Como estávamos no período de baixa nas vendas, eu acabava fazendo menos de três mil *yuans* mensais. Se eu não tivesse alguma economia à qual pudesse recorrer, teria sido forçado a declarar minha bancarrota. Uma semana antes, no hotel Binjiang, eu vira um terno Zegna em promoção, o mais barato por apenas 4.600. Hesitei por um longo período antes de decidir deixar passar. Eu estava com quase trinta anos, a vida não durava para sempre e já era hora de pensar no futuro.

Em meus textos ensaísticos para a universidade, eu amava usar a expressão "a vida inteira". Um amor para a vida inteira, a ambição de uma vida inteira, blá-blá-blá. Naquela época, eu genuinamente acreditava que muitas coisas da vida eram imutáveis. Era somente agora que eu percebia que, à parte a comida que se ingeria, nada mais era fixo. Aquilo que mais se valorizava podia eventualmente virar lixo.

Telefonei ao diretor do RH, o senhor Liu, e perguntei se acaso não haveria algum tipo de reorganização na unidade de Sichuan. Desapontadoramente, não havia em sua voz nem um traço sequer da antiga camaradagem, e ele disse que eu deveria antes de tudo me concentrar em fazer um bom trabalho no cargo que já ocupava. Fiquei me perguntando qual seria o problema. Fosse o que fosse, tinha certeza de que Gordo Dong estava por trás. O babaca havia pagado do próprio bolso as despesas de uma viagem ao escritório central, em agosto, e desde a volta estava anormalmente ativo. Enfiava o nariz em todos os assuntos do departamento comercial, tanto os grandes quanto os pequenos. Ele havia até rejeitado minha proposta de demitir Liu Três. Eu critiquei a falta de habilidade dele e contei que Velho Lai, de Chongqing, tampouco estava feliz com ele.

DEIXE-ME
EM PAZ

Gordo Dong mexeu o cachimbo como se fosse algum figurão e respondeu:

— Eu decido como aproveitar as pessoas. Você pode discordar, mas ainda terá de obedecer.

Eu sentia uma vontade incontrolável de socar aquele pedaço de merda, mas Zhou Weidong me arrastou para longe a tempo.

Aqueles cinquenta mil *yuans* de Velho Lai, de Chongqing, tampouco haviam entrado na conta, ainda. Quando telefonei para repreendê-lo por não cumprir a promessa, ele gracejou:

— Você está colocando tanta pressão sobre mim. Todas minhas economias estão atreladas a isso. Pode me dar um pouco mais de tempo? Mandarei pessoalmente o dinheiro assim que eu tiver vendido as mercadorias.

Quase o xinguei. "Seu filho de uma puta, seus bens valem milhões e você não tem cinquenta mil *yuans*? Você realmente me acha assim tão idiota?", eu pensei.

As coisas não pareciam nem um pouco auspiciosas. O cara era um notório desonesto, e era muito possível que ele estivesse tramando algum plano malévolo. Por sorte eu havia prudentemente guardado todos os recibos importantes. Mesmo que ele desse de ombros ao dinheiro que devia a mim, ainda teria de pagar à empresa.

Essa situação no trabalho me deixou abatido. Eu podia adivinhar pelo tom de voz do chefe Liu que havia pouca esperança de uma promoção. Mesmo se eles continuassem descontando cinco mil *yuans* por mês, eu ainda estaria devedor quando Taiwan voltasse à terra-mãe. Quando contei isso a Zhou Weidong, ele me incitou a mudar de emprego:

— Sua dívida é um caso para a justiça civil, no máximo — ele disse. — Não há nenhuma responsabilidade criminal.

O cara sempre se gabava de ter se formado com destaque na Universidade Chinesa de Ciência Política e Direito, mas seu diploma parecia um tanto suspeito. Além do mais, ele sem dúvida tinha

MURONG

um interesse bem específico em meu futuro: poderia ter-lhe ocorrido que minha saída abrisse uma oportunidade para ele. Na semana anterior ele havia me trazido alguns relatórios de despesa para assinar, e bastou um olhar superficial para que eu percebesse que havia algo errado. Quando levantei o assunto, ele fechou a cara e disse:

— Você também não reporta suas despesas desse jeito?

Sem dizer mais nada, rapidamente assinei a papelada, pensando se em algum lugar existiria uma única pessoa honesta.

Independentemente do que acontecesse, eu precisava manter-me agarrado àquele emprego até o fim do ano. O salário dobrado desta época, mais as comissões, totalizariam mais de vinte mil *yuans*, um valor que valia a pena. E em outubro aconteceria nossa exposição comercial de inverno. Como responsável pelas políticas de vendas, eu teria uma boa chance de aumentar minhas entradas. Sair agora seria um desperdício. Eu havia tido má sorte ao longo do ano todo, mas acreditava que, se pudesse sobreviver aos meses finais, então tudo seria melhor no ano seguinte.

Minha mãe pedira a alguém que previsse meu futuro, e disseram-lhe que vinte e nove seria minha idade de ouro. Eu seria promovido muitas vezes e teria tamanho sucesso nos negócios que o dinheiro fluiria em minha direção como água. Eu nem teria de me esforçar muito, seria como abaixar para pegar do chão uma carteira forrada. Depois de ouvir isso, fechei a porta e ri até que a risada se transformou em choro. Vida; se não havia esperança, onde encontrar a força para viver?

* * *

Minha mãe ainda estava surtando por causa do apartamento. Ela me aborrecia o tempo todo para buscar justiça para mim mesmo. Eu não sabia o que sentir.

— Mãe, dá um tempo, ok? Pense nisso como um dinheiro gasto por motivo de doença.

Ela me encarou e foi descarregar a raiva nos rabanetes e repolhos. Pensei ter sido bom não ter contado a ela sobre o *affair* de Zhao Yue, ou a velha senhora teria provavelmente ido até lá para matá-la. Minha mãe havia continuado a praticar o *kung fu* ao longo de todos esses anos, e era mestra em várias modalidades. Também era muito boa no tai chi chuan e na esgrima, e eu duvidava que Zhao Yue resistisse por mais do que uns poucos golpes.

Naquele dia em que eu voltei ao hotel Baía Dourada na esperança de encontrar Zhao Yue e Yang Tao, acabei dirigindo em torno do bairro de Xiyan até quase ficar sem combustível. Finalmente, voltei ao Baía Dourada e perguntei sobre eles. A recepcionista disse que tinha visto uma mulher e um homem andando juntos, mas não havia reparado nas expressões deles. A mulher andava de cabeça baixa e o homem a tocava levemente. Ao ouvir isso, eu me senti estranho, como se houvesse grama crescendo em minha cabeça. Joguei fora o cigarro, entrei no carro e me estapeei. Quando tudo que eu conseguia enxergar eram as estrelas, pensei: "Isso faz de mim um vencedor ou um perdedor?"

* * *

Tanto Cabeção Wang quanto Li Liang receberam convites para o casamento de Zhao Yue e Yang Tao.

Cabeção jurou lealdade a mim, dizendo que não iria mesmo que apanhasse.

— Eu preferiria usar o dinheiro para limpar a bunda.

Li Liang disse que a sugestão de Cabeção era em primeiro lugar desprezível e, em segundo, poderia causar uma intoxicação por chumbo.

Depois de se consultar comigo, Li Liang compareceu como representante de Cabeção Wang, para cumprimentar os noivos e entregar um envelope com 600 *yuans* como presente.

MURONG

Aparentemente, foi uma festa enorme, com muitos convidados aguardando na fila para dar os parabéns. Entre eles estava até mesmo o âncora do canal de TV de Chengdu. O vestido de Zhao Yue era encantador e ela sorria como uma flor. Aparentemente, também, ela havia recusado diversos brindes erguidos em nome de Yang Tao, e alguém brincou que ela estava com medo de que ele bebesse demais e não pudesse desempenhar suas funções na noite de núpcias.

Zhao Yue apoiou a cabeça no ombro de Yang Tao e respondeu, sorrindo: "É claro".

— Depois disso não aguentei ver mais nada — Li Liang contou. — Ninguém notou quando fui embora. Para ser honesto, estávamos errados. Zhao Yue é muito mais durona do que você.

Eu estava em Neijiang naquele dia. Li Liang me telefonou assim que saiu, para me dar um resumo da festa. Eu o escutei enquanto continuava a beber e comer com meu cliente Wang Yu, que estava se queixando sobre o sistema rígido e a baixa eficiência de nossa empresa. Eu lhe lancei um olhar feroz e ele se calou imediatamente; foi como se eu tivesse desligado um interruptor.

Virando-me de costas para ele, eu perguntei suavemente para Li Liang:

— Você a cumprimentou por mim e disse que eu lhe desejava um matrimônio feliz?

Li Liang permaneceu em silêncio por alguns instantes, e então respondeu:

— Esqueça. A vida é assim.

— Vai se foder — respondi, rindo. — Custava ter dito algumas palavras em meu nome?

Minhas mãos começaram a tremer incontrolavelmente. Deixei cair o copo e ele se espatifou em pedacinhos contra o chão, espirrando vinho em meus sapatos, que agora fulguravam sob a luz.

Minha disposição voltou, porém, depois que eu enxuguei duas garrafas de bebida. Lá em cima, o teto parecia se sacudir, e o mundo estava brilhantemente colorido. O rosto de Wang Yu ora parecia próximo, ora distante. Sua boca abria e fechava e eu me perguntava que diabos ele estaria dizendo. Subitamente, eu ri e bati na mesa. Todos os olhos se voltaram para mim.

— De que porra você está rindo? — Wang Yu perguntou. — O que o fez tão feliz?

Eu ri até que lágrimas começaram a escorrer.

— Minha esposa está se casando hoje, vamos beber a ela.

Ele abanou a cabeça.

— Você já bebeu demais, filho. Chega desta merda.

Quando ergui o copo novamente, escorreguei para o chão. Minha cabeça bateu na quina da mesa e eu vi estrelas. Wang Yu rapidamente contornou a mesa para me ajudar:

— Você está bem?

Eu comecei a chutar e a me agitar.

— Foda-se! Fodam-se vocês! Vocês são todos uns filhos da puta.

Exterior do restaurante. Um rapaz jovem e bem-vestido está sentado na grama e chorando descontroladamente. Transeuntes param, apontam para ele e dão risada. Do outro lado da cidade, dois recém--casados ricamente ornados entram em um carro todo decorado e, para alegria dos amigos presentes, dirigem lentamente rumo a seu novo e aconchegante lar.

***

— Por que você se casou com Zhao Yue? — perguntou-me, certa vez, o marido de minha irmã.

— Eu a amo.

— O quê? Não consigo ouvi-lo. Fale mais alto!

Agarrei o microfone e gritei:

— Eu a amo!

MURONG

Todos os convidados começaram a rir, assobiar e aplaudir. Zhao Yue segurou minha mão e enrubesceu, enquanto me olhava com olhos marejados.

Isso foi em 18 de junho de 1998, dia de meu casamento — meu casamento de tanto, tanto tempo atrás.

***

Três dias depois de eu ter voltado de Neijiang, Cabeção Wang ligou dizendo que eu fosse imediatamente até seu escritório. Eu estava dormindo; olhei para o relógio e vi que eram 3 horas da madrugada. Furioso, respondi que ele fosse para o inferno. Quando eu estava prestes a desligar, ele gritou:

— É Li Liang. Rápido! Ele está encrencado.

Eu já havia questionado Li Liang sobre onde conseguia a droga. Ele se esquivava de responder e, se eu insistisse, seus olhos se inflamavam perigosamente:

— Por que quer saber? Vai me dedurar?

De muita má vontade, eu deixava passar, mas antes apontava a Li Liang sua falta de escrúpulos e incapacidade para detectar quando alguém tentava prestar-lhe um favor.

Mesmo que ele não me contasse, eu podia adivinhar. Os dois principais centros de venda de heroína em Chengdu eram Wannianchang, no leste, e ponte Sima, no norte. A maioria dos "irmãos de pó" ia até ponte Sima para comprar. Recentemente, a polícia havia prendido vários traficantes ali. Depois que publicou a notícia, meu cunhado repetidamente me alertava para aconselhar Li Liang a ter cuidado.

— É de fato muito perigoso — ele dizia. — Li Liang deveria parar.

Quando falei com Li Liang, ele sorriu com desdém e me encarou friamente, com um desprezo absoluto.

Chegando à delegacia, encontrei-o agachado e tremendo em um canto. Ele estava descalço, com as mãos algemadas atrás das costas e o rosto com hematomas azuis e verdes. Havia sangue nos cantos de sua boca. O peito, esquelético e muito branco, estava exposto através da camisa rasgada em tiras. Quando me viu, ele se virou rapidamente de costas, sacudindo os ombros. Parecia envergonhado. Fiquei penalizado, tirei o casaco e pus sobre ele.

— Não se preocupe, Cabeção e eu estamos aqui — eu disse. — Tudo vai ficar bem.

Cabeção contou que Li Liang tivera azar: tinha acabado de pegar a coisa quando a polícia chegou e o atirou ao chão; talvez tivesse levado uma pancada na cabeça. Lutando para se libertar, ele havia agarrado os testículos do policial. Quando afinal soltou, o rosto do guarda estava roxo. Na realidade, ele estava na sala ao lado, ainda chorando. Cabeção Wang disse que, se não tivesse chegado, Li Liang teria sido severamente espancado. Perguntei o que deveríamos fazer. Cabeção deu de ombros.

— O que mais podemos fazer? Teremos de gastar algum dinheiro. Precisamos tirá-lo daqui ainda esta noite. Amanhã será difícil demais.

Indaguei quanto. Ele suspirou e estendeu quatro dedos gordos e um polegar. Tomei um longo fôlego:

— Tudo isso?

Sua expressão ficou séria.

— Cinquenta mil podem até não bastar. Sabe quanto Li Liang tinha com ele? Cem gramas. Isso dá dez anos, no mínimo!

Por pouco eu não desmaiei.

—Já é tão tarde. Aonde podemos ir para levantar uma quantia dessas?

Cabeção olhou em volta, então fechou a porta e disse, em um sussurro:

— Temos alguns dias para conseguir o dinheiro. Já falei sobre isso com meu chefe. Por enquanto, só precisamos que Li Liang assine um cheque.

Notei que Cabeção estava vestido de uma maneira incomumente formal. Em seu quepe e nos ombros, os distintivos brilhavam, e os vincos da calça estavam perfeitos, tudo bem diferente de sua

MURONG

aparência geralmente desleixada. Por alguma razão, fiquei desconfiado. Fumei um cigarro analisando-o de cima abaixo. Meu escrutínio evidentemente o desconcertou. Ele tirou o quepe e jogou sobre
a mesa, dizendo:

— Se eu estiver levando um centavo de Li Liang, sou um filho da
puta — jurou.

Eu não acreditava em promessas. As palavras de Cabeção Wang
não me satisfizeram, mas me fizeram lembrar de algo ocorrido enquanto estávamos na universidade.

No segundo semestre do segundo ano, Grande Irmão e Cabeção
Wang tiveram uma briga por causa de uma dívida de jogo de
trinta *yuans*. Cabeção pegou um esfregão e Grande Irmão empunhou
uma cadeira. Ambos eram adversários pesos-pesados, e lutaram até
que o dormitório estivesse quase destruído. No fim da batalha, minha
bacia e tigela, meu espelho e a estante de livros estavam destroçados.
Depois da contenda física, houve uma disputa verbal. Separados por
uma mesa, eles se xingaram mutuamente com grande fúria. Cabeção
disse que alguém que não saldava as próprias dívidas deveria ser
currado por asnos. Grande Irmão quase enlouqueceu. Chutou o ar
diversas vezes, berrando que queria matá-lo. Chen Chao e eu usamos toda nossa força para retê-los, e nossos braços foram esticados
em vários centímetros durante o processo. Quando Grande Irmão
percebeu que não conseguiria se libertar, apesar de empregar todos
os esforços para isso, ele berrou, malignamente:

— Foda-se! Você venderia o próprio pai por um centavo.

***

Depois de carregar Li Liang até o terceiro andar de seu prédio, eu
estava sem fôlego. Deitei em seu sofá e não consegui me levantar.
Eu não havia percebido enquanto estava na delegacia, mas ao levá-
-lo para casa descobri quanto ele estava machucado. Havia sangue

DEIXE-ME EM PAZ

por suas pernas e os pulsos estavam extremamente inchados. Ele continuava tossindo.

Revirei cada caixa e todos os potes da cozinha até encontrar um pouco de óleo de cártamo. Esfreguei sua pele ao mesmo tempo em que dividi com ele minhas suspeitas.

— Em primeiro lugar, não havia mais ninguém lidando com o caso. Em segundo, Cabeção raramente usa uniforme, então por que justamente hoje ele estava vestido tão formalmente? Em terceiro lugar: ele poderia ter lidado com você pessoalmente. Por que me ligou? O que ele queria que eu testemunhasse?

Li Liang fazia caretas. Suspirou profundamente, como se estivesse em grande sofrimento. Quando eu estava começando a ficar realmente preocupado, ele me empurrou de leve para o lado e disse, para a porta:

— Entre, Cabeção. Por que está parado de pé aí fora?

29

Cabeção Wang tinha ficado impressionado com minha habilidade para chutar, naquele dia à margem do rio Funan. Depois, ele me telefonou diversas vezes, mas eu sempre desligava sem ouvir. Um dia, ele até me esperou no caminho do trabalho para casa, exibindo um sorriso bajulador. Mas agora eu sabia que conceitos como "amigo" e "irmão" eram pura balela. A verdade era que eu podia ajudá-lo a ganhar dinheiro.

Embora eu não acreditasse que Cabeção houvesse deliberadamente armado contra Li Liang, parecia que ele estava tirando vantagem deste infortúnio para fazer algum dinheiro. Entrar para a polícia era a melhor maneira de alguém se corromper. Em geral, levava menos de dois anos para que um cara se tornasse um sacana venenoso, que tiraria uma lasquinha até do próprio pai.

No ensino médio, tive um grande amigo chamado Liu Chunpeng. Ele costumava roubar melancias no mercado, e certa vez nós furamos juntos o pneu do carro de um professor. Quando nós dois fomos reprovados nas provas de admissão da universidade, fomos

MURONG

para o Pavilhão Hejiang e ficamos suspirando juntos, lamentando que os céus tivessem decidido fechar os olhos para nós. Finalmente, choramos nos ombros um do outro. Depois da graduação no ensino médio, ele arranjou um emprego como policial no distrito da estação ferroviária. Poucos anos mais tarde ele havia se tornado mau, e não quebrava o galho de ninguém. Um amigo movimentou os trilhos perto da estação norte; ele foi pego e disseram-lhe que sua carteira de habilitação seria cassada. Meu amigo me pediu que apelasse por ele. Liu Chunpeng disse:

— Ok, ok, seu problema é meu problema.

Mais tarde, porém, ele aplicou a multa e tirou alguns pontos de sua licença de motorista, o que me deixou com o rosto no chão de vergonha perante meu amigo. Em outra ocasião, eu mesmo vi quando do Liu Chunpeng surrou um trabalhador migrante até que a cara dele ficasse toda ensanguentada e ele se ajoelhasse e implorasse por misericórdia. Isso tudo porque o migrante havia sem querer pisado no pé de Liu Chunpeng. Ao parar de bater, ele ainda estava furioso, e deu um grande chute na bolsa do trabalhador. Uma caneca com o *slogan* "Sirva ao povo" caiu da bolsa e rolou rua abaixo, tilintando.

— Você pode confiar em Cabeção, mas não em qualquer outro policial — eu disse a Li Liang.

— Eu já entreguei o dinheiro — ele respondeu. — Então de que serve continuar pensando nisso?

Eu continuei maldizendo a reputação da força policial, chamando-os de animais que usavam distintivos. Li Liang me encarou com gravidade por um momento, deu um longo suspiro e então disse:

— Sabe qual é seu problema? Você não leva a sério as coisas que são sérias, e leva a sério demais as coisas menos sérias.

A expressão de Cabeção Wang naquele dia estava feia. Vermelho de raiva, ele estufava as bochechas e me encarava. Eu tinha certeza de que ele ouvira o que eu dissera. Sentia-me desconfortável; era altamente constrangedor. Bem quando eu estava prestes a fornecer algumas palavras de justificativa, Li Liang entrou em uma fúria frenética. Correu para o quarto e começou a vasculhar tudo, fazendo um tremendo barulho. Cabeção e eu nos apressamos atrás dele e vimos baús, cômodas e gavetas revirados. Li Liang estava sem fôlego e um som estranho saía de sua boca.

— O que você está procurando? — Cabeção perguntou. — Não se preocupe, Chen Zhong e eu vamos ajudá-lo.

Sem virar a cabeça, Li Liang respondeu:

— Tem mais um pacote! Ainda tenho mais um! Mais um!

A voz dele rangia de aspereza, como o uivo de um lobo em uma terra devastada.

Talvez houvesse algo errado com a memória de Li Liang. Nós viramos a casa de cabeça para baixo, mas não encontramos o pacote ao qual ele se referia. Àquela altura, sua condição se tornava mais e mais assustadora. Ele chegou ao ponto de pegar uma seringa vazia e tentar espetar no braço. Cabeção e eu nos jogamos sobre ele e a retiramos, suando com o esforço. Li Liang rolava e se contorcia no chão, remexendo o corpo em estranhas convulsões, como se fosse uma minhoca. Era a primeira vez que eu testemunhava uma cena assim; estava em choque e apreensivo, receoso de que ele tivesse um ataque cardíaco e morresse.

Cabeção ainda lutou um pouco com ele, então, sem fôlego, ordenou:

— Vai pegar uma corda para amarrá-lo!

Quando eu ia saindo, Li Liang se agarrou pateticamente a minha perna.

— Chen Zhou, eu imploro! Saia e vá buscar um pouco para mim!

Com grande esforço, eu me libertei daquele abraço. Li Liang caiu no chão, o rosto coberto de ranho e lágrimas, os lábios verde-azulados. Suas pupilas estavam dilatadas como em um cadáver de olhos abertos.

Tivemos de carregá-lo para baixo nos ombros. O céu ainda estava escuro e a cidade estava deserta, exceto por umas poucas

MURONG

pessoas que tinham passado a noite em claro e vagavam com expressões fantasmagóricas. Quando enfiamos Li Liang no carro, ele subitamente soltou um guincho muito alto. Era um som afiado como uma faca, que me penetrou na alma e fez minhas entranhas estremecerem.

* * *

Após um tratamento compulsório de quinze dias para desintoxicação, Li Liang havia ganhado algum peso. No dia em que ele saiu da clínica, seus modos estavam um tanto bizarros. Exibia um sorriso estranho, misto de alegria e decepção. Seus músculos faciais estavam tremendo, e supus que ele estivesse manifestando sintomas de abstinência.

No caminho para casa, paramos na alameda Liangjia para comer alguma coisa. Li Liang comeu como um robô, mastigando sem expressão o arroz, e sem proferir palavra.

Não consegui mais me conter e pedi:

— Mano, faz algum barulho, pode ser? Desse jeito você está me assustando.

Ele cutucou com o *hashi* as fatias de porco cozido na tigela e então respondeu, com voz pensativa:

— Porra, os restaurantes nas imediações da escola serviam uma comida melhor do que esta.

No segundo dia após seu desaparecimento, liguei para o celular dele repetidas vezes, mas ele não atendeu. Patrulhei a área procurando e quase derrubei sua porta de tanto bater, mas não houve resposta. Comecei a sentir um terror inexplicável. Depois de alguma hesitação, reuni coragem para telefonar para Ye Mei. Ela me perguntou o que eu queria.

— Vá para casa e dê uma olhada — respondi. — Li Liang pode ter se matado.

DEIXE-ME EM PAZ

O ídolo de Li Liang sempre tinha sido Hai Zi, o poeta. Em 1989, Hai Zi cometeu suicídio ao se deitar sobre a linha férrea perto de Shanhaiguan. Li Liang alegava ter lido toda a poesia dele. Tinha chegado à conclusão de que a morte fez de Hai Zi um herói, e aqueles que se agarravam pateticamente à vida deveriam ter vergonha diante de tal exemplo. Mais tarde, isso se tornou um artigo de fé para Li Liang. No segundo semestre do último ano, nosso grêmio literário promoveu um seminário sobre escrita criativa, e ele pretensiosamente investigou o futuro da literatura chinesa. Alguns jovens desocupados e vaidosos ficaram tão excitados que tiveram sangramento no nariz. Quando o encontro estava próximo do fim, Li Liang me perguntou:

— Chen Zhong, você vive para quê?

Os talentosos estudantes me encararam.

— Para a felicidade — respondi, depois de pensar um pouco.

Li Liang caminhou de um lado a outro em grande agitação, denunciando meu ponto de vista:

— Errado! A vida só tem um objetivo!

Isso foi em 1994, e Li Liang tinha vinte e um anos de idade. Ele vestia uma camiseta de listras vermelhas que havia comprado por cinco *yuans* em uma pequena barraca fora do *campus*. Ele não revelou qual seria o objetivo da vida, mas eu sabia, de qualquer forma. Era a morte.

Minha felicidade é um punhado de poeira
Em uma noite enluarada e sem vento, a extensa relva subitamente tremeu
Cédulas de dinheiro flutuaram e caíram nas montanhas
Transeuntes: suas lágrimas
Irão certamente diminuir os vestígios de minhas vidas passadas
Mas aquelas que caírem
Irão também tornar-se mais e mais abundantes
"Noite enluarada", de Li Liang

MURONG

Quando Ye Mei chegou e subiu correndo a escada, eu já havia acendido o terceiro cigarro. Ela não disse nada, apenas foi em frente e abriu a porta. Corri para dentro sem nem mesmo tirar os sapatos.

Li Liang não estava lá. O luxuoso apartamento às margens do rio Funan estava vazio como uma sepultura saqueada. A janela estava escancarada, e o vento trazia um cheiro de peixe podre. Um pássaro ainda filhote passou voando e pousou em um galho de onde caíam folhas amareladas. O outono tinha chegado, e ele também se preocupava com a volta para o lar.

Depois de procurar minuciosamente pela casa toda, tive que admitir que o corpo de Li Liang não estava escondido no guarda-roupa ou sob a cama, tampouco tinha ido descarga abaixo. Eu até apalpei o colchão de cima abaixo, imaginando que ele poderia estar escondido lá dentro. Durante todo o tempo, Ye Mei ficou simplesmente parada ali, observando enquanto eu corria ensandecido de um lado a outro. Seu olhar era puro desdém, como se eu fosse um monte de merda de cachorro e a simples visão de mim pudese contaminá-la.

Quando encerrei a busca, ela declarou, friamente:

— Eu não sabia que você era tão amigo dele.

Fiquei bravo e respondi, com uma expressão dura:

— Li Liang é meu melhor amigo no mundo. E sempre será! Eu até...

Meu rosto enrubesceu violentamente. Ye Mei havia cruzado os braços e havia em sua cara um ar de total menosprezo, enquanto esperava que eu terminasse a frase. Enchi-me de coragem e concluí, gritando:

— Eu até morreria por ele!

Ela fungou e adotou uma postura de superioridade. De uma maneira particularmente rude, ela disse:

— Li Liang não considera você tão amigo assim. Aqueles trinta e dois mil *yuans* que você lhe deve... ele nunca se esqueceu disso.

DEIXE-ME EM PAZ

Esta era Ye Mei, uma mulher que eu conhecia, mas que era ainda uma estranha para mim. Em outras palavras, eu conhecia o corpo dela, ou partes dele. Eu nunca havia me interessado por sua mente. Daquela vez em que Li Liang dissera "ela só se importa com você, agora", eu corei até as orelhas e dei o fora.

Como mestre em romance e em prostituição, eu podia compreender vagamente como Ye Mei se sentira a meu respeito naquela noite em Leshan, quando ela colapsou sobre meu corpo derramando lágrimas de partir o coração. E também quando ela atirou a taça de vinho em mim. O que me confundira fora seu comportamento depois disso. Desde o dia de seu casamento até hoje nós só havíamos nos encontrado seis vezes, e cada uma foi como se ela tivesse acabado de sair da geladeira. Ela me dava arrepios.

Depois que me divorciei de Zhao Yue, ela certa vez me ligou às 5 horas da madrugada. Confuso, perguntei quem era.

Ela se identificou.

Imediatamente, perguntei o que queria.

Ela não respondeu.

Esfreguei os olhos e ouvi uma música ensurdecedora chegando pela linha telefônica. Depois de quase um minuto inteiro, ela subitamente disse:

— Esqueça. Chamei o número errado, ok?

E, sem outra palavra, desligou.

O céu já estava um pouco claro, um filete de alvorecer penetrando pela janela direto sobre meus olhos sonolentos. Agarrei o telefone, sentado feito um idiota, com a mente vazia. Depois, recostei no travesseiro e adormeci de novo, e não acordei até que já houvesse plena luz. Quando acordei, tive uma sensação de perda, e não tinha certeza de ter sido um sonho.

Eu sabia que o que ela dissera era verdade. Li Liang era totalmente diferente de mim. Eu era descuidado e nunca sabia quanto dinheiro tinha no bolso, que dirá quanto dele me pertencia e quanto

MURONG

era de outros. Eu era o tipo de pessoa que pensava "tenho dez *yuans* no bolso, vou gastar nove em um maço de cigarros". Li Liang era muito meticuloso: lembrava-se de cada favor que havia feito e recebido. Porém, se ele se lembrava de que eu lhe devia trinta e dois mil, deveria lembrar-se também do que ele devia a mim.

No último semestre da universidade, Li Liang estava completamente quebrado. Ele havia gastado todo o dinheiro na mesa de *mahjong*. Ele sempre tivera má sorte, mas o vício do jogo havia prevalecido. Quando quer que alguém anunciasse, pelos corredores, "estamos em três, falta um", ele era o primeiro a correr e candidatar-se à mesa.

Naquele semestre eu trouxera 2.300 *yuans* comigo, mas desperdiçara tudo em três meses. No mínimo metade foi para pagar as dívidas de jogo de Li Liang. Ele não tinha o suficiente nem mesmo para comprar a passagem de trem de volta a Chengdu após a graduação, e dependia de meu generoso apoio para tudo. Ele não tinha onde ficar em Chengdu, então mais uma vez fui eu que lhe dei casa e comida de graça. Ele fumava os Red Pagoda de meu pai, e minha mãe lavava suas meias.

Sim, era bem isso o que eu queria dizer. O valor da amizade repousa sobre o uso que cada um faz do outro. As amizades em que um morreria pelo outro podem existir; por outro lado, podem também ser pura fantasia.

Então, em uma tarde de 2001, enquanto as folhas de outono flutuavam no ar poeirento, eu procurava por Li Liang, meu amigo decaído pelas drogas. Um saco plástico branco afundou lentamente nas águas cinzentas e malcheirosas do rio Funan. Fiquei em pé na margem pensando "qual amizade de vida e morte qual nada, não me faça rir".

30

Havia dois tipos de viagem de negócios em nossa empresa: lucrativo e não lucrativo. Estar em uma viagem do tipo não lucrativo significava que não havia dinheiro a ser extraído dela. O valor normal de pagamento para as despesas era bem baixo — não mais que cem *yuans* por dia para comida, hospedagem e transporte — e, portanto, qualquer um em uma viagem deste tipo acabava gastando do próprio bolso. A viagem lucrativa era uma história completamente diferente. Era uma oportunidade para embolsar algum. Bastava estender casualmente a mão para apanhar alguns milhares de *yuans*. Todos desejavam sair em viagens deste tipo, mas ninguém queria fazer o tipo não lucrativo, nem sob chicote. Essa era uma das razões pelas quais Zhou Weidong e os outros me puxavam o saco — eu tinha o direito de decidir sobre suas viagens de negócio.

A exposição comercial era um caso supremo de viagem de negócios lucrativa. A empresa nos dava um fundo de um por cento para despesas arbitrárias, do qual nós podíamos gastar com flexibilidade, de acordo com a necessidade. "Gastar com flexibilidade" era uma

MURONG

expressão sutil. Todos compreendiam e faturavam em segredo. Até Gordo Dong deixava cair a máscara da falsa honradez e gritava que iria à feira de Chongqing. Mas que porra, tudo isso por causa de umas migalhas? Eu não era ganancioso e me contentaria com apenas trinta por cento daquele um por cento. Isso significava que, se as mercadorias vendidas somassem três milhões de *yuans*, eu teria nove mil *yuans*. Era muito simples evitar dificuldades após o evento: bastava apresentar um monte de recibos de hospedagem e alimentação. Os clientes ajudavam a conseguir essas notas, então não havia problemas no retorno para casa.

Minha mais recente viagem para Chongqing pertencia, teoricamente, a uma terceira categoria. Era difícil dizer se era lucrativa ou não lucrativa. Quando Liu Três foi, ele perdeu mais de 1.000 *yuans* e levou um tapa na cara. Já eu havia gastado muito com comida e bebida e com a Jovem Amante de Velho Lai, mas havia fechado a conta com um lucro de cinquenta mil. Ainda assim, pensar nisso me deixava puto, pois o maldito Velho Lai havia recentemente pagado à empresa os 150 mil *yuans*, mas ainda não tinha dado a mim os cinquenta mil prometidos.

Assim que a feira terminou, decidi que iria a Chongqing pressionar Velho Lai pelo pagamento. Ao mesmo tempo, eu conseguiria que alguém abrisse um processo contra ele. Se ele ousasse me sacanear, eu o faria vomitar os 250 mil inteiros.

***

Eu era responsável pelas regiões de Dachuan, Nanchong, Neijiang e Zigong. Ao voltar de um circuito por meu território, eu tinha mais de dez mil *yuans* na carteira. Zeng Jiang, de Dachuan, era um representante novo, este ano. Ele foi muito cortês e me enviou uma grande parcela com um pacote de cigarros Zhonghua, duas garrafas de bebida de cinco cereais e uma enorme quantidade de *carpaccio*. Desta vez ele havia feito pelo menos 150 mil *yuans*, e sorriu tanto que quase rompeu a cartilagem nasal. Eu próprio também me sentia muito bem, ao entrar no trem de volta para casa. Eu estava no beliche superior, ao lado da janela, e puxei conversa com duas garotas da cama de baixo. Elas pertenciam à nova geração. Uma estava vestindo algo que se assemelhava a uma cortina de renda, e a outra poderia ter acabado de sair da pintura de um velho mestre. Primeiro eu elogiei as duas por serem graciosas, depois as cumprimentei por seus lindos corpos.

Ambas riram e uma disse:

— Você é esperto o bastante para fazer um elogio melhor do que "graciosa".

Após formular cautelosamente algumas perguntas, descobri que elas eram recém-formadas da Universidade de Chengdu e estavam preocupadas em arranjar emprego.

— Venham para minha empresa! — eu disse. — Preciso de duas secretárias.

Elas indagaram o que eu fazia, e respondi que era diretor do Grupo Pan-Pacífico do Pé Suado, e executivo-chefe da Companhia Chinesa do Tofu Fedido.

— Sem chance — elas riram. — Você já é fedorento o bastante, não queira nos fazer cheirar mal também.

A palavra "fazer" provocou pensamentos obscenos em mim. A mais alta usava minissaia e estava com as pernas cruzadas. Sua calcinha preta, plenamente visível, fazia meu coração palpitar.

Ao longo de toda esta viagem eu não tinha estado com nenhuma mulher. Na última noite, em Dachuan, eu me debati na cama, virando e revirando, sem conseguir dormir. Liguei a TV e passei por todos os canais, do começo ao último, até que minha cabeça ficou cheia de comerciais. Bebidas que pareciam urina dos deuses, capazes de restaurar a energia vital e reequilibrar o espírito. Um remédio ocidental falsamente apresentado como uma pílula tonificante japonesa que poderia curar qualquer doença que você tivesse — e, se você não

MURONG

tivesse nenhuma, ficaria então ainda mais saudável; bastava cheirá-la para prevenir prisão de ventre. Os mais engraçados, porém, eram os comerciais de absorvente higiênico. Você poderia mover-se livremente sem risco de vazamento, eles eram extralongos e tinham um sulco especial. Pela forma como eram descritos, pareciam máscaras contra poluição. Quando eu já estava entediado, alguém da equipe da sauna telefonou perguntando se eu precisava de uma massagem. Perguntei o preço e disseram que eram cem *yuans* mais uma gorjeta de 300, o que me pareceu razoável. Pedi que mandassem algumas garotas. A primeira tinha sardas, o que foi muito brochante, então recusei seus serviços. A segunda era muito magra, o que seria desconfortável, então eu disse "não". A terceira era muito velha, a quarta era baixinha, a quinta tinha uma queimadura de cigarro no braço. Quando eu já tinha visto muitas, a encarregada me xingou furiosamente ao telefone.

— Filho da puta! Se você não tem dinheiro, pode ir se foder.

Ela desligou desejando que eu batesse punheta até morrer. Sem saber se ria ou chorava, eu desliguei o telefone me sentindo humilhado.

O problema, na realidade, não era que as garotas fossem feias. O problema era comigo. Nos últimos anos eu havia andado com tantas mulheres que tinha lentamente me cansado de trepar. Chen Chao contava que o Imperador Amarelo dormira com mil mulheres e terminara como um deus. Ele reclamava que havia quase batido a marca do velho antecessor, mas que, ao contrário, escapara por pouco de pegar sífilis. Quando eu pensava sobre prostituição, concluía que era uma coisa muito estúpida. Você gastava 400 *yuans* só para fazer uma centena de flexões — e, quando acabava, estava sozinho. Você nunca chegava a conhecer a outra parte. Era um negócio infrutífero e inútil. Eu vinha desenvolvendo um medo cada vez maior do sentimento de vazio que vinha depois da ejaculação. Todos desapareciam e só o que restava era eu, nu, sobre a cama. Tudo entrava em colapso, e o mundo que havia perdido o desejo gradualmente se tingia de cinza.

Onde estava minha vida? Minhas ambições? Nada me entusiasmava, e essa negatividade inundava minha mente. Uma voz em minha cabeça perguntava, constantemente:

— Chen Zhong, era isso o que você queria?

Isso não era o que eu queria. Eu queria beijos, abraços e troca de olhares gentis. Eu até queria mentiras que acabassem descobertas, em lugar daquele movimento de pistões. Comecei a desenvolver medo da noite. Qualquer mínimo ruído me acordava. Quando eu abria os olhos na escuridão, tudo que eu via parecia distorcido: a lâmpada era o olho de um cadáver, as cortinas eram a capa de um assassino. Certa vez, pendurei meu cinto de couro na cabeceira. Quando acordei, no meio da noite, ele havia se transformado em uma cobra que serpenteava em minha direção. Fiquei aterrorizado. Nessas horas, eu realmente desejava que uma determinada pessoa estivesse deitada ao meu lado, as mãos dela em meu peito. Ou enroscada em meus braços, jogando conversa fora sobre qualquer coisa. Ordenando que eu lhe servisse chá. Quando amanhecesse, ela me daria um beijo e um cutucão na cabeça:

— Seu porco, se não levantar agora, vai se atrasar.

Eu não ouvira falar de Zhao Yue desde aquela noite no Baía Dourada. Eu supus que ela telefonaria para me interrogar sobre o episódio, e havia construído diversas respostas para qualquer coisa que ela dissesse. Talvez eu a xingasse de piranha barata; ou de cachorra idiota, por não ter percebido a tempo o que eu estava tramando. Talvez eu não atendesse o telefone e a deixasse cozinhando. Grite! Odeie! Morra! Eu daria um passo atrás, meramente sorrindo.

Mas ela não ligou. Isso me deu uma sensação de vazio. Era como se eu tivesse dado um murro no ar. No dia em que ela se casou, eu havia planejado ligar para cumprimentá-la, e de novo meu discurso estava pronto:

— Os adúlteros afinal se unem legalmente! — em seguida, eu cuspiria em alto e bom som.

MURONG

Quando telefonei, porém, descobri que Zhao Yue tinha chegado ao ponto de trocar o número do celular.

***

Naquela noite, quando acordei em Neijiang, minha cabeça doía como se fosse rachar ao meio. Porém, enquanto meus membros estavam fracos, minha mente não poderia estar mais desperta. Quando pensava nos vinte e oito anos que eu havia passado desperdiçando dinheiro, e lutando sem jamais obter nada, eu me sentia um merda. Eu imaginava que Zhao Yue e Yang Tao estivessem na cama, agora, e me perguntava se ela estaria fazendo sexo oral nele, sua boca aberta, a cabeça movendo-se para trás e para a frente. Quanto mais pensava nisso, mais bravo eu ficava. Chutei o acolchoado para fora da cama.

— Foda-se, isso ainda não está acabado!

Depois de dormir a noite toda no trem, eu tinha um gosto azedo na boca. Tinha também uma ereção, e precisei recitar umas falas do Timoneiro Mao antes de me atrever a sair do beliche. Eu aprendera essa técnica com o chefe de nosso departamento, que dizia:

— A política leva à impotência, enquanto a literatura cura a impotência.

Então, para estar seguro, recitei dois versos de poesia:

Subo a calça e desço da cama
Alguém viu meus sapatos?

As duas garotas se acabaram de rir, comentando:

— Gerente geral Fedido, não esperávamos que você fosse um poeta!

Desde o dia anterior, quando lhes falei sobre meu cargo, elas se dirigiam a mim como "gerente geral Fedido". Eu sorri e as convidei para comer *carpaccio* comigo. Conforme me estiquei, oferecendo, toquei sem querer na mais alta. Ela corou, mas não se encolheu, e eu senti uma onda de felicidade. Quanto mais olhava para ela, mais bonita ela me parecia e mais eu sentia que ela era meu tipo. Não pude evitar de rir alegremente.

Depois de trinta minutos de conversa amena, o trem chegou a Chengdu. Como de hábito, o céu estava nublado; como sempre, a estação ferroviária do norte estava em polvorosa. Nas saídas, as multidões pareciam formigas após uma inundação, abrindo caminho à força, mordendo-se e subindo umas nas outras para ver quem seria a primeira a rastejar para fora, rumo à perigosa cidade. As pessoas cavariam buracos em cada casa de cada pequena alameda, então iriam se enterrar e jamais tornar a emergir.

Eu insisti em acompanhar as duas até em casa. Elas disseram que não era necessário, então fiz uma expressão bem séria e avisei-as sobre os perigos da cidade.

— Há caras maus por todo lado. Como poderei ficar sossegado se vocês forem sozinhas? Olhem para sua aparência. Desse jeito, vocês vão exercer uma influência negativa sobre a sociedade. Todo mundo vai ficar olhando. Como cidadão responsável, como posso me omitir e não fazer nada, enquanto os índices de criminalidade vão às alturas?

Elas riram.

— Você é o que mais parece um cara mau, e quer nos alertar contra os outros?

As garotas de hoje em dia adoram um cafajeste. Desde que você tenha lábia e não se deixe intimidar facilmente, conseguirá o que deseja. É preciso não se gabar, porém. As pessoas são do contra. Quanto mais você disser que é péssimo, mais elas vão se concentrar em seus pontos fortes.

Li Liang nunca compreendeu isso. Na época anterior a seu diagnóstico médico, houve um período em que ele quis aprender comigo como paquerar. Fomos à maioria dos bares em Chengdu, e eu

MURONG

sempre conseguia uma garota ou várias, enquanto ele permanecia de mãos abanando. Fazendo uma análise detalhada de nossas estratégias e táticas, descobri que a maior diferença entre nós era esta: assim que abria a boca, eu admitia que era um cafajeste, enquanto Li Liang sempre conversava com as garotas sobre a vida, sobre filosofia e até a moralidade comunista. Ah, Li Liang!

Li Liang não havia morrido. Ele tinha voltado ao nosso antigo *campus*. Ele telefonou, um dia, quando eu estava saindo de Chengdu para uma viagem de negócios. Aquele filme, *All about Ah-Long*, estava passando no ônibus, na cena em que o personagem de Chow Yun-fat participa de uma competição de motocicleta e sofre um acidente, provocando um enorme engavetamento. Chow Yun-fat cai com estrondo e sai rolando, enquanto Sylvia Chung e o filho dela começam a chorar ao lado da pista. Você consegue ver a expressão anormalmente calma de Chow, sob o capacete, conforme ele cambaleia, desnorteado, ao som da trilha sonora, que descreve o infortúnio do personagem: *Aquela canção triste sempre volta para mim em sonhos, falando do passado; aqueles que dão as costas, e observam como se não se importassem, são sombras solitárias, abandonadas depois que os olhos chorosos secaram ao vento.*

O cabeludo a meu lado respirava com dificuldade e soluçava. Meu coração pulou de alegria quando ouvi a voz dele:

— Li Liang! Filho da puta, eu achei que você estava morto!

Ele riu e disse que, durante todos esses anos, havia se lembrado com muito carinho de nossa época na universidade.

Antes da graduação, Li Liang havia publicado no jornal do grêmio literário um artigo chamado *Meu lar de emoções*. Eu ainda me lembrava de algumas linhas:

Você nunca encontra os livros que procura na biblioteca. Há sempre um odor de pés suados no dormitório. Tem um pôster da atriz Maggie Chung na parede de Grande Irmão, com os seios circulados: ela é a amante ideal para ele. Na estante de livros de Chen Zhong repousa uma grande faca. Talvez um dia ele mate alguém. Cabeção tem uma marca de nascimento grotesca na barriga, mas ele afirma que quem tem este tipo de sinal se torna alto oficial.

O prelúdio de nossa juventude ainda reverberava, mas eu estava em um lugar diferente, agora. Não importava se no futuro eu teria sucesso ou fracasso, se seria feliz ou triste; nas profundezas de minha vida havia um lar que eu jamais visitaria de novo.

Sob alguns aspectos, porém, Li Liang nunca crescera. Ele estava sempre pensando no passado. Havia uma fábula que o resumia bem. Se lhe dessem um punhado de uvas, você comeria primeiro as grandes ou as pequenas? Eu escolhia as grandes, o que significava que eu era um pessimista esperançoso, que sacava a descoberto da conta bancária da vida. Embora toda uva que eu comesse fosse a maior disponível, elas se tornavam cada vez menores. Cabeção Wang escolhia as pequenas, o que significava que ele era um otimista cético. A esperança estava sempre ali, mas ele nunca conseguia atingi-la. Mas Li Liang não comia uvas — ele as colecionava.

Em seu *tour* nostálgico pela universidade, Li Liang tirou uma quantidade massiva de fotografias, muitas de fora de nosso dormitório. Eu as examinei uma a uma, e cada pequena cena me trazia à lembrança épocas já esquecidas. Nós, sentados na área externa, tomando um porre gigantesco. Uma vez, voltamos à meia-noite, formamos uma escada humana e escalamos a parede, tendo o luar às costas. Fizemos fotos e cantamos "A internacional" e "No place to hide", dos Panthers: *Não há lugar onde se esconder da vergonha, você não se sente solitário/ você já foi rejeitado pelas pessoas antes/ mas você nunca tem sentimentos/ eu não tenho lugar onde me esconder da vergonha.* Zhao Yue participava destas lembranças também. Ela costumava ficar de pé sob a árvore Guarda-sol Chinês, com a mochila e uma sacola com o lanche, esperando que eu descesse para comermos ou namorar no bosque.

Li Liang contou que nosso dormitório era tão sujo quanto antes. Havia cartazes de mulheres nuas nas paredes e meias sujas pelo chão.

MURONG

A nova geração de alunos ainda debatia os velhos temas: poesia, amor e o futuro brilhante que teriam. Na cama de Grande Irmão havia um Grande Irmão da nova geração, e na minha, um gordo de Lanzhou. Os bosques que testemunharam minhas seduções foram podados, e agora havia ali uma quadra de tênis. Zhang Jie, que trabalhava na administração da universidade, dera à luz um menino de quatro quilos. O jornal do grêmio literário mudara de nome para *O som do redemoinho*. O professor Lin, que ensinava poesia, morrera, e a esposa queimara todos os manuscritos dele. Em meio às cinzas foi encontrado um pedaço enegrecido de papel onde se podia ler uma única frase: *A jornada da vida é longa e não há ponto de descanso.*

— Você há de admitir que nós nos degeneramos — Li Liang disse.

O viciado em processo de cura Li Liang parecia exausto. Macilento e amarelado, o rosto cheio de marcas e a voz como um guincho áspero, como um porco que estivesse sendo castrado. Eu não concordava com o que ele havia dito. Não havia degeneração. Estrelas ainda eram estrelas e a Lua continuava a ser a Lua. Passar pelo rio da vida não nos tornava melhores nem piores. Nossos altos e baixos só ocorriam na superfície da água, e estavam além de nosso controle. Vinte anos atrás eu queria ser cientista, mas o Chen Zhong daquela época não era mais nobre do que o Chen Zhong de hoje. Quando passei pela porta, pensei que ambições eram como bolhas de sabão — quando estouravam, sua verdadeira natureza se revelava. O erro de Li Liang era confundir as bolhas com a vida em si.

31

Zeng Jiang, de Dachuan, veio a Chengdu em uma viagem de negócios, e eu disse a Gordo Dong que precisaria passar algum tempo com ele, distraindo-o. Honestamente, nós dois invejávamos aqueles representantes que ganhavam por comissão. Eu os invejava porque eles faziam mais dinheiro e porque as garotas em seus braços eram mais bonitas. Mas eu não aguentava sua vulgaridade e superficialidade, especialmente em Velho Lai. Deixando de lado que ele gastava todo seu dinheiro com prostitutas, você nunca ouvia nada de elevado sair de sua boca. Ele se autoproclamava "deus espalhador de sêmen" e se vangloriava de haver metido seu instrumento em garotas de trinta e uma províncias, bem como de ter feito "negócios internacionais" com a Rússia. Da última vez em que ele esteve em Chengdu, nós fomos a uma boate. Ele arragou uma garota e começou a se gabar de suas dimensões, gesticulando para ilustrar: 5 centímetros de diâmetro na ponta, peso em torno de 3 quilos, e mais de 154 centímetros quadrados. Esse tipo de conversa era tão inacreditavelmente tolo que meus olhos quase caíam da cara. As garotas também ficavam pálidas,

MURONG

tapavam a boca e se afastavem depressa. Velho Lai ficava todo convencido, acreditando que aquela era uma arma imbatível e que ele havia vencido a luta sem nem precisar entrar no campo de batalha.

Zeng Jiang, por outro lado, tinha o estilo de um sábio mercador. Ele usava roupas elegantes e sapatos caros e exibia um largo sorriso. Qualquer comparação seria embaraçosa, mas ele tinha vinte e oito anos como eu. Formara-se na Universidade Shanghai Tongji e era capaz de conversar inteligentemente sobre qualquer assunto. Eu o elogiava com frequência, dizendo: "Você é uma enciclopédia ambulante".

Certa vez, quando estávamos caminhando pelo templo Wu Hou, um casal de estrangeiros nos abordou pedindo informação. Ele conversou com eles por um longo tempo, em inglês fluente, enquanto eu fiquei de lado me sentindo um perdedor. Eu era um lixo em idiomas estrangeiros, sempre confundindo singular e plural e incapaz de distinguir os tempos verbais. Em uma das ocasiões em que Velho Lai conduziu seus "negócios internacionais", ele me levou junto e me mandou em uma pequena missão estrangeira. Ele só sabia uma frase em inglês: *fâk-iu*, que eu lhe havia ensinado para usar quando estivesse fugindo de confusão. Enfim, seja como for, naquele dia no hotel Pushkin, eu tive um branco e minha mente ficou vazia, quando subitamente dei por mim cara a cara com um destacamento de belas garotas russas. Decidi arriscar um galanteio, mas fui descuidado e disse: "Vocês é umas garota bonitas". O grupo todo riu de mim.

Quando saímos do templo Wu Hou, pensei com raiva que minha vida tinha sido desperdiçada. Eu não havia conquistado nada, minha mulher me deixara e eu acumulara dívidas. O conhecimento que eu havia adquirido na universidade acabara se revelando inútil. O que eu poderia fazer agora?

Zeng Jiang não percebeu minha expressão carregada e começou a falar sobre como gostaria de ir ao Reino Unido para estudar. Permaneci em silêncio. Eu me sentia como se tivesse sido roubado.

DEIXE-ME EM PAZ

***

Na feira comercial daquele mês, a unidade de Sichuan ficou no primeiro lugar em vendas de toda a empresa. Gordo Dong foi triunfante até o escritório central para receber seu galardão. Antes de partir, ele conduziu uma pequena reunião durante a qual ele se gabou de ser um mestre estrategista, ultrapassando Zhuge Liang[xiii], do período histórico da Era dos Três Reinos. Conforme eu o escutava, meus pulmões inchavam; se ele possuísse apenas o próprio cérebro de porco com o qual contar, jamais teria atingido aquele resultado. Nosso sucesso se resumia a dois fatores: boa coordenação publicitária e identificação de oportunidades.

Nossos rivais da empresa Lanfei realizariam a própria feira em 15 de outubro, dois dias antes do que esperávamos. No momento em que recebi esta informação, solicitei ao escritório central que nossos planos fossem antecipados. Eu pressionei o centro de logística para preparar o estoque e intimei Gordo Dong a sair do lado da esposa e comparecer a uma reunião de emergência. Nós nos sentamos até as 3 horas da manhã, e finalmente havíamos decidido um plano detalhado. Naquela ocasião, este assim dito mestre da estratégia só havia sido capaz de concordar. Ele não contribuíra com um peido que fosse.

Aquele era o segundo dia desde o desaparecimento de Li Liang. Ao sair do escritório, notei a Lua solitária espalhando feixes irregulares de luz nas alamedas entre os conjuntos de prédios. Exceto por uma ou outra estrela cadente, a cidade estava completamente imóvel e silenciosa. Retornei lentamente para meu lar abandonado, pensando em Li Liang, o coração vazio como um trecho de deserto: interminável, solitário, sem uma única lâmina de grama a crescer.

Em 24 de outubro era meu vigésimo nono aniversário. Minha mãe telefonou no trabalho insistindo para que eu fosse jantar em casa. Ela disse que havia cozinhado um monte de comida e que meu

MURONG

pai já havia separado o vinho. Eu ri em silêncio. Embora não soubesse por quê, eu me sentia ligeiramente angustiado.

Naquela noite, entretanto, tivemos uma refeição feliz, juntos. O bife que minha mãe preparara estava picante o bastante para trazer lágrimas aos olhos, mas ainda assim nos atiramos sobre ele como lobos. O velho me desafiou:

— Hoje, vou beber mais do que você.

Heroicamente, consegui beber duas doses para cada uma dele, chegando a seis duplas. Alguém havia conseguido para meu pai vinho por atacado, da fábrica de Quanxing, e a bebida era forte como um touro. Eu me senti aquecido da cabeça aos pés, o cérebro boiando em uma satisfação etílica. Apesar da derrota esmagadora, ele ainda se gabou de trinta anos antes ser capaz de bater outros dois, ou até três. Todos riram com vontade. Meu sobrinho fungou tanto que acabou vomitando sobre si mesmo.

* * *

Antes que minha irmã desse à luz seu filho, ela e o marido costumavam brigar ferozmente. Quando os dois começaram a namorar, ele era um fotojornalista modesto, mas com grandes ambições. Seu sonho era tornar-se um famoso jornalista[xiv]. Ele ia a todo lugar, dia e noite, levando a câmera escondida. A divisão dele possuía alojamento, mas minha irmã declarou que preferia morrer a deixá-lo viver ali — era sujo e deprimente, adequado apenas para estocar rabanetes, ela dizia. De modo que passamos dois anos espremidos, todos juntos, na casa de nossos pais. Minha irmã e o marido ocupavam o quarto ao lado do meu. Com frequência, no meio da noite, a cama de estrutura de ferro chacoalhava e rangia. Certa noite, aquilo se tornou tão insuportável que me levantei e esmurrei a parede em protesto, levando meu cunhado "famosa prostituta" a ficar corado por vários dias. Em 1994, contudo, o relacionamento deles atingiu um ponto agudo de crise — provavelmente algo relacionado à crise dos não sei quantos anos. Eles discutiam oito vezes por dia, meu cunhado ia embora batendo a porta e minha irmã chorava em silêncio. Aproximadamente na época do Festival da Primavera, eles tiveram outra grande briga. Minha irmã estava grávida, e tremia de fúria. Ela ergueu o punho contra ele e berrou:

— Você não passa de um imaturo retardado!

Meu cunhado se encostou à parede sem dizer nada. Eu protestei dizendo que minha irmã não estava sendo razoável, e que era errado aborrecer tanto alguém. Ela ficou tão furiosa que bateu na própria barriga. Cheia de indignação, ela gritou:

— Céus, mas nem você fica a meu favor? Você não sabe que ele tem uma amante?!

Agora eu percebia quão comum era esse tipo de coisa. Perambulando por Chengdu, não havia maneira de dizer se os homens com quem eu cruzava eram honestos, se as mulheres eram fiéis. Traição e autoindulgência eram as características de nossa época. Era exatamente como dizia Cabeção Wang: cada um defende o seu. Porém, lá atrás em 1994, o Chen Zhong que ainda tinha algumas ilusões sobre o amor ficou tão fora de si que quase esmagou o chão. Aquele Chen Zhong atacara o cunhado rugindo. Olhando para trás agora, eu via tudo como uma fantástica parábola sobre os instintos humanos. Minha irmã soluçou alto, minha mãe chorou baixinho, meu cunhado terminou arriado no chão, tremendo e resmungando, com a cabeça apoiada nas mãos.

Foi muito difícil para minha irmã superar o *affair*. Por dois meses ela empreendeu uma guerra fria contra o marido. Às vezes eu me perguntava se a saúde frágil de Dudu era resultado disso tudo. Era uma fase muito dura para meu cunhado também, sem dúvida, tendo de tolerar aquelas expressões superciliares e a frieza de meu pai e minha mãe. Mas ele acabou por se arrepender, sinceramente, e depois de pouco a pouco retrabalhar os sentimentos de minha irmã, conquistou a mim também. De má

MURONG

vontade, mudou-se com ele e recuperou a saúde. Ela vendia carros e gostava de ser boa esposa e mãe.

A carreira de meu cunhado progredira bastante bem, nos últimos anos. Ele foi o primeiro a noticiar várias histórias importantes e até esteve no Oriente Médio, uma vez. Dizia-se, inclusive, que ele estava prestes a ser promovido a subeditor. Agora, minha irmã tinha uma expressão radiante. Toda vez que vinha, despejava uma torrente de elogios às conquistas do marido. E mais: nestes dias, ele nunca se esquecia de telefonar para informar a ela sobre onde estava. Todos os meses, ele entregava o salário diretamente à pessoa responsável pelos assuntos domésticos: minha irmã. Ela lhe dava uma mesada, de acordo com as necessidades dele. Quando ela teve um problema nas costas, ele aprendeu sozinho a fazer massagem, e toda noite pressionava as mãos e os pés sobre ela. Brincando, ele descrevia isso como "comportamento tirânico legal".

* * *

Depois do jantar, joguei *go* com meu pai. Minha irmã mais velha ajudou minha mãe com a louça, então reuniu a família e partiu. Pela janela, eu os observei caminhando de mãos-dadas pelo jardim, sob as luzes dos edifícios. Meu sobrinho saltitava em torno deles como um cachorrinho. Meu cunhado disse alguma coisa para minha irmã, que lhe deu um empurrão de leve e então caiu na risada, o rosto como o desabrochar de uma flor de pêssego.

Subitamente, pensei em meu antigo lar e visualizei nossa velha rua à noite, pontilhada de luzes, como joias. Apenas poucos meses antes, Zhao Yue e eu andávamos juntos por ali. Minhas entranhas estavam apertadas por uma dor que não ia embora fazia séculos; parecia que eu estava sendo rasgado por dentro. O velho me observou por um tempo e então disse, com um tom de voz casual:

— Ainda descuidado com seu canto. Roubei três peças suas.

DEIXE-ME
EM PAZ

Naquele dia, recebi três telefonemas por meu aniversário: Li Liang, Zhou Yan e um que eu não esperava, Ye Mei.

Zhou Yan era agora assistente do executivo-chefe de uma instituição que pesquisava alimentação suína. Era uma função um tanto vaga, e expressei minha preocupação sobre as exigências do pau do chefe. Ela riu e me mandou à merda.

— Você pensa que todo mundo é tarado como você.

Zhou Yan era uma garota estranha. Ela necessariamente tinha que saber o que eu desejava dela, e estava sempre sorrindo — mas, quando eu pensava que poderia avançar um passo em direção a meu objetivo, ela recuava de imediato. Uma vez, durante uma convenção de vendas no hotel Jinzhu Garden Holiday Village, nós cantamos algumas músicas juntos: *Quando chove, eu beijo você; na primavera, eu abraço você*. Minha cabeça girou quando me imaginei "abraçando" Zhou Yan nas mais variadas posições. Quando os clientes foram para seus quartos, sugeri que fôssemos dar uma caminhada. Ela me olhou de soslaio e fez um volteio com a bolsa, dizendo:

— Ah, você... Basta um sorriso e lá se vai seu autocontrole.

Em seguida, foi para o quarto. Eu não consegui saber se ela havia se divertido ou se aborrecido, e minha confiança estufada murchou como um saco de papel.

A ligação de Ye Mei me deixou ao mesmo tempo excitado e nervoso. Desta vez ela não demonstrara sua frieza habitual, mas, em lugar disso, dissera "feliz aniversário" com uma voz bastante gentil. Fez meu coração bater mais depressa. Papai estava sentado no canto, irremediavelmente apanhado por meus estratagemas. De uma forma levemente bizarra, conversei com Ye Mei. Ela havia aberto um pequeno bar na estrada Bacon, chamado Moinho Dinastia Tang. Assim que ouvi o nome, soube que tinha sido ideia de Li Liang. Por alguma razão, isso me irritou. Quando éramos estudantes, a banda Dinastia Tang tinha acabado de estourar, e Li Liang escreveu uma música à qual chamou

MURONG

de "Sonhando com a Dinastia Tang". Alguns trechos se tornaram famosos por toda a universidade:

Vejo-a sorrindo suavemente de novo
Vejo seu longo cabelo esvoaçando de novo
A Changan de milhares de anos atrás, para além dos sonhos
Eu a vejo virar-se subitamente
Um sentimento profundo, distante como a rota da seda

A voz de Ye Mei estava um pouco áspera e muito anasalada. Parecia que estava resfriada. Eu lhe disse que cuidasse da saúde, ela respondeu com reconhecimento e apreço e então perguntou:

— Você está livre hoje à noite? Venha, vamos dar uma saída.

Sua voz era a de uma criança mimada.

Minha mãe estava delirantemente feliz, pensando que eu havia encontrado uma nova namorada. Ela suspendeu o tabuleiro do jogo e mandou que eu me apressasse rumo ao encontro. O velho protestou, afirmando que ela fora longe demais. Com grande dificuldade, ele havia cercado a maior parte de minhas peças, e estava prestes a desferir o golpe fatal. Parecia que minha mãe ia bater nele:

— Meu filho não tem tempo para jogar com você. Você não ouviu que há uma garota à espera dele?

Ainda rindo, desci. Quando liguei o carro, o motor exausto tremeu e resfolegou como um velho asmático lutando por ar. Manobrei pelo estacionamento de bicicletas e por um pequeno comércio, e desemboquei em uma rua repleta de pessoas e carros. Conforme eu me lembrei daquela noite de selvagens emoções com Ye Mei, e dos sete meses que se seguiram, episódio após episódio, senti como se minha cabeça estivesse cheia de pelos de cachorro. Meus sentimentos estavam realmente uma bagunça: felicidade, arrependimento, vergonha.

Passando pelo hospital, lembrei-me de Zhou Weidong. Durante a feira de vendas, eu dera um jeito para que ele fizesse o circuito de

Deyang, Mianyang e Guangyang. O cara não teve uma única noite de descanso. Ao término das reuniões comerciais, sua "arma" estava exaurida, inchada como uma cenoura, e tão dolorida que ele chorava como um bebê. Eu o levei ao hospital e durante todo o caminho ele se virou e remexeu sem parar, em grande agonia. Quando chegamos, o médico lhe disse:

— Vamos começar com um exame de sangue. Precisamos eliminar a possibilidade de AIDS.

Zhou Weidong quase se mijou. Meu próprio coração também deu um pulo. Mais tarde, percebi que o médico estava deliberadamente tentando assustá-lo. Era apenas gonorreia. Ele precisaria voltar ao hospital todos os dias para duas injeções, cada uma custando 180 *yuans*. Zhou Weidong não tinha todo aquele dinheiro, então tomou dois mil emprestados comigo.

Dei o dinheiro por perdido. Uma porca se tornaria Gong Li antes que Zhou Weidong reembolsasse qualquer pessoa. Ele não era sovina, mas era muito esquecido. Quando tinha dinheiro, você podia pedir emprestado, e ele se esqueceria da mesma forma. Ainda assim, foi doloroso, porque meu salário estava agora reduzido a uns poucos milhares por mês. Do jeito como as coisas estavam indo, eu em breve precisaria recorrer às economias de novo.

Decidi ligar para Velho Lai. Na reunião comercial, ele havia vendido mais de dois milhões de *yuans* e, com todos os acréscimos, seu lucro bruto não seria inferior a 300 mil. Desta vez ele não conseguiria escapar me contando como estava duro.

Velho Lai não respondeu por uma eternidade e eu silenciosamente amaldiçoei várias gerações de seus antepassados. Enfim ele atendeu. Disse que estava tratando de negócios com um colega no escritório, e me pediu para ligar no fixo dentro de meia hora. Eu parei o carro no acostamento jurando brigar com Velho Lai até o fim.

MURONG

Neste momento, Ye Mei me ligou perguntando se eu estava a caminho. Depois de hesitar um pouco, decidi ser honesto:

— Eu quero ir, mas não posso chatear Li Liang.

Ye Mei gaguejou violentamente, como se algo que estivesse bebendo houvesse irritado sua garganta. Bufando, ela gritou:

— Esquece! — e bateu o telefone.

Pensando em seu corpo no pós-coito, eu suspeitei que havia algo de errado comigo.

Velho Lai não ficou enrolando. Disse frontalmente que não tinha nenhuma intenção de me dar os cinquenta mil. Eu atirei a bituca longe, respirei asperamente por um momento e então respondi, com frieza:

— Ok, então você está preparado para receber uma notificação legal? Você ainda deve 280 mil *yuans* à companhia.

Velho Lai apenas riu. Eu tinha vontade de enfiar o punho pelo telefone e esmagar aquela cara de cachorro.

— Não há nenhuma possibilidade de sua empresa entrar com uma ação judicial contra mim — ele disse.

Eu blefei:

— Processo ou não, isso não está em nossas mãos. Espere e verá.

Houve um ruído de murmúrios ao fundo, como papéis sendo arrastados.

— Tentar me assustar não vai funcionar — Velho Lai disse. — Chefe Liu já me garantiu que eles não vão me processar.

Eu deveria ter percebido que alguma coisa estava sendo tramada, mas não pude evitar de dizer, furiosamente:

— Chefe Liu é do RH e não entende nada desse tipo de coisa. Quando se trata de negócios, o executivo-chefe dá ouvidos a mim!

Velho Lai não respondeu de imediato. O ruído de sussurros se intensificou. Então, depois de mais ou menos um minuto, ele disse:

— Chefe Liu está sentado bem aqui ao meu lado. Quer falar com ele?

32

Cheguei cedo ao trabalho e Velho Yu já estava em meu escritório esperando por seus 170 mil. No final do ano anterior, eu havia adquirido 260 mil *yuans* em autopeças. Eu ouvira dizer que o governo iria aumentar o preço das peças produzidas por fábricas de pequeno porte, e quis ajudar a empresa a cortar os custos com compras. Jamais teria esperado que, meses depois, o aumento ainda não tivesse se concretizado. Na verdade, algumas peças haviam sido vendidas por menos do que tinham custado. Calculei que, se me livrasse de todas ao preço atual, eu perderia pelo menos trinta mil. Quando conversei com Velho Yu sobre algum tipo de arranjo, porém, ele disse que preferia morrer a fazer alguma concessão. Orientei a contabilidade a suspender os pagamentos. Depois que seis meses haviam passado, Velho Yu começara a ficar preocupado e telefonara para me ameaçar. Ele disse que estava pronto para levar o caso às cortes. Eu ri tão alto que as paredes quase desmoronaram.

— Faça isso — eu disse. — Você vai vencer, com toda a certeza.

MURONG

Até que nosso caso fosse apreciado em juízo, no mínimo mais dois meses teriam passado. Velho Yu já estaria cansado da coisa toda. E, mesmo que a corte decidisse contra mim, o pior que poderia me acontecer era ter de devolver as peças. Ele estaria realmente disposto a abrir mão de uma quantia significativa como 170 mil *yuans*?

Ao fazer todo esse raciocínio, Velho Yu ficou bastante deprimido. Depois disso, ele me visitava todos os dias, como um netinho bem-comportado, acendendo meus cigarros, agindo com cortesia e sendo respeitoso. Ele grudou em mim como um emplastro, e eu não conseguia me livrar.

Quando me viu entrar, Velho Yu logo assumiu uma expressão bajuladora. Ele me acendeu um cigarro, preparou chá e jogou conversa fora por um longo, longo tempo. Aparentemente, sua família estava passando por uma série de dificuldades. O filho iria em breve começar na escola, a esposa precisava de tratamento médico e o corpo da mãe, falecida aos oitenta anos, precisava ser cremado.

Forçando uma risada, falei:

— Isso tudo não tem mais nada a ver comigo. Você deveria procurar Gordo Dong. Eu fui demitido.

Velho Yu escancarou a boca, exibindo uma fileira de dentes amarronzados. Ele olhou para mim como se visse um fantasma.

* * *

A decisão do escritório central tinha dois componentes principais. Em primeiro lugar, demitir Chen Zhong imediatamente, com Liu Três assumindo o departamento comercial. Em segundo lugar, interromper por completo o pagamento do salário, o subsídio e o reembolso de despesas. Os restantes 260.900 *yuans* que eu devia precisavam ser quitados em até dez dias, do contrário a polícia seria envolvida.

Mesmo antes de ouvir até o fim eu já tinha ficado pálido e com o estômago revirando. Eu estava petrificado.

DEIXE-ME
EM PAZ

Depois que leu a decisão, Gordo Dong bancou o Senhor Boa Gente, dando-me tapinhas no ombro e dizendo:

— Chen Zhong, nós somos colegas. Nunca achei que veria isso acontecer. Cuide-se.

Seu sorriso era exasperante. Eu me levantei, chutei a cadeira e lhe dei um soco na cara. Gordo Dong bateu contra a parede como uma montanha de gordura, provocando um barulho nojento. Os presentes pularam como se tivessem recebido um choque elétrico. Abri a porta com violência e saí, com os cabelos arrepiados e os dentes firmemente cerrados.

— Foda-se. Você que me aguarde! — gritei para Gordo Dong.

Esta catástrofe era cem por cento obra de Dong. Depois de minha conversa telefônica com chefe Liu, minha mente repassou tudo à velocidade da luz, tentando esclarecer as coisas. Agora eu sabia por que Gordo Dong havia insistido em ir a Chongqing durante a feira. Ele tinha ido desenterrar contratos de venda de dois anos antes. Também era óbvio por que chefe Liu havia repentinamente se tornado frio comigo. Eu imaginava como ambos haviam conspirado juntos, cavado um buraco e se posto de lado, esperando que eu caísse. Aqueles cachorros — porra! Ao mesmo tempo, eu sentia uma difusa raiva de mim mesmo. Eu não deveria de jeito nenhum ter telefonado a Velho Lai naquele momento. Se chefe Liu não estivesse lá, eu poderia sem a menor vergonha ter insistido em que não havia prova nenhuma contra mim além da palavra dele. Onde estavam os registros por escrito? O que a empresa poderia fazer? Eu nunca imaginei que eles chegassem ao ponto de me demitir. Agora, já não importava o que eu dissesse — nada teria serventia.

***

Em meu penúltimo ano na universidade, quase sofri uma expulsão, por causa do notório incidente do filme pornô. Aquela foi a primeira

269

MURONG

crise séria de minha vida. Mais tarde, disse a Li Liang que, se tivesse sido posto para fora, eu não teria voltado a Chengdu. Em lugar disso, eu teria me deitado sobre algum trilho ferroviário congelado, exatamente como nosso ídolo Hai Zi.

No início dos anos 1990, ter o próprio negócio era uma febre entre estudantes universitários. Todos debatiam furiosamente se era mais provável fazer fortuna vendendo chá ou vendendo ovos. Era como se tivéssemos sido rudemente acordados por um jorro de urina, e jogado fora o dever histórico do estudante chinês: *enfrentar os céus, dar a vida pelo povo, estudar para atingir a santidade e conquistar a paz pela eternidade.*

Nós perdemos a cabeça na tentativa de ser os primeiros; perdemo-nos do caminho porque éramos loucos por dinheiro. Naquela época, quem não pudesse dizer que havia sido pelo menos um vendedor ambulante ficava envergonhado. No auge da loucura empreendedora, a porta da cantina ficou repleta de todo tipo de anúncio: livros, educação familiar; as palavras eram pomposas e sedutoras. Fora de nosso dormitório, formou-se uma floresta de barracas — barulhentas noite e dia, frenéticas e alvoroçadas como em uma feira livre. Cada indivíduo era uma corporação. As pessoas batiam na porta de nosso dormitório oitenta vezes por dia, vendendo camisetas e meias, macarrão instantâneo e mostarda picante, escovas, espelhos e maquiagem. Alguns até vendiam preservativos. Corriam muitos boatos sobre pessoas que enriqueceram da noite para o dia. Falava-se de um aluno da Universidade Normal que havia amealhado milhões negociando aço, e que agora ia para a aula dirigindo o próprio Lincoln. Outro rumor dava conta de uma garota do departamento de política, que tinha investido alguns milhares em ações que em menos de um ano se transformaram em um milhão.

Quando se tratava de fazer fortuna, eu não era nem um pouco preguiçoso. Comecei uma cervejaria, depois aluguei uma loja de livros e em seguida um salão de bilhar. Tive uma pequena barraca onde vendia camisetas e livros baratos. Finalmente, no segundo semestre do terceiro ano, tive a ideia de arrendar a sala de cinema.

Naquela época eu criei um ditado que se tornou famoso: dinheiro é para ser ganho, não poupado. Apesar de possuir diversos negócios, eu nunca tinha muita grana. Meus lucros iam todos em cerveja. A sala de projeção era o mais lucrativo, de longe. Hu Jiangchao, do departamento de inglês, sublocou-a por três meses e até sua urina se tornou ouro. Todos os dias ele fazia três refeições fora do *campus*. Minhas exigências, naquele período, não eram tão ambiciosas: eu só queria poder comprar algumas roupas para Zhao Yue de vez em quando, e ocasionalmente convidar os amigos para uma refeição.

Estive no negócio dos filmes por quase um semestre e acumulei um bom dinheiro, mas afinal perdi tudo.

No começo, as coisas não foram muito bem. A cada dia, apenas cinquenta ou sessenta pessoas apareciam no guichê, e isso não chegava nem perto de pagar o custo do aluguel. Eu peregrinei por todo lado em busca de grandes filmes: ... *E o vento levou*, *A ponte de Waterloo*, *Jurassic Park*, *O silêncio dos inocentes*, e todos os filmes de *kung fu* de Hong Kong com o astro Chow Yun-fat. Eu colei cartazes suficientes para eclipsar o sol e recobrir a Terra. A cada sábado eu exibia uma sessão de clássicos e então, noite adentro, passava programas de TV populares em nossa juventude. Subitamente, o negócio decolou. No melhor dia, vendi mais de quatrocentas entradas. Ao acrescentar refrigerante, melão, pão, cigarros e por aí afora, nosso lucro era de mais de 1.200 *yuans*. Eu depressa fiquei cansado de tanto sorrir.

As férias começaram em 2 de julho. Eu havia resolvido interromper o negócio, ir com Zhao Yue para o nordeste e aproveitar o descanso. Entretanto, Hao Feng, do departamento de educação física, procurou por mim e me entregou três filmes pornográficos: *O amante de Lady Chatterley*, *I'm crazy for it* e *Sexo e zen*.

MURONG

Ele me implorou para exibi-los, dizendo que eu poderia cobrar quanto quisesse. Lentamente, minha resolução se enfraqueceu. Como fazia muito tempo que não ocorria uma inspeção, calculei que seria improvável que alguma coisa desse errado. Passar os filmes também evitaria problemas com os colegas. Entretanto, eu nunca teria imaginado que o sujeito fosse reunir imediatamente trinta caras ou mais. Fiquei nervoso e disse-lhe:

— Gente demais não é seguro. Não posso fazer isso.

Hao Feng incentivou que os trinta caras se juntassem a ele em um ataque contra mim. Eles vieram com um monte de bobagem, dizendo que eu seria um herói. Depois de algum tempo, não pude mais resistir. Heroicamente, afirmei:

— Vamos em frente. Se cair o céu, eu seguro.

Certo poeta uma vez disse que "a vida é um rio", e eu sabia o que ele queria dizer. Sob a superfície tranquila do rio, existem fortes correntezas. Um pequeno descuido poderia levar o barco ao naufrágio.

Se eu não houvesse sido tão impetuoso naquele dia, nada teria impedido que eu me formasse com honras. E, se houvesse me formado com honras, eu não teria sido rejeitado pelo comitê de publicidade do escritório local do Partido Comunista, e forçado a aceitar um emprego em uma empresa automobilística. Se não tivesse ido trabalhar em uma empresa automobilística, eu não seria agora como um cão desgarrado e fraco, cambaleando, confuso e tonto, no ar poluído da estação oeste. Minha visão estava embaçada; meu rosto, trêmulo, e meu espírito, deprimido.

Naquela noite de verão, sete anos antes, na sala de projeção, os astros pornôs Ye Zimei e Xu Jinjiang estavam em plena ação em uma banheira. Mais de trinta caras, babando pelo queixo abaixo, assistiam aos dois arrancando a roupa um do outro. Com mais de 200 *yuans* nas mãos, eu ria, em silêncio. Então, subitamente, a porta foi chutada e as luzes foram acesas. Chefe Tang, do departamento de segurança, brutalmente me ordenou que o acompanhasse. Atrás dele, vários guardas esquadrinhavam a sala, como bandoleiros nacionalistas vasculhando as montanhas. O lugar mergulhou no caos. Havia barulho de pessoas correndo, de assentos batendo, de vozes em alarido. Dois caras tentaram escapar pela janela, mas foram contidos pelo grito de Velho Tang:

— Ninguém sai! Chamem os responsáveis das faculdades de cada um, para que cuidem deles!

Então ele me agarrou:

— E você vem comigo para o gabinete da segurança.

Eu sentia como se o mundo todo tivesse entrado em colapso. Hao Feng ainda tentou se desculpar, mas eu o empurrei e fui com Velho Tang. Uma vez dentro do gabinete, não pude mais sustentar meu corpo, e precisei me apoiar em uma parede, engasgado e arfando, com braços e pernas transformados em água.

Eu estava preparado para morrer. Chorando copiosamente, jurei ao responsável de minha faculdade que, se fosse expulso, eu pularia do décimo sexto andar do prédio. Isso assustou o velhote de tal forma que seu rosto empalideceu. Ele foi à secretaria e arriscou o pescoço ao escrever coisas favoráveis a meu respeito. Enquanto isso, reuni todo o lucro dos meses anteriores, cerca de dez mil *yuans*, e distribuí como propina entre o gabinete do reitor e a secretaria. Por fim, entreguei um gordo envelope vermelho para o vice-reitor responsável pelos alunos. Primeiro, ele adotou uma postura de elevado estofo moral, tratando-me como um arrombador bem à porta e atacando minha falta de vergonha por tentar comprar favores pessoais. Depois que eu implorei vezes sem conta, jurando manter segredo, ele finalmente aceitou, parecendo constrangido. Ainda tendo no rosto aquela expressão santificada a declarar "eu tenho mais valor do que você", ele disse:

— Ok, você não será expulso, volte para o dormitório.

Desde então, sempre tive muita clareza de uma coisa: não há no mundo mal que não possa ser remediado com dinheiro. Não existia

MURONG

virtude incorruptível. Li Liang ficou muito indignado com isso e escreveu um poema:

Mesmo que eu jamais seja perdoado
Quero gritar bem alto no inferno
Santos... Meu pecado
Surge de vocês, deuses.

Naquela época, nós éramos todos muito inocentes. Ninguém questionou a causa do desastre. Não foi até três anos mais tarde, quando minha antiga companheira de amassos Peônia Negra se casou, que eu subitamente tive uma luz.

Quando as coisas começaram a ficar sérias com Zhao Yue, eu ainda estava com Peônia Negra. Meu comportamento de manter cada pé em um barco era vergonhoso e a deixava brava; ela com frequência me dizia que eu era inumano. Ela era uma dessas garotas que são rústicas por fora, mas refinadas por dentro. Quando ela se despia, revelava um corpo peludo. Certa noite, pouco antes do apagar das luzes, ela me chamou lá embaixo e perguntou, feroz:

— Você quer a mim ou a ela?

Fui adúltero por muito tempo antes de finalmente encontrar coragem.

— Meus sentimentos mais fortes são por Zhao Yue — eu disse a ela.

Peônia Negra fechou a mão e armou o soco. Parecia inevitável que ela fosse me acertar, então fechei os olhos e me preparei para o golpe. Felizmente para meu rosto, nada aconteceu. Quando tornei a abrir os olhos, eu a vi subindo as escadas de volta, os ombros subindo e descendo à luz do luar.

Enfim, o noivo dela, um homem imenso da Mongólia Interior, era do departamento de educação física, chamava-se Yao Zhiqiang e tinha estado na sala de projeção naquela noite. Ele foi uma das duas pessoas que não foram arrastadas para o gabinete da segurança.

DEIXE-ME EM PAZ

Plante melões e você colherá melões; plante feijões e você colherá feijões. Um monge budista disse: "O azar e o desastre não têm raízes". Todas as coisas são ocasionadas por você mesmo. As montanhas diante de você foram criadas por seus próprios olhos.

Parado em pé no meio da agitada estação oeste, sem emprego, casa nem mulher, eu pensei: "Você, Chen Zhong. O que você criou para si mesmo?"

Esta Chengdu, conhecida como a palma de minha mão, estava repleta de perigo, turbulência e incerteza. Havia sempre muros e construções sendo demolidos, buracos sendo cavados e estradas sendo consertadas. Havia sempre vendedores ambulantes e prostitutas que puxariam sua manga e o atormentariam.

Carregando uma modesta sacola de papel, abri caminho pela multidão. Eu sentia a alma gasta como as ranhuras na sola de um sapato já muito usado. Na sacola repousavam uns poucos itens pessoais que eu trouxera do escritório: alguns livros (sobre vendas e *marketing*), alguns certificados por cumprimento de metas e umas fotos que jamais ousei deixar que Zhao Yue visse — eu e minha amante vendedora de grissinis, eu e Zhou Yan, eu com a *miss* Sichuan. Eu tinha vivido como a cigarra que não percebeu a aproximação do outono, desperdiçando minhas reservas de felicidade tão despreocupadamente quanto possível. Eu fizera milhões para a empresa, ao longo dos últimos anos. E tudo o que tinha de meu estava naquela pequena sacola.

33

Na verdade, eu ainda tinha cinquenta e oito mil *yuans* em minha conta bancária. Tudo que meu velho possuía não valeria mais do que isto. Minha irmã tinha algum dinheiro até recentemente, mas em agosto comprara um apartamento. O que lhe sobrara não era suficiente nem para uma nova decoração. Quando quer que eu pensasse sobre dinheiro, sentia vontade de bater a cabeça contra uma parede de tijolos. Eu tinha as entranhas em fogo. A comida parecia insossa e ao dormir eu tinha pesadelos. Minha urina era tão amarela quanto suco de laranja recém-espremido. Certa manhã, ao acordar, descobri uma grande bolha na boca. Eu a estourei enquanto escovava os dentes, e doeu tanto que eu não conseguia parar de pular.

O advogado do escritório central havia chegado a Chengdu. No dia anterior, ele me telefonara para dizer que as instruções de chefe Liu eram de não poupar esforços para obter todo o dinheiro de volta.

— Mesmo que você fuja, seu fiador não terá como escapar — ele me disse.

Eu me sentia rangendo os dentes até as raízes. Eu estava desesperado para enfiar a mão pelo telefone e agarrar o filho da puta pela

MURONG

garganta. O fiador a quem ele se referia era ninguém menos que meu pai. Quando entrei na empresa, ele assinou um contrato em que se comprometia a reembolsar financeiramente quaisquer perdas que eu viesse a causar.

Meu cunhado disse que isso equivalia a punir uma pessoa pelos erros de outra. Meu pai ainda não sabia do que tinha acontecido.

Quando acabei de falar com o advogado, fui para casa. Assim que cheguei à porta, vi aqueles dois idosos agachados, consertando minha cama. Minha mãe ainda tentava me convencer a voltar.

— Veja, você emagreceu. Claro, longe de casa você não ingere suficiente comida quente.

Antes, eu decidira ser claro com eles. Porém, diante desta cena, eu não conseguia encontrar as palavras. Enquanto jantávamos, papai perguntou como iam as coisas no trabalho. Quase deixando cair os *hashis*, consegui balbuciar:

— Bem. Vão bem.

Por dentro, eu estava insuportavelmente envergonhado. Tinha vontade de pular pela janela.

Eu discuti a situação com Zhou Weidong. Ele me confortou, dizendo que a empresa estava dando uma demonstração vazia de força.

— Isso é no máximo uma questão para a corte civil. Eles não podem despejar nenhuma responsabilidade jurídica sobre você. Do que você tem medo?

Mas eu estava pessimista, porque já vira como Cabeção Wang lidava com casos assim. O antigo dono da empresa Yingdao tinha sido espancado só por ter importado alguns pacotes de cigarro falsificado. Ele apanhou, foi multado e perdeu a fortuna da família.

— Uma vez no centro de detenção, esqueça culpa e inocência — Cabeção Wang certa vez me disse. — Só existe boa sorte ou má sorte. Nunca há uma chance de falar em defesa própria.

Era impossível negar minha dívida. De qualquer forma, se a empresa realmente quisesse me liquidar, bastaria dar alguns milhares de *yuans* aos policiais. Eu nem saberia do que tinha morrido.

***

Não houvera contato entre Cabeção e mim desde o incidente de Li Liang. Eu acreditava que ele havia entendido que, a menos que tivesse uma boa explicação, nem eu nem Li Liang quereríamos sua amizade. Não havia necessidade de verbalizar isso.

Li Liang achava difícil confiar nas pessoas, incluindo eu, seu melhor amigo. Fazia dez anos que nos conhecíamos, mas quanto mais o tempo passava, mais eu o estranhava. Era como se eu nunca houvesse realmente penetrado em sua vida, em seu coração.

Desde que ele descobrira minha aventura com Ye Mei, sua atitude em relação a mim tinha sido estranha. Ele não era amigável nem totalmente indiferente. Recentemente, minha mãe havia preparado um prato à base de frango, que levei para ele em um recipiente térmico. Quando eu disse que desejava suas melhoras, ele pareceu comovido. Porém, alguns dias mais tarde voltei à casa dele e encontrei o recipiente em um canto da cozinha. Não tinha sido aberto. Quando vi que a materialização de minha boa vontade estava abandonada e criando bolor, perguntei-lhe por que não havia comido, mas me arrependi assim que pronunciei as palavras. O que Li Liang queria transmitir era perfeitamente claro. Ele não estava preparado para aceitar nenhuma gentileza de minha parte. Essa atitude me deixou ao mesmo tempo indignado e entristecido.

Eu não sabia como ele reagiria se eu lhe pedisse dinheiro emprestado. De minha parte, eu preferiria ir para a cadeia a ser humilhado por uma eventual recusa. Isso ao menos ainda seria um traço de hombridade. Eu não teria esgotado completamente os princípios de nossa juventude.

MURONG

Em nosso segundo ano na universidade, o grêmio literário lançou o jornal *Talvez*. Ele imediatamente causou impacto no *campus*. Li Liang publicou um artigo em que escreveu: *Não afundaremos na degradação. Escolhemos entre dois tipos de morte: brilhante ou heroica.* Este sentimento disparou um debate que durou a noite toda e foi avaliado por Grande Irmão como sendo "7.8 fodidamente brilhante". (7.8 foi a escala do terremoto de Tangshan em 1976.)

Minha falta de fundos estava me deixando louco de ansiedade. Quando cheguei em casa, notei um Honda preto estacionado em frente. A janela traseira não estava totalmente fechada, havia um espaço de cinco centímetros. Eram 2 da madrugada. A rua estava deserta, quieta. Olhei para a esquerda e para a direita, o coração quase escapando pela boca. Em meu estado paranoico, meu primeiro pensamento foi que alguém estava me seguindo. Recuperando um pouco de racionalidade, pensei em roubar o carro. No intervalo de um minuto, devo ter-me perguntado ao menos vinte vezes: devo ou não devo? Mestre Li, da oficina mecânica, havia estudado este carro, e eu aprendera um pouco com clc. Com um pedaço comprido de arame, era possível forçar a alavanca da porta. Revendê-lo seria moleza. Eu só precisaria entregá-lo para Liang Dagang. Renderia ao menos oitenta mil. Enquanto estava entretido com este esforço mental, ouvi o velho guarda noturno tossir, enquanto se aproximava. Imediatamente fiquei abalado pela realidade do que estava fazendo. O suor me escorria pela testa e o coração batia enlouquecido. Eu tinha estado perigosamente próximo de me tornar... um ladrão.

Na realidade, eu já havia considerado várias outras formas de obter o dinheiro. Roubar um banco, assaltar uma loja de joias. Arrastão em estradas. Voltar à empresa e provocar um incêndio que queimasse toda a papelada: no tribunal, eles não poderiam dar um peido. No extremo, pensei em comprar uma faca de trinchar porco e assassinar Gordo Dong, Liu Três e chefe Liu, e então voar para o outro extremo do planeta. Quando me acalmava, porém, sabia que estes métodos eram inúteis. Eu me conhecia: jamais teria a firmeza necessária para ser um matador. Seria eu realmente capaz de comprar uma faca, ir para o trabalho e fazer isso? Não. Neste ponto, a avaliação que Li Liang fizera de mim estava totalmente correta. Ele havia dito que, se você ama dinheiro, o dinheiro se torna sua prisão e que, se você ama o sexo, o sexo se torna sua prisão.

— Se ama a si mesmo, então você é sua própria prisão — ele concluiu.

***

Os dez dias passaram voando. Às 8 da manhã, o advogado telefonou para dizer que estava generosamente me concedendo uma prorrogação de quatro horas.

— Se você não tiver devolvido o dinheiro até o meio-dia, prepare-se para receber uma intimação.

Fingindo autoconfiança, respondi:

— Tenho uma entrevista hoje de manhã. Se você quer ir à corte ou à polícia, pode ir agora.

Sentindo que eu não havia me divertido o bastante, acrescentei:

— Você não precisa esperar por mim.

E bati o telefone, sem ter a menor ideia de por que estava me sentindo tão selvagemente deliciado.

O caminho estava traçado, só me restava percorrê-lo. Como último recurso, eu sofreria um longo discurso de repreensão do velho e, se eu aguentasse, então ele daria algum jeito de resolver tudo. Se as coisas se tornassem realmente ruins, eu poderia comprar um passaporte falso e voar para uma nova cidade, sobreviver ali por um tempo, então retornar e levar uma vida tranquila. Fosse como fosse, eu não poderia me importar menos. Não havia nada que eu relutasse em deixar para trás.

Estranhamente, na noite anterior eu sonhara com Zhao Yue. Estávamos de volta à época da universidade, ao lado da cabine telefônica exterior ao *campus*.

MURONG

— Eu tenho um pouco de dinheiro — ela falou, preocupada. — Por que não o pega?

Estas eram as mesmas palavras que ela dissera para mim depois que o episódio do filme pornô consumiu todas minhas economias. No sonho, contudo, eu tinha uma vaga sensação de que algo estava errado. Eu lhe sorri e respondi:

— Sou um gerente, agora, tenho dinheiro. Use o seu para comprar roupas.

Subitamente, a cena mudou. Nós estávamos na recepção do hotel Baía Dourada. Zhao Yue estava nua em pelo. Ela estava chorando, quando me disse:

— Chen Zhong, você perdeu sua consciência. Você perdeu sua consciência.

Então, como uma louca, ela me empurrou. Isso me deixou desnorteado e cai do balcão, ainda a repreendendo:

— Você é sempre tão moralista. Se não brigamos, seu dia não fica completo.

Naquela noite, o luar parecia água, gotejando friamente nos olhos das pessoas. Um bando de pardais, atrasados para se recolherem ao ninho, foi tocado pela luz da Lua e bateu asas. Dentro de um prédio vermelho em Chengdu, bairro Xiyan, um sujeito feioso subitamente chutou para longe sua cadeira e puxou os cabelos como se fosse louco. Raios lunares em tom azul-celeste cruzaram seu rosto distorcido.

* * *

Minha entrevista era em uma empresa de equipamentos esportivos perto do consulado dos Estados Unidos. Eles precisavam de um diretor comercial. Talvez porque eu não tivesse dormido bem, respondi sem nenhuma coerência às perguntas do chefe. Foi muito embaraçoso e logo senti que ele não estava impressionado comigo. Finalmente, quando lhe disse que queria pelo menos cinco mil *yuans* por mês, sua expressão se fechou. Sem nenhum outro comentário, ele me mandou embora.

Depois deste desastre, perambulei por aquele que era um dos bairros mais ricos de Chengdu. Ali era onde ladrões sortudos e bandidos de sucesso se reuniam. Após perderem a consciência e fazerem fortuna por meio de força, trapaça, chantagem e fraude, eles mudavam de aparência. Compravam carros vistosos, moravam em casas elegantes e tinham belas mulheres nos braços. Havia um nome para eles: pessoas nobres. Não longe dali, abriram um bar. Dizia-se que era frequentado por mulheres ricas, de aparência decadente e vida sexual monótona. Elas iam ali em busca de carne fresca. Em 1999, eu havia levado Zhao Yue lá e a encorajado a escolher entre os bonitões sentados ao balcão. Zhao Yue riu e me elogiou:

— Meu marido não me basta? Para que preciso desses?

Caminhando sem objetivo, percebi que minha temperatura estava ruim já fazia alguns dias. Minha boca estava tão pútrida que poderia envenenar uma mosca, então comprei alguns chicletes de hortelã em uma barraca. Mastigando lentamente, preocupado, avancei em direção à esquina. Havia um supermercado Trust-Mart naquela parte da rua e distraidamente olhei para dentro quando passei na frente. Subitamente, meu queixo tremeu e caiu. Congelei como se tivesse levado um choque elétrico. Através de uma multidão, eu vi minha adorável esposa, Zhao Yue, carregando um sortimento de sacolas, o longo cabelo esvoaçando conforme ela vinha em minha direção com um grande sorriso.

34

No dia em que os guardas vieram a nossa casa, minha mãe quase sofreu um colapso. Ela pensou que eu havia feito algo realmente ruim. Naquela época eu era ingênuo; nunca imaginei que as coissas aconteceriam tão rápido. Os dois policiais eram muito educados. Um era gordo e tinha um sotaque forte da região de Zigong. Quando ele falava, sua língua se esticava tanto para fora que podia tocar a ponta do nariz. Ele perguntou se era conveniente conversarmos dentro de casa. As mãos de minha mãe tremiam e ela olhava para mim dramaticamente. Pus um braço em seus ombros.

— Não fique assustada. É coisa da empresa — eu lhe disse.

Os dois policiais acenaram em concordância e me ajudaram com a mentira.

— Relaxe, tia, não tem nada a ver com ele. É outra pessoa que está encrencada.

De imediato, minha mãe reassumiu sua personalidade naturalmente falante, oferecendo-lhes chá e cigarros. Apanhando um maço de Zhonghua na mesa, falei:

— Não se incomode. Nós vamos conversar lá fora.

MURONG

Quando estávamos fora, estiquei as mãos para que eles me algemassem. Ambos riram.

— Isso é uma confissão espontânea? As coisas não são tão sérias. Nós só queremos entender a situação.

Eu não perdi tempo fazendo brincadeiras.

— Vi uma porção de filmes policiais — achei que para conversar com a polícia era necessário estar algemado. Nunca soube que havia oficiais esclarecidos como vocês.

Isso os divertiu e eles se esvaíram em gargalhadas. Eu os levei à casa de chá em frente, pensando que Cabeção Wang estava certo, quando disse que a atitude fazia toda a diferença. Você só precisava agir com inocência, e a surra seria mais leve.

Para lidar com esta confusão, parecia que eu seria forçado a recorrer ao poder de Cabeção. Quando a jovem atendente trouxe o chá, eu pedi licença e fui ao sanitário. Hesitei, mas afinal mordi o lábio e liguei para o celular dele. Esta era a primeira vez que eu o contatava, desde o episódio com Li Liang.

Havia muito ruído ao fundo. Cabeção explicou que estava almoçando e perguntou o que eu queria. Expliquei sem delonga e perguntei simplesmente se ele podia ou não ajudar. Todo o tempo fiquei pensando que, se o filho da puta mal começasse a dizer que não, eu desligaria imediatamente. Eu preferia morrer a implorar por sua ajuda.

— Qual é a jurisdição? — ele perguntou, aparentemente lambendo os lábios em deleite.

Eu lhe dei o nome da rua, não sabia a que jurisdição pertencia.

Cabeção resmungou como se estivesse xingando alguém ou como se tivesse mordido a língua. Então me disse:

— Fique com eles e não diga nada. Estarei aí em meia hora. Você não precisa se preocupar, eu conheço algumas pessoas na segurança pública.

Isso me deu uma sensação reconfortante. No fim das contas, Cabeção era um amigo de mais de dez anos. Nós podíamos ter nos estranhado, mas quando a coisa era séria ele ainda estenderia a mão para me ajudar.

Ao jogar água no rosto, surpreendi-me ao ver no espelho que ainda era jovem. Como havia chegado ao ponto em que estava hoje? Eu abaixei a cabeça e suspirei, sentindo-me culpado ao lembrar como havia chutado Cabeção. De fato, ao pensar em como eu o havia caluniado para Li Liang, eu sentia tanta vergonha que tinha vontade de cair de joelhos. Se eu sobrevivesse a tudo aquilo, iria certamente presenteá-lo com o *notebook* que ele tanto queria.

* * *

Sem me dar conta, eu havia perdido contato com a época. Quando tocava uma música popular nas ruas, eu escutava por algum tempo sem ter a menor ideia de quem era o artista. As coisas mais "na crista da onda" eram um completo mistério para mim; de fato, apesar de procurar no dicionário, eu ainda não sabia o significado de "na crista da onda". Seja como for, parecia que eu estava "por fora". Cabeção e Li Liang eram cidadãos digitais e sempre diziam que a vida *on-line* era tudo de bom. Eu zombava deles por serem entediantes, mas a verdade é que não sabia nem usar um processador de texto. Andando pelas ruas, eu via gangues de *punks* com cabelo vermelho ou verde se pavoneando e sempre pensava *"aiya*, pelos vistos estou mesmo velho".

Nos últimos dois dias, eu começara a ficar nervoso sobre como seria meu fim. Eu fora o primeiro a usar camisas com manga morcego, o primeiro a possuir um telefone celular e um *pager*. Em trinta anos, eu seria como meus pais, sentado como mero espectador na esquina da vida? Eu me recolheria à sombra de meus filhos, ficaria limpando o nariz e ruminando minha juventude irremediavelmente vergonhosa?

MURONG

***

Os dois policiais me questionaram sobre o contexto de minha dívida. Fiel às instruções de Cabeção, eu disfarcei, ora fechando a boca como um envelope, ora resmungando que os capitalistas eram totalmente destituídos de qualquer consciência.

— Eles só nos permitiam despesas de cem *yuans* por dia em viagens de negócios — eu disse. — E isso inclui alimentação e hospedagem. Eles nem nos permitiam tomar o ônibus, receosos de manchar a imagem da empresa. Pensem nisso. Como eles poderiam justificar tal coisa?

Em seguida, contei-lhes tudo que havia feito pela companhia. Em 1999, consegui para eles 120 milhões; em 2000, 160 milhões. Em 2001, mais de 150 milhões somente até novembro.

Depois do discurso, eu me lembrei de como em 1998, quando eu havia recentemente me tornado gerente, Velho Lai, de Chongqing, exigiu uma entrega urgente de 600 mil pedais de freio. Não havia tempo de acionar a equipe do depósito, então Liu Três, Zhou Weidong e eu arrancamos os casacos e levamos a mercadoria para o carro, suando profusamente. Em menos de duas horas, havíamos empacotado mais de 600 caixas. Tive medo que o motorista nos arrancasse à força, então entrei no carro, que estava quente como um tonel de bambu, e escoltei a mercadoria pessoalmente. Quando chegamos a Chongqing, meu corpo todo formigava, e meu rabo estava dormente.

Houve um leve ruído áspero quando o guarda mais magro anotou algo em seu bloquinho.

Inesperadamente, ele ergueu a cabeça e me perguntou:

— Como se escreve "exploração"?

Nem consegui olhar para ele. Mergulhando o dedo no chá, escrevi o ideograma para ele, pensando, indignado, "porra, como é que fui cair nas mãos de gente como vocês?"

DEIXE-ME EM PAZ

Cabeção Wang chegou portando um distintivo que reluzia como um raio. Uma melodia da cantora de música popular cantonesa Yang Yuying estava tocando quando ele irrompeu porta adentro, altivo e intimidador. Não houve tempo para as apresentações antes que ele se pusesse a trabalhar.

— Seu chefe, seu instrutor político, eu os conheço a todos — ele disse aos dois policiais. — Poucos dias atrás eu tomei cerveja com o titular de sua delegacia. Ele queria um carro e eu disse, "se você conseguir beber mais do que eu, eu lhe darei um; do contrário, esqueça".

Ele tinha tanta pompa quanto Pavarotti conduzindo um cavalo e uma carruagem. Ao ouvi-lo, minhas orelhas tilintavam. Os dois guardas ficaram um pouco confusos, mas quando conseguiram parar de babar tiveram a ideia de perguntar:

— Quem é você?

Cabeção Wang acendeu um Zhonghua enquanto eu rapidamente o apresentei.

— Este é meu Grande Irmão Oficial Wang, chefe da procuradoria.

Na verdade, Cabeção Wang tinha sido o segundo mais velho em nosso dormitório, mas sempre disputara a honrada posição com Grande Irmão. Ele alegava haver um erro em sua identidade e afirmava ter nascido em 1971, o que o tornaria nosso verdadeiro Grande Irmão. Ele e Grande Irmão haviam discutido este assunto ferozmente muitas vezes. Para ser honesto, porém, em nossos quatro anos naquele dormitório, Cabeção nunca fizera algo digno de nota. Não ganhara bolsa de estudos nem se elegera monitor da turma. Nem mesmo perseguira muitas mulheres. Exceto por participar de uma ou outra mesa de *mahjong*, não quebrara as regras da universidade. Portanto, eu sempre o havia encarado como alguém que se podia ignorar com segurança. Uma vez, quando eu estava com um pouco do dinheiro ganho no negócio do cinema, convidei os colegas para beber e me esqueci de chamá-lo. Quando voltei ao dormitório encontrei-o furioso, e ele não falou comigo durante

MURONG

toda a noite. Li Liang e eu tínhamos chegado à conclusão de que Cabeção sofria de um complexo de inferioridade. Meticulosamente, analisei o complexo em todas as suas dimensões: notas medíocres, conhecimento medíocre, aparência medíocre, família medíocre — e ele não consegue arranjar uma namorada. Como é que ele poderia não se sentir inferior?

Olhando para trás, porém, eu reconhecia que havia me sobrevalorizado. O Chen Zhong de 1992 jamais imaginaria estar aquém de Cabeção de todas as maneiras possíveis — que, um dia, Cabeção Wang seria seu salvador.

Os dois policiais pareciam ter mais perguntas. Cabeção assumiu o controle da situação e basicamente não me deixou abrir a boca. Ele disse ao mais magro:

— Escreva: um, a verba de viagens era muito baixa. Ele gastou o dinheiro, mas foi em benefício da empresa; dois, ele ainda tem alguns relatórios de despesa a apresentar.

Ele olhou em minha direção e concordei com a cabeça, rapidamente:

— Certo, certo. O negócio de nossa empresa envolve uma série de despesas ocultas — eu disse. — Não podemos pedir recibo delas.

Isso era verdade. No ano anterior, confrontados com a ameaça de uma inspeção de qualidade que envolveria todo o setor, Gordo Dong e eu tivemos de ser despachados. No fim, conseguimos acesso a um dos responsáveis e o presenteamos com um envelope vermelho contendo cinco mil *yuans*. Quando a inspeção chegou, ele escreveu no relatório que os nossos eram produtos nos quais os consumidores podiam confiar.

O policial gordo questionou o valor das despesas ocultas. Olhei nervosamente para Cabeção Wang e me surpreendi ao vê-lo sereno. Isso me deu a confiança de responder, hesitante, "mais de 200 mil". A cara do guarda gordo virou pedra e ele me disse para pensar com cuidado, pois esse valor poderia ser considerado propina, e isso também é crime.

Engolfado pelo júbilo, compreendi o plano de Cabeção. Endireitei-me na cadeira e confirmei, gravemente:

— Você está corretíssimo. Pelo menos 200 mil *yuans* foram dados como suborno.

Eu conhecia este jogo. Chamava-se *Se estiver encrencado, primeiro faça a água ferver*. Isso era algo que nosso mais respeitado professor da universidade havia ensinado. Professor Lin era baixo, esperto, bem-vestido, sorridente e velho sábio. Ao longo de todo o ano, independentemente da estação, ele usava gravata, como se a qualquer momento pudesse ser chamado às Nações Unidas para fazer uma apresentação. Ele nunca escrevia na lousa, por receio de que o pó do giz arruinasse suas roupas. Entretanto, professor Lin tinha um cérebro capaz de impressionar as pessoas. Astronomia, geografia, religião, ciências sociais e naturais — não havia nada que ele não soubesse. Ao fim de cada aula, tendo encerrado o conteúdo oficial, ele inaugurava o programa paralelo e então nos falava sobre a sífilis de Lênin, as hemorroidas de Zhuge Liang e as razões para a destruição da civilização maia. Ao ouvi-lo, as pessoas riam sem parar.

Em nossa festa de formatura, nós o embebedamos de tal maneira que ele não conseguia encontrar a porta do sanitário. Foi a primeira vez em que tirou a gravata.

— Apenas mais algumas palavras, ok? — ele disse, bêbado.

Todos aplaudiram. Professor Lin ficou de pé a nossa frente por uma eternidade, cambaleando. Finalmente, disse:

— As palavras de hoje podem ser consideradas um conselho de despedida. Tive muitas tristezas na vida e espero que a sina de vocês não seja como a minha. Estes são os famosos "Quatro Avisos para a Vida":

Não entregue seu coração a uma prostituta.
Não tenha devoção por *slogans*.
Se encontrar um líder, deve obedecê-lo por um período.
Se estiver encrencado, primeiro faça a água ferver.

MURONG

Apesar de ter um PhD por uma universidade norte-americana e muitos livros publicados, professor Lin nunca se casou. Até sua morte, foi sempre um professor adjunto. Às vezes eu pensava que ele vivera uma vida deprimente e miserável. Com relação aos "Quatro Avisos para a Vida", hoje eu finalmente compreendia sua sabedoria. Era impossível provar inocência. Se você está borrifado de sujeira, não é bom tentar provar que está limpo. O melhor a fazer é borrifar sujeira no borrifador.

Professor Lin foi digno por toda a vida, mas sua morte não foi nem um pouco digna. Seu problema cardíaco veio à tona enquanto ele estava no banheiro; ele estava nu, caiu e não conseguiu se levantar. Isso foi em julho, e até que fosse descoberto, vários dias depois, seu corpo estava coberto de excrementos, e insetos comiam aquela face sempre tão sorridente quando em vida.

* * *

Quando os dois policiais partiram, perguntei a Cabeção Wang o que fazer em seguida. Ele me respondeu, sombrio:

— Não está com medo que eu pegue seu dinheiro?

Fiquei constrangido e dei-lhe uns socos de brincadeira.

— Você ainda não superou isso? Eu estava apenas defendendo um amigo, não?

Cabeção me empurrou e quase saí voando.

— Não me venha com intimidades. Quando precisa, você me chama de Grande Irmão; quando não, você diz que sou inumano. Isso é comportamento de amigo?

Eu gaguejava e não sabia o que dizer. Meu rosto estava vermelho como um tomate esmagado e eu sentia raiva e vergonha. Eu queria chutá-lo escada abaixo.

Cabeção não tinha terminado. Depois de deitar falação por uma eternidade, ainda disse:

— Mas que merda. Se eu não entendesse esse seu gênio do cão, desta vez não teria ajudado, definitivamente.

Com dificuldade, consegui esboçar um sorriso. Cabeção começou a juntar suas coisas, de costas para mim, continuando a preleção como um chefe de departamento.

— Você precisa tornar essa história muito complicada. Não importa quem pergunte, você deve insistir que o dinheiro foi gasto em propina. Quando quiserem saber quem recebeu, você pode simplesmente citar algumas das pessoas a quem subornou no passado.

Eu ia interromper, mas ele me impediu com o olhar.

— Relaxe. Eu vou dar um fim ao seu depoimento. Isso não vai me escapar ao controle.

Finalmente compreendi a estratégia de Cabeção. Ele queria assustar a empresa de modo que as acusações não tivessem continuidade.

Conforme nos dirigimos à porta, ele concluiu:

— Nós só precisamos convencê-los de que, se quiserem continuar a fazer negócios em Sichuan, não devem abrir a caixa-preta.

35

Já era quase Natal. As ruas de Chengdu fervilhavam de agitação. Empresários inescrupulosos alardeavam a palavra de Deus enquanto embolsavam o dinheiro do diabo. As lojas davam descontos sem fim, os restaurantes realizavam entregas intermináveis. Até as drogarias estavam oferecendo promoções especiais. Compre dois pacotes de preservativos, ganhe um *kit* de desintoxicação. Compre dois frascos do óleo do amor indiano, ganhe um de loção contra pé de atleta. Completamente insano. Os lugares estavam todos lotados. A rua Chunxi era um mar de cabeças agrupadas como cogumelos. Independentemente de seu nível de renda, as pessoas estavam comprando como loucas. A atitude geral não era de quem saía para gastar dinheiro, mas para roubar. Estavam todos em um estado de espírito arrogante e belicoso, e até pedir informações trazia o risco de uma briga.

Saí para dar uma volta com minha mãe e meus olhos quase saltaram da cara. Minhas narinas se encheram com os intensos aromas de diferentes carnes e peixes. Rabanetes, alhos em flor, arroz

MURONG

temperado. *Tofu* perfumado. Minha cabeça estava cheia como um cântaro. No supermercado Bandeira Vermelha nós compramos cinco quilos de carne curada e duas réstias de linguiça, e no Mercado do Povo comprei três camisas e seis pares de meia. Minha mãe encontrou uma jaqueta vistosa, vermelha, em estilo tradicional, e insistiu em que eu a experimentasse. Eu inclinei a cabeça e disse:

— Mãe, seu filho não é um prostituto. Que bem tal espalhafato poderia me trazer?

Nestes últimos dias, meu humor havia melhorado bastante. Na semana anterior, Zhou Weidong telefonou para me passar algumas informações de bastidores. Contou que Gordo Dong e aquele pulha do Liu Três andavam me xingando terrivelmente. Eu o fiz repetir cada palavra, e era nada mais que "mau", "sem-vergonha" e "dedo-duro", esse tipo de coisa, salpicado com umas obscenidades. O repertório não tinha um pingo de originalidade. Ainda assim, explodi em uma gargalhada.

Eu seguira obedientemente a estratégia de Cabeção Wang. Já não se tratava mais de apropriação indevida e sim de um caso de suborno. A polícia pegou a lista de propina que eu havia fornecido e foi questionar Gordo Dong, Liu Três e o contador. Gordo Dong ficou verde de tão chocado. A polícia emitiu também uma ordem formal para que a empresa esclarecesse a situação. O documento incluía algumas frases ameaçadoras sobre a qualidade do produto e o pagamento de impostos. As palavras eram suaves, mas as implicações, mortais. Pensei que o chefão se mijaria de vê-las.

Isso tudo me encorajou a pensar sobre exigir meu salário de outubro, mas Cabeção Wang berrou comigo e me alertou para não ir longe demais.

— Nesse tipo de situação, você precisa saber parar enquanto está por cima — ele me disse.

Se eu realmente levasse os caras à loucura e os arrastasse para o caso, não apenas eu ficaria vulnerável, mas também mais encrencado.

DEIXE-ME
EM PAZ

Humildemente, respondi que compreendia. Olhando para ele com profundo respeito, eu me perguntei: "Este cara parece um porco com o cérebro de um porco. Onde acumulou tanto conhecimento?"

Poucos dias antes, eu fora à empresa pegar minha carteira de trabalho. O departamento ficou subitamente muito silencioso, como naquele ditado: a pessoa parte, a bebida resfria. Exceto por Zhou Weidong, fui solenemente ignorado. Todos os meus subordinados, antes tão devotados, tornaram-se simultaneamente surdos e cegos. Nenhum deles me olhou nem mesmo de relance. Furioso, xinguei-os em voz alta.

Zhang Jiang, sentado perto da porta, pegou alguns formulários e os analisou sem levantar a cabeça. Fiquei louco, fui até sua mesa e gritei:

— Ei, bebê Zhang, você não me conhece mais? Já se esqueceu de como costumava me pedir coisas?

Quando Zhang Jiang entrou na empresa, teve um começo muito ruim, e Liu Três fez um grande barulho sobre demiti-lo. Eu tive uma conversa bem serena com ele, o cara se abriu e me implorou por mais uma chance.

Agora, seu rosto estava inchado como se ele sofresse de uremia. Ele não conseguiu dizer uma palavra.

Zhou Weidong se aproximou e me puxou pela manga da camisa, dizendo:

— Irmão Chen, esqueça. Bebê Zhang tem os próprios problemas.

Eu funguei e disse:

— Isso tudo é por Gordo Dong? Vocês acham que, ignorando a mim, serão amados por ele?

Naquele momento, a porta de Gordo Dong rangeu e se abriu. Fingindo não notar, brinquei com os dedos na cabeça de Zhang Jiang.

— Vou dizer uma coisa. O mais sinistro, o mais malvado, o mais dedo-duro e mais sem-vergonha de todos é o porra do Dong!

Eu estava sendo deliberadamente provocativo. Desta vez eu tinha perdido tanto que simplesmente não conseguia aceitar. Mas Gordo Dong só se atrevia a me foder em segredo. Eu queria que ele saísse

MURONG

das sombras e realmente combatesse às claras! Pensei que o conhecia, agora. Se você se mostrasse educado, ele cedo ou tarde enfiaria a faca em suas costas; mas, se você o desafiasse, ele se tornava impotente.

Eu estava prestes a sair quando Gordo Dong rugiu muito alto:

— Chen Zhong!

Sua explosão foi estrondosa como um peido retido. Virando a cabeça, eu o vi armando os dois punhos. Ele estava parado à porta e estremecia convulsivamente.

Eu disse, com suavidade:

— Chefe Dong, o que você pensa? Será que eu o entendo?

Gordo Dong estava fora de si. Ele avançou contra mim ferozmente, urrando:

— Repete isso! Repete! Sem-vergonha!

O cara era enorme; de pé em frente a mim, ele parecia um templo de ferro. Para ser honesto, eu estava com um pouco de medo, mas, ao me lembrar do que ele havia feito comigo, as chamas da fúria se reacenderam em meu peito. Meu bom senso evaporou, conforme olhei para ele me perguntando o que poderia dizer para deixá-lo realmente muito, muito bravo. Depois de não mais que um décimo de segundo, a ideia surgiu.

Ainda rindo, eu me curvei como se o estivesse louvando e falei:

— Chefe Dong, eu agi mal. Você está certo, eu sou um sem-vergonha.

Ele paralisou, embasbacado.

— Apesar de você ter ido apenas visitar umas prostitutas — continuei —, eu tive a cara de pau de denunciá-lo à polícia e de chamar os jornalistas para cobrirem a história e a estamparem no jornal. Eu realmente o tratei muito mal.

* * *

Eu me espremi pela grande porta do Centro Comercial do Povo e deixei sair um longo suspiro de alívio. Então me virei e descobri que minha mãe tinha sumido. Esperei por uma eternidade, mas não a encontrei, então arrastei meus doloridos pés de volta e procurei por ela. Eu não podia ir embora sozinho — ela estava com minha carteira e meu celular. Fui para trás e para a frente diversas vezes, mas não a via em lugar nenhum. A esta altura eu já estava furioso. "Desta vez vou mesmo brigar com ela a sério", pensei. Como ela podia sair andando desse jeito? Será que não se importava em perder o próprio filho?

Do primeiro andar para o quarto, do quarto andar de volta ao primeiro. Meus pés quase caíram, mas nem assim a velha senhora apareceu. Finalmente sentei-me no chão, com o corpo em frangalhos. Transeuntes me olhavam com muita estranheza, como se eu fosse algum tipo de excêntrico. Eu me forcei a ficar em pé de novo, pensando que faria o circuito mais uma vez e então, se não a encontrasse, iria para casa sozinho, deixando que ela se preocupasse.

A seção de roupas no segundo andar estava entupida por uma multidão frenética e barulhenta. Supus que alguma marca estivesse fazendo alguma promoção.

Agarrando meu pacote de carne, abri caminho murmurando "com licença, com licença. Tenha cuidado, roupa oleosa".

As multidões já estavam partindo quando subitamente escutei uma voz familiar dizendo, aos prantos:

— A senhora vá e pergunte pessoalmente se ele foi injusto comigo ou se eu fui injusta com ele!

Naquele dia em que tinha visto uma sorridente Zhao Yue saindo do supermercado Trust-Mart, eu me sentira enfeitiçado. Não consegui dar um passo, o coração pulsando com sangue, nervos, excitação e um traço residual de vergonha. Eu não possuía nada no mundo, agora — e lá estava ela, adorável como sempre. Zhao Yue parecia um pouco sem viço, tal como era quando começamos a namorar. Eu a observava feito idiota, sentindo amor e ódio indissociavelmente entrelaçados. Eu tinha ímpetos de bater nela, mas também de abraçá-la. Queria repreender sua pouca vergonha e ao mesmo

MURONG

tempo implorar por seu perdão. No fim, não falei uma palavra. Yang Tao estava com ela, e os dois me viram e passaram por mim sem nem piscar. Yang Tao tentou me provocar, abraçando-a apertado; meu corpo congelou diante daquela visão. Fiquei de pé ali, imóvel, os músculos do rosto em uma convulsão tão violenta que pareciam fazer barulho. Quando eles passaram, Zhao Yue, que até então estava com a cabeça baixa, olhou para mim por meio segundo. Que tipo de olhar teria sido aquele? Notei que ela estava chorando.

Depois daquilo, eu já não a odiava mais. Embora eu tivesse feito um juramento de nunca mais voltar a acreditar nas lágrimas dela, meu voto de ódio tinha sido desfeito por aquela expressão. O passado era uma torrente que não podia ser contida. Todos os dias de nossos sete anos juntos, cada cena trivial, foram levados embora por aquele fluxo. Finalmente, tudo havia sido lavado, e emergia como abundantes lágrimas em meu rosto.

Derrame uma lágrima, querida
Apenas uma lágrima
Pode trazer de volta à vida
Das profundezas do inferno
Quem suficientes dores e sofrimentos sofreu:
Eu.
"Lágrimas celestiais", de Li Liang

Espremendo-me em meio à multidão, finalmente encontrei minha mãe.

— Não interfira — eu disse a ela. — Venha para casa comigo!

A velha senhora não queria partir. Ela havia esperado durante muito tempo por aquela oportunidade. Não havia espaço para perdão. Ela gritava:

— Divórcio, divórcio! Todos os laços rompidos. Por que você ainda mora na casa dele?

Eu berrei, furioso:

— Mãe!

Eu não aguentava mais. Agarrei sua mão e a arrastei para longe dali, a multidão rapidamente se afastando para nos abrir caminho. Quando nos liberamos, olhei para trás e vi Zhao Yue soluçando no ombro de Yang Tao. Naquele instante eu finalmente acreditei: aquelas lágrimas eram por mim.

36

Era 24 de dezembro, uma noite de paz. Dois mil e um anos antes, uma grande vida surgiu em um estábulo na Palestina. Desde o nascimento ele esteve sozinho, passando por todo tipo de sofrimento antes de ascender aos céus em meio às imprecações da multidão. Dizia-se que na noite de hoje ele concederia bênçãos às pessoas.

Na verdade, eu sabia que todos os dias eram iguais.

Li Liang certa vez disse, aparentando ter algo em mente:

— Todo ano, a primavera é verde; todo ano, sopram os ventos de outono. A vida nunca muda. O que acontece é que envelhecemos sem perceber.

Olhei lá para fora, para o céu sem estrelas. A Chengdu que eu conhecia era poluída e estava sempre nublada. De vez em quando, raios de sol venciam a barreira. Amanhã, talvez?

Noite de Natal em 1992. Li Liang combinou comigo e com Grande Irmão de irmos à igreja ver Deus. Dizia-se que depois da missa serviriam alimento sagrado. Nós aguardamos até as 12 horas, quando os hinos haviam terminado, e então os beatos tiraram os

MURONG

mantos brancos e revelaram sua real aparência. O portão do paraíso se fechou com um clangor indiferente. Os guardas que faziam a segurança começaram imediatamente a empurrar as pessoas para fora. A igreja ficava a milhas de distância do *campus*, então depois que fomos expulsos por Deus, não tínhamos para onde ir. Fomos forçados a nos sentar em frente ao portão da igreja e jogar conversa fora, gabando-nos de bobagens, tremendo de frio e amaldiçoando aquele Deus maligno. Quando o céu estava quase claro, Grande Irmão ficou de pé e soltou um grande jorro de mijo na direção do portão de ferro, dizendo, sordidamente:

— Prestando meus respeitos a Deus! Amém!

Li Liang e eu rolamos de rir.

***

Noite de Natal, 1994. Zhao Yue e eu aninhados em uma cafeteria ao lado do portão principal do *campus*, aguardando a boa-nova. Lá fora, o vento assobiava. Dentro, seu rosto estava corado à luz das velas. Os olhos brilhavam como sempre, sorrindo para mim.

À meia-noite, eu a beijei e disse:

— Faça um pedido. É o momento mais eficaz, Deus está observando.

Zhao Yue murmurou algumas frases. Depois de um minuto inteiro, ela abriu os olhos e me disse, com um grande sorriso:

— Sei que você quer me perguntar o que pedi, mas eu não vou contar!

***

Eu não me lembro muito de 1995, 96 e 97. A maré da vida encheu e vazou. Nestes anos, houve alguns dias de destaque, mas a maioria afundou nas profundezas do tempo, para nunca mais tornar a emergir. Naquelas agora esquecidas noites de Natal, teria eu me sentido em paz e feliz?

DEIXE-ME EM PAZ

Quando se trata do passado, todos nos tornamos um pouco sentimentais. Li Liang disse:

— Um brinde ao Grande Irmão.

Ergui meu copo em silêncio.

— Dê um gole — ele disse. — Grande Irmão está observando.

Recentemente, Li Liang havia perdido uma fortuna. Nos últimos trinta minutos do pregão da última quarta-feira, suas ações caíram mais de 700 mil *yuans*. Ao ouvir isso, fiquei chocado e sem fala. Quando recuperei a voz, falei:

— O mercado futuro é muito arriscado. Você deveria parar de apostar na bolsa. Vamos abrir um negócio juntos.

Eu tinha estado à toa em casa por mais de um mês, e andava entediado. Se conseguisse persuadir Li Liang a abrir uma oficina mecânica de médio porte, com meus conhecimentos nesta indústria e minha rede de contatos, tinha certeza de que faríamos dinheiro. Eu já havia sugerido isso outras vezes, mas ele sempre se limitara a rir, jamais dizendo nada em resposta. Eu supunha que isso fosse uma recusa. Ultimamente, vinha se tornando cada vez mais difícil interpretar Li Liang. Tudo que ele fazia tinha um significado oculto. Abanando a cabeça, ergui o copo e esvaziei a Carlsberg de um só gole.

Demitir pessoas nesta época do ano era considerado imoral. Em consequência, era difícil encontrar emprego. Mandei cartas para mais de dez empresas. Algumas consideraram que minhas exigências salariais eram muito altas; algumas não dispunham de vagas no momento. Eu soltava suspiros desesperados, e perdi alguns quilos. Minha mãe ainda estava aborrecida com a atitude que tive no centro comercial, naquele dia, e não estava falando comigo. Minha situação era mesmo deprimente.

Eu nunca tinha gostado da aparência da boate Casa de Vidro. As mesas eram muito próximas. Se você peidasse, seu vizinho se engasgaria. Mas Li Liang gostava do local, dizia que era "muito Chengdu". O que ele queria dizer, no fundo, era que apenas em um

MURONG

lugar daqueles ele se sentia realmente à vontade. Eu pensava que era uma questão de hábito. Não era assim em quase tudo na vida? Uma pequena mudança poderia nos fazer sentir desconfortáveis.

Conforme a noite avançou. Diversas belas mulheres passaram por nossa mesa. Seus olhos eram pintados de azul e verde e os cabelos, coloridos. Os seios empinados, os traseiros bem formados. Era suficiente para fazer seu queixo cair.

Eu estava apreciando o cenário quando Li Liang discretamente observou que havia algumas pessoas me encarando. Eu lhe disse, com um sorriso:

— Talvez estejam admirando você.

Minha voz não falhou, mas o sorriso tinha congelado em meu rosto. Não muito longe, Gordo Dong estava me observando ferozmente. Seu olhar tinha um lampejo esverdeado, como um lobo que rondasse um vilarejo à espera de alguém para atacar.

Quando quer que eu pensasse naquele confronto no escritório, não podia deixar de rir. Gordo Dong havia quase chorado de ódio. Ele erguera os dois punhos como um orangotando em posição de ataque. Eu não tinha certeza se ele realmente pretendia me bater ou se estava só tentando me intimidar. Limitei-me a olhar para ele friamente e a pensar que, se ele se atrevesse a fazer qualquer movimento, eu o chutaria nas bolas e quebraria seu pau.

Em minha época de ponta-esquerda no time da universidade, eu tinha um famoso movimento de girar e chutar. Eu sabia que não havia a menor possibilidade de algum filho da puta conseguir me deter. Gordo Dong erguera os punhos, sua expressão era aterradora, mas ele não ousara fazer nada. Ele tinha cerrado os dentes e desaparecido escritório adentro. Até que eu retirasse a carteira de trabalho e fosse embora, ele não tornou a aparecer.

Vê-lo ali me deixou vagamente desconfortável, mas, quando refleti sobre seu comportamento habitual, relaxei. Era um fato sabido e reconhecido que Gordo Dong jamais se metia em brigas. Nele,

DEIXE-ME EM PAZ

aquele corpanzil poderoso era um desperdício. Quando entrei na empresa, ele costumava se gabar de sua pretensa moralidade; contava que, na escola, até o tampinha mais raquítico tinha a audácia de mexer com ele.

— Eu poderia levantá-lo com uma mão — ele dizia —, mas ele ainda assim tinha a ousadia de saltar e atingir meu rosto! Porra, eu ficava furioso! Porém, após raciocinar um pouco, eu decidia não me rebaixar ao nível dele. Preferia ser uma pessoa virtuosa.

"Ser uma pessoa virtuosa" era uma fala do personagem Tigre Lei no filme *A saga de um herói*. Por muito tempo depois daquilo, eu o chamei de Tigre Dong.

Havia quatro ou cinco pessoas na mesa dele. Entre elas estava um cara que eu conhecia, Liu, o tal que havia aberto o clube de troca de esposas. Nós havíamos bebido juntos uma vez, em 1998. Ele tinha fama de ter saído com mulheres de todos os sete distritos e doze condados. Detalhadamente, ele havia descrito as características de cada uma: as de Qing Yang eram dadas ao flerte, as de Chenghua eram depravadas. Distritos diferentes para diferentes ocasiões. Se quer se apaixonar, vá para Jinjiang. Em Jinniu, se você não tiver dinheiro, esqueça.

Conforme ele descrevia, eu salivava e estalava os lábios. Ele incentivou que Zhou Dajiang fosse lá; levando a esposa, claro.

Eu disse a Li Liang:

— Relaxe. Eles não querem foder com você, estão olhando para mim.

Assim que disse isso, pensei que, por causa da questão da masculinidade dele, eu não deveria fazer esse tipo de trocadilho. Mas ele não pareceu se importar e me respondeu, sorrindo:

— Bem, e você não vai até lá seduzi-los?

Ele estava certo. Eu me preparei virando um copo cheio de cerveja, então fui direto até Gordo Dong e sua gangue. Algumas pessoas ficaram olhando. Eu acenei para Liu e empurrei o ombro de Gordo Dong.

MURONG

— Nossos destinos estão atados, chefe Dong. Aonde quer que eu vá, trombo com você. Venha, tome um drinque comigo!

Com uma expressão sombria, Gordo Dong ergueu o copo e fez um brinde com o meu, então sorveu a bebida deliberadamente bem devagar. Eu estava pronto para ir embora depois disso, mas Liu agarrou meu pulso.

— Por que a pressa? Você ainda não bebeu comigo!

Naquele instante tive uma iluminação súbita, uma intuição de que havia alguma coisa no ar. Mas olhei para a cara amigável de Liu e ignorei meu pressentimento.

Depois de esvaziar seu copo ele disse, com um sorriso ameaçador:

— Ouvi dizer que você anda fazendo propaganda de mim, dizendo para todo mundo que abri um clube de troca de esposas.

Isso era algo que originalmente me havia sido contado por Gordo Dong. O tom de voz de Liu trazia uma ameaça implícita, mas o que ele poderia fazer, eu raciocinei. Ele não era tímido ao promover o próprio estabelecimento. E daí, se eu tivesse falado sobre isso? Depois de concluir este pensamento, virei-me para Gordo Dong. Ele me estudava com a boca semiaberta. Tinha um olhar assassino, e a falsidade do sorriso me deu vontade de bater nele.

Alguma coisa estava definitivamente muito errada. Hesitei, com o copo na mão, pensando que não deveria confessar. Dei um gole, esfreguei a boca e disse para Liu, rindo:

— Ouvi isso tudo do Chefe Dong. Por que eu sairia por aí fazendo propaganda de você? Irmão Liu, você é um cara esperto, como pode acreditar em uma coisa dessas?

Aquela flecha tinha três alvos. Amaciar Liu, tirar-me da saia justa e atingir Gordo Dong.

Ele riu de minha bajulação, ergueu o copo e o enxugou.

— Quero lhe perguntar sobre uma pessoa, um policial chamado Wang Lin — ele disse. — Você o conhece?

Assim que ele mencionou Cabeção, eu me senti muito melhor.

— Se o conheço? Conheço-o muitíssimo bem, na verdade. Conheço cada verruga daquela bunda.

Liu sorriu maliciosamente, e a gangue toda sorriu junto. Quando lancei para Gordo Dong um olhar de desprezo, vi que seu rosto estava vermelho e inchado. Seu queixo tremia como o de uma porca que tivesse dado à luz dezoito filhotes. Quando paramos de rir, ele pegou sua bolsa de couro e ficou de pé, dizendo a Liu que ainda tinha negócios a tratar, mas que nós deveríamos ficar e beber.

Eu disse, alegremente:

— Chefe Dong, sua esposa está sentando a mão em você de novo? Ela precisa de você em casa para ajoelhar-se diante dela?

Sem responder, ele colocou a bolsa sob o braço e se dirigiu ao elevador. Então ele se virou e olhou para mim com olhos cinzentos, como os de um peixe morto.

— Como você conhece Cabeção Wang? — perguntei a Liu.

Ele sufocou, rindo e tossindo:

— Então o apelido do filho da puta é Cabeção? Não me admira que ele não tenha contado, por mais que eu insistisse.

Tinha sido eu a dar a Cabeção este apelido. Na verdade, nos últimos anos eu havia escolhido muitos nomes: "Monge Fodedor", "Tigre Dong", "Gordo Dong", "Liu Pele de Cadáver", "Zhou Malandragem". Também dei vários apelidos a Zhao Yue: "Mestra Urinol", "Irmã Dai Yu", "Irmã Gorda", "Irmã Tigresa", "Limpadora de Ruas" e "Boca Pequena". Este último era para deixá-la descansada quanto ao sexo oral. Pensando em Zhao Yue fiquei triste, então me servi mais um pouco de cerveja. Fechei os olhos e mandei para dentro, lembrando a noite tranquila em que ela havia me dito:

— Quando eu morrer, quero morrer diante de você.

Um leve tremor atingiu minhas mãos e meus pés.

Gordo Dong já tinha partido, então eu não precisava mais ficar sentado ali. Terminei o que ainda havia no copo.

— Estou com um amigo ali — eu disse. — Você vai ter que me dar licença.

MURONG

— Por que você está com tanta pressa? — Liu perguntou. — Quero levar você até meu empreendimento para se divertir.

Meus olhos se arregalaram.

— Mas eu posso ir mesmo sem uma esposa?

Ele sorriu.

— Para outras pessoas isso não seria possível, mas você é amigo de Wang Lin.

Aquilo me deixou orgulhoso. Acrescentei um pouco mais de luz à brilhante aura de Cabeção. Liu perguntou para o cara ao lado:

— Hoje quem se apresenta é o Bandeiras Hasteadas, não?

Quando o cara confirmou, comecei a salivar. Bandeiras Hasteadas era o mais famoso grupo de lindas dançarinas de Chengdu. Você poderia observá-las para sempre. Algumas vezes eu havia passado em frente ao clube, e meus globos oculares tinham se espichado até quase caírem das órbitas. O estacionamento costumava ficar lotado de carros de luxo, enquanto o meu era um Santana já um tanto caído. Eu não tinha o sangue-frio de entrar, então saciava minha ânsia simplesmente passando em frente.

Liu disse:

— Vamos para lá assim que terminarmos estes drinques. Se quiser, podemos ir juntos.

Eu hesitei. Os caras que estavam com ele ficaram me encarando. Eram todos repulsivamente feios e não pareciam boa gente. Desde que eu era pequeno, meu pai me dizia:

— Não tenha medo de brigar com as pessoas erradas; tenha medo de ser amigo das pessoas erradas.

Na verdade, eu estava um pouco nervoso de sair por aí com eles.

Cerveja pode ser bem prejudicial. Apesar de ter bebido apenas cinco garrafas, eu já havia ido ao sanitário três vezes. Nos dois anos anteriores, a bebida tinha destruído minha saúde, e meus rins estavam prestes a pifar. Pensando nas gloriosas "seis sem sair de cima" de que era capaz em meu apogeu, não podia evitar de me sentir deprimido com meu declínio.

Li Liang ainda estava em nossa mesa, assobiando como uma criança que não consegue encontrar a mãe. Luzes vermelhas e verdes iluminavam seu rosto, fazendo-o parecer ainda mais pálido. Meu coração se encheu de uma estranha piedade. Foi como se eu tivesse visto Jesus.

Quando Li Liang soube que íamos a algum lugar, ele abanou a cabeça de desgosto.

— Seu ninfomaníaco, você não muda — ele disse. — Cedo ou tarde, você vai morrer em cima de uma mulher.

Eu respondi citando alguns versos de poesia.

Se você morre sobre o corpo de uma bela mulher, tornar-se um fantasma é admirável.

> *Este é meu desejo.*

Li Liang me lançou um olhar de desprezo.

— Não diga que não avisei. Só de olhar para aquelas pessoas você já sabe que são bandidos. É melhor que você não tenha nada a ver com elas.

Eu ri e não respondi, em vez disso concentrando minha atenção na música e na dança que eram apresentadas no palco. Um bonitão estava cantando como se estivesse em êxtase:

Às duas da manhã, acorde-me
Conte-me o que sonhou
Não há notícia sobre gente indo para o paraíso
Nem sobre o que deixaram para trás.

* * *

Este sentimento me deixava confuso. Eu havia dito a Li Liang:

— Onde é o paraíso? A vida é o inferno, basicamente.

MURONG

Ele não respondeu. Quando olhei para trás, ele tinha ido embora. As luzes faiscavam, a percussão pulsava. O bar era um oceano de sombras. De um dos lados do palco, onde raios coloridos subiam a partir do mar vermelho de gente, meu amigo virou a cabeça e me olhou, entorpecido. Parecia um corpo que estava morto havia muito tempo.

37

Uma noite de Natal. Sem luar.

Uma caminhonete branca passando rápido pela avenida Binjiang. Ao longo da rua, prédios altos. Um casal de namorados se abraça na margem do rio, fala com suavidade, ri, suspira. Sentado em um banco de pedra, um velho acabado, vestindo roupas esfarrapadas, observa o par de longe. Lágrimas parecem brilhar em seus olhos. O que ele estará pensando?

Meu rosto estava todo ensanguentado. Minhas bochechas queimavam de dor. Sangue fresco escorria de meu nariz e pingava sobre meu terno Leão Dourado. Meus lábios estavam grotescamente inchados, a carne fendida. Minha boca estava cheia de saliva azeda e sangue, e cada movimento da van perfurava meu corpo. Um homem estava sentado atrás de mim e agarrava meu cabelo. A expressão de Liu era impassível. Ele me xingava sem parar, dando a impressão de querer me partir ao meio.

Assim que entrei no carro, percebi que alguma coisa estava errada. Dois caras me espremeram entre eles, então eu estava totalmente

MURONG

imobilizado. Olhando em volta, concluí que a situação não era boa. Anunciei que precisava mijar e me levantei, pronto para sair. Um cara de jaqueta preta me deu um soco.

— Filho da puta, você que se atreva a correr!

Ele me bateu até que as estrelas ficassem dançando diante de meus olhos. O filho da puta que estava do outro lado também se atirou contra mim, apertando minha garganta. Sua força era aterradora. Por um momento, não pude respirar. Eu estava sendo estrangulado e não conseguia dizer uma palavra. Depois do que pareceram ser dez mil anos, o carro partiu. Ele afrouxou a mão. Comecei a tossir, lutando contra eles, e perguntei:

— Liu, Irmão Liu, o que significa isso?

Liu me olhou com pena e me deu um tapa na cara. Minha cabeça zumbiu e bateu contra a porta do carro. Eu o ouvi dizer, entredentes:

— Foda-se! É isso que significa!

Aqueles gigantes me bateram e me chutaram. Seus punhos e pés caíram sobre mim como uma chuva pesada. Então eu me dei conta. Três meses antes, Cabeção Wang tinha reunido um grupo de policiais e fechado o clube, e jogado Liu na prisão por vários dias. Por fora, o cara parecia durão, mas aparentemente ele era como um netinho frágil, incapaz de se defender. Cabeção havia conduzido sua exploração com todo o rigor; só do cinto de Liu ele havia retirado não menos de 300 mil *yuans*. Ao sair da cadeia o homem estava furioso, e jurou vingar-se de Cabeção.

— Não sei se choro ou dou risada — consegui dizer. — Isto é um erro, não tem nada a ver comigo.

Os olhos do assassino se arregalaram e ele me deu uma joelhada na nuca. Senti como se todos os meus órgãos estivessem liquidados. Eu caí de joelhos, mas ele ainda não tinha terminado. Agarrando minha orelha, ele me puxou em direção a seu pé, me bateu e me xingou.

— Filho da puta! Foi você que me denunciou. Se não, como eles iam saber?

DEIXE-ME EM PAZ

Meu estômago estava reduzido a polpa. Tentei me levantar, mas não conseguia ficar em pé. Caí, esmagando a cara no tapete emborrachado do carro, meus lábios rasgados doendo tanto que chorei.

— Irmão Liu, não fui eu, de verdade. Eu nunca traí você!

Minha cabeça foi chutada de novo antes que eu chegasse ao fim da frase. Enquanto estrelas douradas explodiam diante de mim, ainda o ouvi gritar:

— Os policiais admitiram, e você ainda quer se fazer de inocente?

O que aconteceu em seguida é um borrão. Eu me lembro de uma alameda pequena e escura onde eles me jogaram para fora como um cachorro morto. Eles me rodearam e continuaram a me bater e chutar. Será que me ajoelhei e implorei para que me poupassem? Não me lembro.

Finalmente a pancadaria acabou. Lutei para me sentar, mas não tinha forças. Minha cabeça bateu no chão enquanto eu rastejava, e subitamente explodiu de dor mais uma vez.

Ouvi um cara dizer:

— Já chega. Vamos embora.

A noite estava preta como o inferno. Por um longo tempo eu me deixei ficar ali, naquele lugar isolado, solitário. Escutei uma série de diferentes sons simultâneos. A grama era comprida e havia flores desabrochando. Todas as coisas da terra estavam nascendo. As quatro estações se fundiram sem emendas. Algumas pessoas passaram à distância; outras sussurravam nas proximidades. Rostos familiares surgiram aos borbotões, e em seguida desapareceram.

Outra torrente surgiu. Desta vez era o som de riso, depois de choro. Uma voz muito, muito longínqua me perguntava: "Você está bem, você está bem, você está bem?"

Eu estava apoiado contra uma parede. Trêmulo. Gelado. O frio me preenchia. Atingia a boca de meu estômago. Lentamente o frio se espalhou por meus braços, minhas pernas, chegou aos ossos. Cada osso parecia quebrado. O sangue em meu rosto escorreu pelo peito e

MURONG

barriga, e congelou. Mais uma vez, rastejei agonizante pela terra, os lábios comprimidos contra o solo de minha amada Chengdu. Muito longe, ouvi alguém dizer:

— Coelhinho, não chore, seja um bom menino, não chore.

Minhas pálpebras estavam pesadas. Só com grande esforço eu conseguia mantê-las abertas. Sangue escorria em meus olhos, mas algumas poucas imagens surgiram com nitidez, como o adorável rosto de Zhao Yue aos dezenove anos. Outras coisas ficaram embaçadas, como a névoa da primavera de todos os anos que cobria Chengdu.

Derrame uma lágrima, querida
Apenas uma lágrima
Pode trazer de volta à vida
Das profundezas do inferno
Quem suficientes dores e sofrimentos sofreu:
Eu.

Sinos de Natal soaram ao longe. Toda a cidade se alegrava. Naquela alameda escura, fria e úmida, eu jazia em silêncio no chão. Do sangue fresco coagulado a meu redor, a vegetação tornaria a brotar. Deixei-me invadir pela noite cada vez mais esplêndida de Chengdu e vi Deus, dourado e brilhante. Ele estava no alto, entre nuvens, olhando para a Terra com benevolência. Dizia-se que nesta noite ele concedia bênçãos às pessoas.

Notas

i   *Hotpot ou huoguo* (火锅) é um prato único em que finas fatias de carne, peixe e legumes são mergulhadas em caldo fervente e molhos. Espécie de *fondue.*

ii   Chengdu é a capital da província de Sichuan, no sudoeste da China.

iii   Os caracteres chineses são formados a partir de diferentes tipos de traço. Chen Zhong faz um trocadilho com o traçado do caractere para "longevidade", *shòu* (寿).

iv   Yang Gui Fei (杨贵妃) (719 – 756) foi uma lendária e belíssima concubina do imperador Xuanzong, da dinastia Tang.

v   Cao Cao (曹操) e Guan Yu (关羽) são protagonistas do livro *O romance dos três reinos* (三国演义), um clássico histórico do século XIV. O livro, baseado nos eventos da Era dos Três Reinos (220 – 280), é um épico sobre camaradagem e rivalidade.

vi   *Go*, também conhecido em chinês como *weiqi*, é um jogo de estratégia no qual dois jogadores movimentam pedras pretas e brancas em um tabuleiro quadriculado. Originou-se na China Antiga.

vii   O monte Tai é uma das cinco montanhas sagradas da China e muitos imperadores fizeram peregrinações até lá.

MURONG

[viii] Cabeção está fazendo um trocadilho com os homônimos "tigela" e "noite", ambos pronunciados como "wan". A brincadeira embutida na pergunta é "Quantas vezes por noite?"

[ix] A montanha Emei, cujo significado literal é "montanha da sobrancelha delicada", é uma das quatro montanhas budistas sagradas na China. Fica localizada na província de Sichuan.

[x] Lin Dai Yu é a heroína poética, tola e linda do romance *Sonho do pavilhão vermelho*, do século XVIII.

[xi] Lei Feng é considerado um soldado-modelo da década de 1960.

[xii] Gong Li é uma das atrizes mais famosas da China. Chegou ao estrelato pela parceria com o diretor Zhang Yimon em filmes como *Suspenda a cortina vermelha*.

[xiii] Zhuge Liang foi um dos maiores estrategistas da Era dos Três Reinos e protagonista do livro *Romance dos três reinos*.

[xiv] Trocadilho com as palavras "jornalista" e "prostituta", que em chinês têm o mesmo som.

Impressão e Acabamento: